AF218106

ARTHUR CONAN DOYLE

EL MUNDO PERDIDO

Título: El mundo perdido
Título original: *The Lost World*
Autor: Arthur Conan Doyle

© Edimat Libros, SA
C/ Primavera, 10, nave 35
28500 Arganda del Rey
Madrid-España
www.edimat.es

Traducción: Vicente García Aranda
Diseño e ilustraciones de cubierta: Karakachoff Estudio
Ilustración de cubierta: Andrés Nancul para Karakachoff Estudio

ISBN: 978-84-9794-617-9
Depósito Legal: M-7785-2025

Reservados todos los derechos. El contenido de esta obra está protegido por la Ley, que establece
penas de prisión o multas, además de las correspondientes indemnizaciones por daños y perjuicios,
para quienes reprodujeren, plagiaren, distribuyeren o comunicaren públicamente, en todo o en parte,
una obra literaria, artística o científica, o su transformación, interpretación o ejecución artística fijada
en cualquier tipo de soporte o comunicada a través de cualquier medio, sin la preceptiva autorización.

Impreso en España - *Printed in Spain*

INTRODUCCIÓN

Sir Arthur Conan Doyle

El escritor escocés Arthur Conan Doyle nació el 22 de mayo de 1859 en Edimburgo. Fue el segundo hijo de los diez que tuvieron Charles Doyle, descendiente de católicos irlandeses nacido en Inglaterra, y de Mary Foley, que era católica irlandesa, casados en 1855.

Debe dejarse claro que aunque se lo nombra habitualmente como «Sir Arthur Conan Doyle», como implicando que «Conan» es parte de un apellido compuesto más que un segundo nombre propio (lo que en el sistema sajón se conoce como «middle name»), su partida de bautismo en la catedral de St. Mary, en Edimburgo, le otorga el nombre de Arthur Ignatius Conan, con el apellido Doyle, y así lo denominan los catálogos de la Biblioteca Británica y la Biblioteca del Congreso. El editor del *The Baker Street Journal* escribió: «Conan era parte del nombre compuesto de Doyle. Poco después de graduarse del Instituto empezó a utilizar Conan como una especie de apellido, pero éste técnicamente es simplemente Doyle». Cuando fue nombrado caballero en 1902 por su trabajo en el hospital de campaña y otros servicios durante la Guerra de los Boers, se lo inscribió como Doyle, no como Conan Doyle.

En 1864, la familia tuvo que separarse debido al alcoholismo creciente de Charles, los niños fueron acomodados en diferentes hogares de Edimburgo. Arthur fue a vivir con la tía de un amigo mientras estudiaba en la Academia Newington. La familia volvió a reunirse en 1867, viviendo de alquiler en una zona humilde de la ciudad. Charles Doyle murió en 1893 después de muchos años de enfermedad psiquiátrica. Doyle escribió cartas a su madre durante toda su vida, muchas de las cuales se conservan.

Con ayuda de unos tíos ricos, fue enviado a Inglaterra, a la Escuela Preparatoria Hodder Place, en Lancashire, de 1868 a 1870. Posteriormente acudió al Stonyhurst College, donde estudió hasta 1875. Aunque no lo pasó mal en esa facultad, él decía que no tenía recuerdos agradables de ella, pues estaba regida por principios medievales y las únicas asignaturas que se estudiaban allí eran básicas, como la retórica, la geometría euclidiana, el álgebra y los autores clásicos. Más adelante en su vida, Doyle comentaba que ese sistema de enseñanza sólo podía excusarse «con la disculpa de que cualquier ejercicio, por estúpido que fuese, forma una especie de mancuerna con la que uno puede mejorar su mente». La facultad le pareció severa y que, en lugar de compasión y calidez, favorecía la amenaza del castigo corporal y de la humillación ritual.

En el período de 1875-1876 fue educado en la escuela jesuita Stella Matutina, en Feldkirch, Austria. Su familia había decidido que se pasase un año allí para perfeccionar su alemán y ampliar sus horizontes académicos. Doyle fue educado como católico, pero más adelante rechazó el catolicismo y se hizo agnóstico. Varias fuentes atribuyeron ese alejamiento de la religión católica al tiempo que pasó en la escuela austriaca, mucho menos estricta. Y más adelante se convirtió en místico espiritualista.

Desde 1876 hasta 1881, Doyle estudió en la Facultad de Medicina de la Universidad de Edimburgo, y trabajó en varias localidades durante ese tiempo. Y también estudió Botánica Práctica en el Real Jardín Botánico de Edimburgo. Mientras estudiaba, empezó a escribir historias cortas. Presentó su primera obra de ficción, *The Haunted Grange of Goresthorpe* (La granja encantada de Goresthorpe), al *Blackwood's Magazine,* que la rechazó. Sin embargo, su primera obra publicada, *The Mystery of Sasassa Valley,* situada en Suráfrica, apareció el 6 de septiembre de 1879 en el periódico *Chamber's Edimburg Journal,* y el 20 de ese mismo mes publicó su primer artículo académico, «La gelsemina como veneno» en la *British Medical Journal,* un estudio sobre la raíz rallada del jazmín amarillo (gelsemina) que se utilizaba como sedante, trabajo que el *Daily Telegraph* consideró como posiblemente útil en ciertas investigaciones por asesinato.

Después de conseguir su licenciatura en Medicina y su máster en Cirugía en la Universidad de Edimburgo en 1881, se enroló como médico a bordo del SS Mayumba durante un viaje a la costa occidental africana. En 1885 completó su doctorado en Medicina con una disertación sobre el *Tabes dorsal* (o sífilis terciaria). Ese mismo año se casó con Louise Hawkins, con quien tuvo dos hijos, Mary y Kingsley. Después de la muerte de Louise por tuberculosis en 1906, se casó con Jean Leckie, con quien desde 1897 tenía una relación amorosa, que mantuvo platónica por respeto a su esposa hasta la muerte de la misma. Con ella tuvo tres hijos más, Denis, Adrian y Jean. Ninguno de sus cinco hijos tuvo familia, por lo que no quedan descendientes directos suyos.

Desde 1882 se había asociado con un antiguo compañero de estudios para practicar la Medicina en Plymouth, pero su relación era difícil y Doyle la terminó enseguida para poner su propio consultorio, que no tuvo éxito. Mientras esperaba a sus pocos pacientes, Doyle volvió a escribir ficción.

Doyle fue un firme defensor de la vacunación obligatoria y escribió varios artículos propugnando su práctica y denunciando los puntos de vista de los antivacunas.

A principios de 1891, Doyle se lanzó al estudio de la Oftalmología en Viena. Había estudiado previamente en el Hospital Ocular de Portsmouth para conseguir la licencia de examinar ojos y de prescribir lentes, y se dirigió a Viena con idea de pasar seis meses estudiando para ser cirujano ocular, pero le pareció muy difícil comprender los términos médicos alemanes que se utilizaban en sus clases y dejó pronto sus estudios. Durante su estancia en Viena, que al final fue de sólo dos meses, se dedicó a otras actividades, como el patinaje sobre hielo con su esposa. Después de visitar Venecia y Milán, pasó unos pocos días en París observando a los expertos en enfermedades oculares, y a los tres meses de viaje regresó a Londres. Abrió un pequeño consultorio, pero, según su autobiografía, no tuvo pacientes y sus esfuerzos como oftalmólogo fueron un fracaso.

El primero de los trabajos en el que presentó a Sherlock Holmes y al doctor Watson (los personajes más famosos de su producción) fue *Estudio en escarlata,* que escribió en tres semanas, a sus veintisiete años, y fue publicado por *Ward Lock & Co* el 20 de noviembre de 1886. Esto le proporcionó a Doyle la cantidad de veinticinco libras (equivalentes a tres mil quinientas en 2023) por los derechos totales de la narración. La obra apareció un año después en *Beeton's Christmas Annual* y recibió buenas reseñas en los periódicos locales. El personaje de Holmes está basado parcialmente en el antiguo profesor universitario de Doyle, Joseph Bell. En una carta de 1892 a su antiguo profesor, Doyle escribió: «Ciertamente es a usted a quien debo a Sherlock Holmes; con el centro de deducción, inferencia y observación que le oí inculcar a usted, he intentado construir un hombre», y en su autobiografía de 1924 apunta: «No tiene nada de raro que después de estudiar a un personaje semejante (por Bell) yo utilizase y ampliase sus métodos cuando en mi vida intenté construir un detective científico que resuelve casos por sus propios méritos, y no por la insensatez del criminal». Otros sugieren a veces otras influencias, por el ejemplo el personaje C. Auguste Dupin, de Edgar Allan Poe.

Le encargaron una secuela de *Estudio en escarlata,* y en 1890 apareció *El signo de los cuatro* en *Lippincott's Magazine,* bajo acuerdo con la *Ward Lock & Co.* Doyle sintió que Ward Lock lo estaba explotando gravemente aprovechándose de que era nuevo en el mundo editorial, de modo que después de esa secuela abandonó esa empresa. En *Strand Magazine* siguieron publicándose narraciones en las que intervenía Sherlock Holmes. Las aventuras de su personaje se hicieron célebres enseguida, interviniendo Holmes en un total de cincuenta y seis historias cortas —la última de ellas publicada en 1927— y cuatro novelas. Con el tiempo, la actitud de Doyle con su creación más famosa llegó a ser ambivalente. En noviembre de 1891, le escribió a su madre: «Creo que voy a matar a Holmes... y lo daré por terminado del todo. Me aparta la mente de cosas mejores», a lo que su madre respondió: «¡No lo hagas! ¡No puedes! ¡No debes!». Intentando liberarse de las demandas de los editores para que escribiese más narraciones con Holmes, Doyle elevó su precio hasta un nivel que consideró apropiado para desanimarlos, pero vio que estaban dispuestos a pagarle las grandes cantidades que pedía. Como resultado de ello, Doyle se convirtió en uno de los escritores mejor pagados de su época.

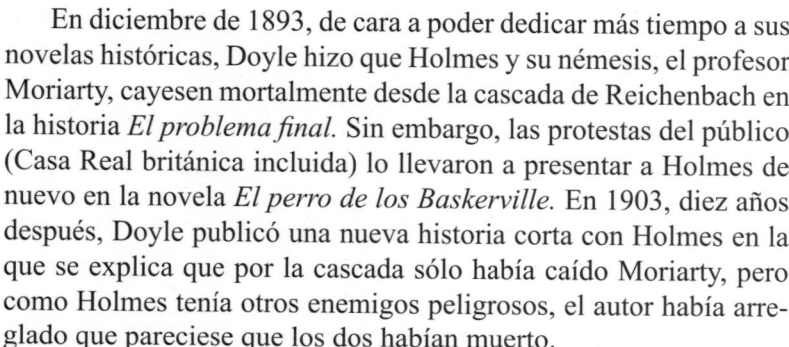

En diciembre de 1893, de cara a poder dedicar más tiempo a sus novelas históricas, Doyle hizo que Holmes y su némesis, el profesor Moriarty, cayesen mortalmente desde la cascada de Reichenbach en la historia *El problema final*. Sin embargo, las protestas del público (Casa Real británica incluida) lo llevaron a presentar a Holmes de nuevo en la novela *El perro de los Baskerville*. En 1903, diez años después, Doyle publicó una nueva historia corta con Holmes en la que se explica que por la cascada sólo había caído Moriarty, pero como Holmes tenía otros enemigos peligrosos, el autor había arreglado que pareciese que los dos habían muerto.

Doyle fue un gran deportista. Jugó al fútbol de portero en el equipo local de Portsmouth. Además, sobresalía en el juego del *cricket*, y entre 1899 y 1907 jugó profesionalmente en la primera liga, jugando también para equipos de aficionados. Jugó a los bolos, venció a un jugador de primera y escribió un poema sobre ese logro. En 1900 fundó en su casa el Undershaw Rifle Club, y construyó una galería de tiro de cien metros de largo con la que facilitó que los hombres de la localidad practicasen el tiro, ya que el pobre desempeño de los soldados británicos en la Guerra de los Boers lo llevó a creer que la población general necesitaba ejercitar la puntería. Doyle llegó a ocupar un puesto en el comité de Clubes de Rifle de la Asociación Nacional del Rifle. Fue también juez en una competición mundial de culturismo, boxeador aficionado y un apasionado del golf. Además, entró en el campeonato *amateur* inglés de billar en 1913.

Mientras vivía en Suiza, Doyle se interesó por el esquí, que era relativamente desconocido en el país en esa época. Escribió un artículo para el número de diciembre de 1894 de *The Strand Magazine,* en el que describía sus experiencias con el esquí y los maravillosos panoramas alpinos que podía ver esquiando. Ese artículo hizo que la actividad se popularizase en Suiza.

Se presentó al Parlamento dos veces como Unionista Liberal, en 1900 y 1906, pero no resultó elegido. Apoyó la campaña para la reforma del Estado Libre del Congo, y en 1909 escribió *El crimen del Congo*, un largo panfleto en el que denunciaba los horrores que ocurrían en esa colonia, por entonces propiedad personal del rey Leopoldo de Bélgica. Según se acercaba la Primera Guerra Mun-

dial, Doyle, de formación germánica, se vio atrapado en el aumento creciente de germanofobia, por lo que en 1914 fue uno de los cincuenta y tres escritores ingleses principales —entre los que estaban H. G. Wells, Rudyard Kipling y Thomas Hardy— que firmaron la conocida como «declaración de escritores», que justificaba la intervención británica en la Guerra Mundial. Ese manifiesto declaraba que la invasión alemana de Bélgica había constituido un crimen brutal y que Inglaterra «no podía haberse negado a participar en la guerra actual sin deshonrarse».

Doyle fue también un ferviente defensor de la justicia, llegando a investigar personalmente dos casos ya cerrados, lo que dio como resultado que dos hombres fuesen exonerados de los crímenes de los que se les acusaba. El primer caso, en 1906, tenía que ver con un tímido abogado indo-británico llamado George Edalji, quien presuntamente escribía cartas de amenaza y mutilaba animales. La Policía estaba decidida a condenar a Edalji, a pesar de que las mutilaciones continuaron después de que el sospechoso fuese encarcelado. Además de ayudar a Edalji, el trabajo de Doyle contribuyó a establecer una manera de enmendar otros errores judiciales, y como resultado de este caso se creó el Tribunal de Apelación Penal en 1907.

El segundo caso, el de Oscar Slater, un judío de origen alemán que dirigía una casa de apuestas y que en 1908 fue acusado de apalear a una mujer de ochenta y dos años, despertó la curiosidad de Doyle por las muchas incoherencias en la acusación y la sensación general de que Slater no era culpable. Doyle acabó por sufragar la mayor parte de las costas judiciales de la apelación que hizo Slater en 1928 con éxito.

Doyle había tenido siempre interés en temas místicos y estaba fascinado por la idea de los fenómenos paranormales. Empezó en 1887 una serie de investigaciones sobre la posibilidad de los fenómenos psíquicos y acudió a unas veinte reuniones espiritistas, experimentos en telepatía y sesiones con médiums. Se declaró espiritualista. También en 1887 fue iniciado como masón en la Logia Phoenix, de donde entró y salió varias veces con los años. También fue miembro de la Orden Hermética del Amanecer Dorado. En 1908 publicó su primera obra espiritualista, *La nueva revelación,* y su segundo libro de esa temática, *El mensaje vital,* apareció en 1919.

Doyle hallaba consuelo en apoyar las ideas del espiritualismo y los intentos de los espiritualistas de encontrar pruebas de una existencia tras la muerte, lo que lo llevaba a relacionarse con todo tipo de defensores, creyentes, escépticos e impostores. Se vio involucrado en el asunto de las fotografías de hadas, que él tenía por auténticas y cuyos autores confesaron el engaño después. Estuvo envuelto en lo que se conoce como «el engaño de Piltdown», cuando se hicieron afirmaciones de que unos huesos encontrados en esa localidad eran los del «eslabón perdido». Llegaron a acusarlo de ser él el autor del engaño.

El 7 de julio de 1930, Doyle fue encontrado agarrándose el pecho en el salón de su casa de Sussex. Murió de un ataque cardíaco a los setenta y un años, y sus últimas palabras fueron para su esposa: «Eres maravillosa».

EL MUNDO PERDIDO

Se trata de una expedición a una meseta suramericana (basada en el monte Roraima, una grandiosa meseta elevada con acantilados de más de cuatrocientos metros de altura por todos sus lados) en la que supuestamente sobreviven animales prehistóricos. Se publicó en 1912 y presenta al personaje del profesor Challenger, supuesto descubridor de la misma.

El protagonista, Ed Malone, reportero del *Daily Gazette,* se dirige a su jefe para conseguir que le envíe a una misión peligrosa y aventurera (esperando que con ella pueda impresionar a su amada Gladys lo bastante para solicitar su mano). El editor del periódico, McArdle, accede y envía a Malone a que se entreviste con el profesor Challenger, tarea difícil pues el profesor ya ha agredido a varios periodistas que querían hablar con él acerca de su presunto descubrimiento de dinosaurios vivos en Suramérica. Ese hallazgo había sido ridiculizado por la corriente científica principal, pero Challenger convence a Malone de su veracidad y lo invita a una expedición al Amazonas para conseguir más evidencias del asunto. Se incorporan otros dos personajes a la aventura, el profesor Sumerlee y lord John Roxton, un aventurero que conoce bien el Amazonas al haberse dedicado antes a misiones contra los tratantes de esclavos.

Después del largo viaje, llegan a la meseta con la ayuda de guías indígenas, que al acercarse a la zona se asustan supersticiosamente y huyen antes de que la expedición alcance la meta. Sólo cinco individuos (dos indios, dos mestizos y un africano) permanecen en la expedición. Uno de ellos, el mestizo Gómez, es hermano de un hombre a quien Roxton mató en su lucha contra los tratantes. Cuando la expedición logra poner el pie sobre la parte superior de la enorme meseta, Gómez los atrapa destruyendo el único puente. El africano Zambo es leal y permanece en la base de la meseta para ayudar a sus patrones en el caso de que encuentren un camino de regreso. El otro mestizo muere y los dos indios huyen por el miedo que tienen de esa tierra.

Los expedicionarios se ponen a investigar ese mundo perdido de lo alto de la meseta. Unos pterodáctilos los atacan en un pantano; después Roxton encuentra un poco de arcilla azul que le despierta un enorme interés. Tras explorar el terreno y estar a punto de que los devoren unos dinosaurios, descubren que hay dos especies de humanoides que viven en la meseta. Una es una raza de criaturas de aspecto simiesco, y la otra es una tribu de seres humanos reales, aunque primitivos. Los dos científicos teorizan que en el pasado seguramente fue más fácil subir a la meseta, lo que explicaría la presencia de especies posjurásicas. Estos dos grupos de humanoides luchan constantemente entre sí. Challenger, Summerlee y Roxton son capturados por los simioides.

Roxton consigue escapar, y junto con Malone, a quien no habían capturado, comienzan una operación de rescate y encuentran a sus compañeros en el momento en que los simioides están a punto de arrojarlos por el borde de la meseta. Tras salvarlos, inician una huida en la que se topan con la tribu humana. Bajo su dirección, los hombres primitivos vencen a sus enemigos simiescos y logran la superioridad territorial.

Por los datos proporcionados por un joven destacado de la tribu, los expedicionarios llegan a saber que una de las cuevas deshabitadas, que hay cerca de aquellas en las que vive la tribu, es un túnel que conduce hasta la base de la meseta, lugar que desconocen los primitivos. La tribu desea que los expedicionarios se queden con ellos, pero éstos se escapan furtivamente. Vuelven a Inglaterra lle-

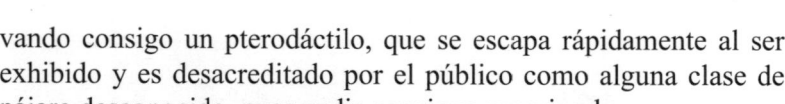

vando consigo un pterodáctilo, que se escapa rápidamente al ser exhibido y es desacreditado por el público como alguna clase de pájaro desconocido, pues nadie consigue examinarlo.

En una cena con los miembros de la expedición en casa de Roxton, éste les muestra la enigmática arcilla azul que, al ser desmenuzada, revela diamantes en su interior. Su valor, de unas doscientas mil libras esterlinas, se reparte entre los compañeros. Challenger utiliza su parte para abrir un museo; Summerlee lo hace para jubilarse, y Roxton para organizar otro viaje al mundo perdido. Malone vuelve a su amada Gladys, para descubrir que ella se ha casado con otro hombre mientras él estaba ausente. No desea quedarse en Inglaterra y se ofrece como voluntario para esa segunda expedición de Roxton.

EL MUNDO PERDIDO

CAPÍTULO PRIMERO

Los heroísmos nos rodean por todas partes

Su padre, el señor Hungerton, era verdaderamente la persona menos dotada de tacto que pudiese hallarse en el mundo; una especie de cacatúa pomposa y desaliñada, de excelente carácter pero absolutamente encerrado en su propio y estúpido yo. Si algo podía haberme alejado de Gladys, era el imaginar un suegro como aquél. Estoy convencido de que creía, de todo corazón, que mis tres visitas semanales a Los Nogales se debían al placer que yo hallaba en su compañía y, muy especialmente, al deseo de escuchar sus opiniones sobre el bimetalismo, materia en la que iba camino de convertirse en una autoridad.

Durante una hora o más tuve que oír aquella noche su monótono parloteo acerca de cómo la moneda sin respaldo disipa la seguridad del ahorro, sobre el valor simbólico de la plata, la devaluación de la rupia y los verdaderos patrones de cambio.

—Supóngase —exclamaba con enfermiza exaltación— que se reclamasen en forma simultánea todas las deudas del mundo y se insistiese en su pago inmediato. ¿Qué ocurriría entonces, dadas las actuales circunstancias?

Le contesté que eso me convertiría, evidentemente, en un hombre arruinado, ante lo cual saltó de su silla reprochando mi habitual ligereza, que le impedía discutir en mi presencia cualquier tema razonable. Tras decir esto, salió disparado de la habitación para vestirse, porque iba a una reunión de masones.

¡Por fin estaba a solas con Gladys, y había llegado la hora que decidiría mi suerte! Durante toda la velada me había sentido como el soldado que espera la señal que le ha de lanzar a una empresa desesperada, alternándose en su ánimo la esperanza de la victoria y el temor al fracaso.

Ella estaba sentada, y su perfil orgulloso y delicado se recortaba sobre el fondo rojo de la cortina que había detrás de ella. ¡Qué bella era! Y, sin embargo, ¡qué distante! Éramos amigos, muy buenos amigos, pero nunca había podido pasar con ella de una camaradería similar a la que podía unirme a cualquiera de mis colegas periodistas de la *Gazette:* una camaradería perfectamente franca, afectuosa y asexual.

Todos mis instintos rechazan a la mujer que se muestra demasiado franca y desenvuelta conmigo. Esto no es ningún cumplido para el hombre. Allí donde surgen los verdaderos sentimientos sexuales, la timidez y el recelo son sus compañeros, como herencia de aquellos viejos y crueles días en los que el amor y la violencia iban con frecuencia de la mano. La cabeza inclinada, los ojos bajos, la voz trémula, el estremecido retroceso ante la proximidad de los cuerpos; éstas, y no la mirada atrevida y la respuesta franca, son las auténticas señales de la pasión. Me había alcanzado la corta experiencia de mi vida para aprender todo eso..., o lo había heredado de esa memoria de la raza humana que llamamos instinto.

Gladys poseía todas las cualidades de la feminidad. Algunos la juzgaban fría y dura, pero semejante pensamiento era una traición. Esa piel delicadamente bronceada, casi oriental en su pigmentación, esos cabellos negros como ala de cuervo, los grandes ojos húmedos, los labios gruesos pero exquisitos..., todos los estigmas de la pasión estaban presentes en ella. Pero yo era dolorosamente consciente de que hasta ahora no había descubierto el secreto que haría surgir esa pasión a la superficie. Sin embargo, fuera como fuese, estaba decidido a terminar con la duda y hacer que las cosas se aclarasen definitivamente aquella noche. Lo más que ella podía hacer era rechazarme, y era mejor ser rechazado como amante que aceptado como hermano.

Hasta ahí me habían llevado mis pensamientos y estaba ya a punto de romper aquel largo y molesto silencio cuando dos ojos negros se posaron en mí con expresión de censura, mientras la orgullosa cabeza se sacudía en un gesto de sonriente reproche.

—Tengo el presentimiento de que te vas a declarar, Ned. Preferiría que no lo hicieses, porque las cosas son mucho más agradables tal y como están.

Acerqué un poco más mi silla.

—Pero, ¿cómo has sabido que iba a declararme? —le pregunté verdaderamente asombrado.

—¿Acaso no lo saben siempre las mujeres? ¿Supones que hubo alguna vez en el mundo mujer a la que una declaración haya cogido de sorpresa? ¡Oh, Ned, nuestra amistad era tan buena y tan placentera! ¡Sería una lástima echarla a perder! ¿No comprendes cuán espléndido resulta que un joven y una muchacha sean capaces de hablar cara a cara, como nosotros lo hacíamos?

—No lo sé, Gladys... Verás, yo puedo hablar cara a cara con... con el jefe de estación.

No puedo imaginar cómo se introdujo este funcionario en la conversación, pero el caso es que apareció, haciéndonos reír a ambos.

—No. Eso no me satisface lo más mínimo. Quiero rodearte con mis brazos, apoyar tu cabeza en mi pecho, y, oh, Gladys, quiero...

Al ver que yo me proponía poner en práctica algunos de mis deseos, ella saltó de su silla.

—Lo has echado todo a perder, Ned —dijo—. Todo es tan bello y natural hasta que estas cosas ocurren... ¡Qué pena! ¿Por qué no puedes dominarte?

—No he sido yo quien lo ha inventado —me defendí—. Es la naturaleza. ¡Es el amor!

—Bien, quizá sería diferente si amásemos los dos. Pero yo nunca he sentido amor.

—Pero tú tienes que sentirlo... ¡Tú, con tu belleza, con tu alma! ¡Oh, Gladys, tú has sido hecha para amar! ¡Debes amar!

—Hay que esperar a que el amor llegue.

—¿Y por qué no puedes amarme a mí, Gladys? ¿Es por mi aspecto, o qué?

Ella pareció ablandarse un poco. Extendió la mano —¡con qué gracia y condescendencia!— y empujó mi cabeza hacia atrás. Luego contempló mi rostro levantado hacia ella y sonrió pensativamente.

—No, no es eso —dijo al fin—. Como no eres uno de esos muchachos engreídos por naturaleza, puedo decirte confiadamente que no es por eso. Es por algo más profundo.

—¿Mi carácter? Asintió severamente.

—¿Qué puedo hacer para enmendarme? Siéntate y discutámoslo. ¡No, no haré nada si te sientas, de verdad!

Me miró con recelo e incertidumbre, algo que me impresionó mucho más en su favor que su habitual y confiada franqueza. ¡Qué bestial y primitivo parece todo esto cuando uno lo pone por escrito! Y quizá, después de todo, sea tan sólo un sentimiento propio de mi naturaleza. De todos modos, ella volvió a sentarse.

—Y ahora, dime qué hay de malo en mí.

—Es que estoy enamorada de otro —dijo ella. Esta vez me tocó a mí saltar de la silla.

—No se trata de nadie en particular —explicó riéndose ante la expresión de mi rostro—. Sólo es un ideal. Nunca he hallado la clase de hombre a que me refiero.

—Háblame de ese hombre. ¿Cómo es? ¿A quién se parece?

—Oh, podría parecerse mucho a ti.

—¡Bendita seas por decir eso! Bueno. ¿Qué es lo que él hace y yo no pueda hacer? Di una sola palabra: que es abstemio, vegetariano, aeronauta, teósofo, superhombre..., y trataré de serlo yo también. Gladys, si sólo me dieras alguna idea de lo que te agradaría que fuese...

Ella rompió a reír ante la flexibilidad de mi carácter.

—Bien —dijo—. Ante todo no creo que mi hombre ideal hablase de este modo. Él sería más duro, más severo y no estaría dispuesto a adaptarse tan fácilmente a los caprichos de una muchacha tonta. Pero, por encima de todo, tendría que ser un hombre capaz de hacer cosas, de actuar, de mirar a la muerte cara a cara sin temerla... Un hombre capaz de grandes hazañas y extraordinarias experiencias. No sería al hombre al que yo amaría, sino a las glorias por él ganadas, que se reflejarían en mí. ¡Piensa en Richard Burton! Cuando leo el libro que su esposa escribió acerca de su vida, comprendo el amor que sentía por él. ¡Y el de *lady* Stanley! ¿Has leído alguna vez ese maravilloso capítulo final del libro que escribió acerca de su marido? Ésa es la clase de hombres que una mujer sería capaz de adorar con toda su alma, engrandeciéndose, en lugar de sentirse más pequeña a causa de su amor, porque todo el mundo la honraría como la inspiradora de nobles hazañas.

Estaba tan bella, exaltada por el entusiasmo, que mis sentidos estuvieron a punto de quebrar el elevado nivel que hasta entonces había mantenido la conversación. Me reprimí con un gran esfuerzo y continué con mis argumentaciones.

—No todos podemos ser Stanleys o Burtons —dije—. Además, tampoco se nos presentan tales oportunidades; por lo menos, yo nunca las tuve. Si se me presentasen, trataría de aprovecharlas.

—Las ocasiones están a nuestro alrededor, sin embargo. El rasgo característico de esa clase de hombre a que me refiero es que son ellos quienes forjan sus propias oportunidades. No es posible retenerlos. Nunca me encontré con uno de ellos, y, sin embargo, me parece que los conozco perfectamente. Estamos rodeados de heroísmos que esperan que nosotros los concretemos. Son los hombres quienes deben hacerlo y a las mujeres les está reservado darles su amor como recompensa. Fíjate en ese joven francés que ascendió en globo la semana pasada. Soplaba un viento fortísimo, pero, como estaba anunciada su partida, insistió en remontarse. El viento lo arrastró a mil quinientas millas de distancia en veinticuatro horas y cayó en el centro de Rusia. Ésta es la clase de hombre a que me refiero. ¡Piensa en la mujer amada por él, en cómo la habrán envidiado las otras mujeres! Esto es lo que me gustaría: que me envidiasen por mi hombre.

—Yo habría hecho lo mismo para complacerte.

—Pero no deberías hacerlo simplemente para agradarme. Deberías hacerlo porque no puedes evitarlo, porque surge de un impulso interior, inherente a ti mismo; porque el hombre que llevas dentro clama por expresarse de una manera heroica. Por ejemplo, tú me describiste, el mes pasado, la explosión en la mina de carbón de Wigan. ¿Por qué no descendiste para ayudar a esa gente, a pesar de la atmósfera deletérea?

—Lo hice.

—Nunca me lo dijiste.

—No valía la pena alardear de ello.

—No lo sabía. —Ella me miró con mayor interés—. Fue valeroso de tu parte.

—Tuve que hacerlo. Si uno quiere escribir un buen reportaje, tiene que estar donde las cosas suceden.

—¡Qué móvil tan prosaico! Eso parece quitarle todo romanticismo. Sin embargo, cualquiera que fuese el motivo, me alegro de que bajases a la mina.

Gladys me tendió la mano, pero con tanta gentileza y dignidad que no pude menos de inclinarme y besársela. Luego me dijo:

—Me atrevo a decir que no soy más que una mujer tonta con caprichos de muchacha. Pero es algo tan real para mí, algo que forma parte de mi ser de manera tan completa, que no tengo más remedio que seguir este impulso y obrar así. Si me caso, me casaré con un hombre famoso.

—¿Por qué no? —exclamé—. Son las mujeres como tú las que impulsan a los hombres. ¡Dame una oportunidad y verás si la aprovecho! Además, como tú has dicho, son los hombres quienes deben crear sus propias oportunidades sin esperar a que les sean dadas. Fíjate en Clive, que no era más que un amanuense y conquistó la India. ¡Por Dios! ¡Aún tengo algo que hacer en el mundo!

Ella rio ante mi súbita efervescencia irlandesa.

—¿Por qué no? —dijo—. Posees todo lo que un hombre pueda desear: juventud, salud, vigor físico, instrucción, energía. Al principio sentí que hablases de ese modo. Pero ahora me alegro, me alegro mucho, de que con ello hayan despertado en ti esos sentimientos.

—¿Y si llego a...?

Su mano se posó como tibio terciopelo sobre mis labios.

—Ni una palabra más, señor. Ya hace media hora que deberías haber llegado a la redacción para tus tareas de la noche; pero no tuve valor para recordártelo. Algún día, quizá, cuando hayas ganado tu lugar en el mundo, hablaremos de todo esto otra vez.

Y así fue como aquella brumosa noche de noviembre me encontré persiguiendo el tranvía de Camberwell, con el corazón que parecía estallar en mi pecho y con la vehemente determinación de no dejar pasar ni un día más sin procurar alguna hazaña que fuese digna de mi dama. Pero nadie en este ancho mundo habría sido capaz de imaginar la envergadura increíble que iba a adquirir esta hazaña, ni los extraños pasos que habrían de llevarme a su concreción.

Después de todo, el lector podría pensar que este capítulo inicial no tiene nada que ver con mi narración; pero ésta no habría existido sin aquél, porque únicamente cuando el hombre se arroja al mundo

pensando que el heroísmo lo rodea por todas partes, y con el deseo siempre vivo en su corazón de salir a conquistar el primero que pueda avizorar, es cuando rompe, como yo lo hice, con la vida acostumbrada y se aventura en el crepúsculo místico de la maravillosa tierra que encierra las grandes aventuras y las grandes recompensas. ¡Heme aquí, pues, en la redacción de la *Daily Gazette,* de cuyo personal era yo un insignificante número, con la firme determinación de hallar aquella misma noche, si era posible, una empresa digna de mi Gladys! ¿Era crueldad rigurosa de su parte, era egoísmo que ella me pidiese que arriesgara mi vida para su propia glorificación? Tales pensamientos pueden asaltar a un hombre de edad madura, pero nunca a un ardoroso joven de veintitrés años en la fiebre de su primer amor.

CAPÍTULO II

Pruebe fortuna con el profesor Challenger

Siempre me inspiró simpatía McArdle, el viejo gruñón, pelirrojo y cargado de espaldas, director de la sección informativa; y estaba casi seguro de que él también me estimaba. Claro está que Beaumont era el verdadero jefe; pero éste vivía en la atmósfera enrarecida de alguna cima olímpica, desde donde no podía distinguir ningún hecho de menor talla que una crisis internacional o un cisma en el Consejo de Ministros. A veces lo veíamos pasar majestuosamente solitario hacia el *sanctum* privado de su despacho, con sus ojos perdidos en el vacío y el pensamiento sobrevolando los Balcanes o el Golfo Pérsico. Estaba por encima y más allá de nosotros. Pero McArdle era su lugarteniente y nosotros tratábamos directamente con él. El viejo me saludó con una inclinación de cabeza cuando entré en la habitación y se subió los espejuelos de sus gafas bien arriba de su calva frente.

—Bueno, señor Malone; según todo lo que he oído, parece que lo está haciendo usted muy bien —dijo con su afectuoso acento escocés.

Le di las gracias.

—Lo de la mina de carbón estuvo excelente. Y también lo del incendio en Southwark. Tiene usted estilo para la descripción realista. ¿Y para qué quería verme ahora?

—Para pedirle un favor.

Esto pareció alarmarle y apartó sus ojos de los míos.

—¡Vaya, vaya! ¿Y de qué se trata?

—¿Cree usted, señor, que tendría alguna posibilidad de enviarme en alguna misión para el periódico? Pondría lo mejor de mí mismo para llevarla a cabo con éxito y traerle buenos artículos.

—¿En qué clase de misión está pensando usted, señor Malone?

—Bueno, señor, cualquiera que contenga aventura y peligros. De verdad que pondría en ella lo mejor de mí mismo. Cuanto más difícil sea, mejor me sentiré en ella.

—Parece usted muy deseoso de perder su vida.

—De justificar mi vida, señor.

—Válgame Dios, señor Malone, esto resulta muy... muy enaltecedor. Pero me temo que ya han pasado los tiempos de tales proezas. Los gastos que cuesta el aparato de una «misión especial» rara vez justifican los resultados. En todo caso, como es natural, esa clase de misiones se encargan a hombres experimentados con un renombre que garantiza la confianza del público. Esos grandes espacios en blanco que llenaban los mapas están siendo ocupados rápidamente y ya no queda lugar en ninguna parte para las aventuras románticas. Sin embargo, ¡espere un poco! —añadió, mientras una repentina sonrisa aparecía en su rostro—. Eso que le decía de los espacios en blanco de los mapas me ha dado una idea. ¿Qué le parecería la idea de poner en descubierto a un farsante —una especie de moderno Münchhausen— y ponerle en ridículo? ¡Usted podría demostrar la clase de individuo que realmente es, un embustero! ¡Hombre, esto estaría muy bien! ¿Y bien, le atrae la idea?

—Me atrae cualquier cosa, y en cualquier lugar. Me da igual.

McArdle se sumió por algunos minutos en sus meditaciones.

—Espero que pueda usted entablar un contacto amistoso; o por lo menos dialogar con ese individuo —dijo por fin—. Posee usted, por lo que puedo apreciar, el don de entablar relaciones con la gente. Supongo que es cuestión de simpatía, de magnetismo animal, de vitalidad juvenil o de algo por el estilo. Yo mismo lo he sentido.

—Es usted muy amable, señor.

—Entonces, ¿por qué no prueba su suerte con el profesor Challenger, de Enmore Park?

Debo reconocer que esto debió producirme un leve sobresalto, porque exclamé:

—¿Challenger? ¡El profesor Challenger, el famoso zoólogo! ¿No fue ése el hombre que le rompió la crisma a Blundell, el cronista del *Telegraph*?

El redactor jefe de noticias se sonrió ásperamente.

—Qué, ¿le afecta eso? ¿No me dijo que buscaba aventuras?

—En este oficio hay que hacer frente a todo, señor —le contesté.

—Exacto. Y presumo que no siempre estará en tal ánimo violento. Pienso que Blundell se encontró con él en un mal momento o lo encaró de manera equivocada. Puede que usted tenga mejor suerte o que se maneje con él con mayor tacto. Estoy seguro de que este asunto se ajusta a sus recursos, está en su línea de trabajo. Y a la *Gazette* le convendría explotarlo.

—La verdad es que no sé nada de ese hombre —dije—. Sólo recuerdo su nombre porque lo relaciono con la vista de la causa ante el tribunal de policía, donde constaba que había golpeado a Blundell.

—Tengo aquí algunas pocas notas que le servirán de guía, señor Malone. Tengo en observación al profesor desde hace tiempo.

Sacó un papel del cajón de su mesa.

—Aquí hay un resumen de sus antecedentes. Voy a leérselo: «Challenger, George Edward. Nació: Largs, N. B., 1863. Estudios: Academia de Largs; Universidad de Edimburgo. Ayudante en el British Museum, 1892. Ayudante-conservador del Departamento de Antropología Comparada, 1893. Dimitió el mismo año después de intercambiar una mordaz correspondencia. Premiado con la Medalla de Crayston por investigaciones zoológicas. Miembro extranjero correspondiente de...» (bueno, aquí una verdadera ristra de nombres, que ocupa cerca de dos pulgadas en tipografía menuda), a Société Belge, American Academy of Sciences, La Plata, etc., etc., expresidente de la Sociedad Paleontológica, Sección H, British Association (¡etc., etc.!). Publicaciones: *Algunas observaciones sobre una serie de cráneos de calmucos: esbozos de la evolución vertebrada;* y numerosos escritos, entre los cuales se incluye *La falacia básica del Weissmannismo,* que ocasionó una acalorada discusión en el Congreso Zoológico de Viena. Distracciones: caminatas, alpinismo. Dirección: Enmore Park, Kensington, W.». Aquí tiene. Llévese esto. No tengo nada más para usted esta noche.

Me metí la hoja de papel en el bolsillo.

—Un momento, señor —le dije, al ver que ya no tenía ante mí una faz rubicunda sino una calva rosada—. Todavía no tengo muy

claro acerca de qué vamos a hablar en la entrevista con este caballero. ¿Qué es lo que ha hecho?

La cara apareció otra vez.

—Hace dos años fue a Sudamérica en una expedición solitaria. Regresó el año pasado. Indudablemente estuvo en Sudamérica, pero se negó a revelar el punto exacto. Comenzó a relatar sus aventuras de un modo vago, pero alguien comenzó a señalar contradicciones y entonces cerró la boca como una ostra. Algo extraordinario debió de ocurrirle, a menos que el hombre sea un campeón del embuste, lo cual sería la suposición más probable. Poseía algunas fotografías deterioradas, que fueron juzgadas como fraudulentas. Se tornó tan susceptible que agrede a cuantos le dirigen preguntas y arroja a los periodistas por las escaleras. En mi opinión, se trata simplemente de un megalómano homicida con inclinación por la ciencia. Este es su hombre, señor Malone. Y ahora lárguese y vea lo que pueda hacer con él. Ya es usted lo bastante grandecito como para cuidar de sí mismo. De todos modos, todos ustedes están asegurados por la Ley de Responsabilidades de los Empresarios, como usted sabe.

Otra vez la sonriente cara rojiza se convirtió en óvalo rosado de calva ornada por una pelusa pelirroja. La entrevista había terminado.

Fui caminando hasta el Savage Club, pero en lugar de entrar me recosté en la barandilla de la Adelphi Terrace y contemplé durante un largo rato, pensativamente, la oscura y aceitosa superficie del río. Siempre pienso con más cordura y claridad al aire libre. Saqué la lista de las proezas del profesor Challenger y la releí a la luz de la bombilla eléctrica. Entonces tuve lo que sólo puedo juzgar como una ráfaga de inspiración. Por todo lo que se me había dicho, estaba seguro de que en calidad de periodista jamás lograría ponerme en contacto con el pendenciero profesor. Pero esas recriminaciones, por dos veces mencionadas en aquel esqueleto de biografía, sólo podían significar que se trataba de un fanático de la ciencia. ¿No era aquélla una brecha abierta, a través de la cual podía hacerse accesible? Lo probaría.

Entré en el club. Acababan de dar las once y ya el gran salón estaba bastante lleno, aunque todavía no había llegado a su máxima concurrencia. Advertí que junto a la chimenea, sentado en un sillón,

estaba un hombre alto, enjuto y anguloso. Se volvió al acercar yo mi silla a donde él se hallaba. Entre todos los hombres que hubiera deseado encontrar, era precisamente aquél a quien habría elegido: Tarp Henry, del equipo de redacción de *Nature;* un ser delgado, seco, correoso, pero lleno de bondad para cuantos le conocían. Entré de inmediato en materia.

—¿Qué sabe usted del profesor Challenger?

—¿Challenger? —frunció el ceño con un gesto de científica desaprobación—. Challenger es ese hombre que vino de América del Sur contando algunas historias increíbles.

—¿Qué historias?

—Oh, una serie de desatinos sobre que había descubierto unos animales estrafalarios. Creo que después se ha retractado. O, en todo caso, ha suprimido todo comentario sobre ello. Concedió una entrevista a los de la agencia Reuter y se levantó tal clamor que el individuo comprendió que aquello no pasaba. Fue algo oprobioso. Hubo uno o dos que se inclinaron a creerle, pero él se encargó de disuadirlos enseguida.

—¿De qué modo?

—Bien, con su insoportable rudeza y con su conducta abusiva. El pobre Wadley, por ejemplo, del Zoological lnstitute; Wadley le había enviado el siguiente mensaje: «El presidente del Zoological lnstitute presenta sus respetos al profesor Challenger y recibiría como un favor personal que le hiciese el honor de asistir a la próxima sesión». La respuesta fue de las que no pueden imprimirse.

—¡Qué me dice!

—Bueno, una versión expurgada de la contestación podría ser como sigue: «El profesor Challenger presenta sus respetos al presidente del Zoological Institute y recibiría como un favor personal que se fuese al demonio».

—¡Santo Dios!

—Sí, creo que eso fue lo que dijo el viejo Wadley. Recuerdo su lamentación durante la reunión, que comenzaba: «En cincuenta años que llevo de experiencia en el intercambio científico...». El pobre viejo quedó destrozado.

—¿Sabe algo más sobre Challenger?

—Bien, usted sabe que yo soy bacteriólogo. Vivo en un microscopio de novecientos diámetros. Apenas puedo dar testimonio fehaciente de lo que veo con mis ojos desnudos. Soy un guardián de las fronteras del límite extremo de lo cognoscible y me siento completamente fuera de lugar cuando salgo de mi laboratorio y me pongo en contacto con ustedes, seres de gran tamaño, rudos y pesados. Estoy demasiado apartado de las habladurías, pero con todo he oído algo acerca de Challenger durante conversaciones científicas, porque éste es uno de esos hombres a los que nadie puede ignorar. Es todo lo inteligente que se pueda ser... una batería de energía y vitalidad a plena carga. Pero es también un pendenciero, un chiflado enfermizo y además sin escrúpulos. En ese asunto de Sudamérica llegó hasta falsificar algunas fotografías.

—Dice usted que es un chiflado. ¿Cuál es su chifladura preferida?

—Tiene un millar, pero la más reciente es algo acerca de Weissmann y la evolución. Creo que en Viena armó una trifulca terrible al respecto.

—¿Podría explicarme de qué se trata?

—En este momento no, pero existe una traducción de las actas y la tenemos archivada en la oficina. Si no tiene inconveniente en venir...

—Es precisamente lo que me hace falta. Tengo que hacerle un reportaje a ese individuo y ando buscando algo que me guíe hasta él. Es verdaderamente formidable de su parte que me proporcione una pista. Voy con usted, si no es ya demasiado tarde.

Media hora más tarde me hallaba sentado en la redacción del periódico con un grueso volumen ante mí, abierto en el artículo «Weissmann versus Darwin», que llevaba como subtítulo «Vivas protestas en Viena. Bulliciosas sesiones». Como mi educación científica había sido algo descuidada, no fui capaz de seguir la argumentación en su totalidad, pero era evidente que el profesor inglés había tratado su tema de manera muy agresiva, fastidiando sobremanera a sus colegas continentales. «Protestas», «alboroto» y «llamamiento conjunto a la Presidencia» fueron tres de las primeras frases entrecomilladas que cautivaron mi atención. Pero la mayor parte del tex-

to era para mí como escritura china y carecía de significado preciso para mi inteligencia.

—¿Podría pedirle que me tradujese esto al inglés? —rogué patéticamente a mi colaborador.

—Bueno, ya es una traducción al inglés.

—Entonces quizá sería mejor que probase suerte con el original.

—Sí, desde luego es demasiado profundo para un lego.

—Si pudiera hallar un solo párrafo, sencillo y sustancioso, que pudiese comunicar alguna clase de idea humana concreta, bastaría para mis propósitos. Ah, sí, ésta puede servir. Casi me parece comprenderla, aunque de manera difusa. La voy a copiar. Éste será mi enganche con el terrible profesor.

—¿Puedo hacer algo más por usted?

—Pues sí; me propongo escribirle. Si pudiera redactar la carta aquí y usar su dirección, le daría un aire más convincente.

—Y ese fulano irrumpirá aquí, para dar un escándalo y romper el mobiliario.

—No, no; ya leerá la carta. Le aseguro que no será irritante.

—Bien, aquí tiene mi sillón y mi mesa. Allí encontrará papel. Me gustaría censurar el contenido antes de que envíe la carta.

Me llevó bastante trabajo redactarla, pero me envanezco de que una vez terminada no resultaba nada mal. Se la leí en voz alta al bacteriólogo censor, con cierto orgullo ante mi labor.

«Querido profesor Challenger (decía la carta). Como humilde estudioso de la Naturaleza, siempre he tenido el más profundo interés en sus especulaciones sobre las diferencias entre Darwin y Weissmann. Recientemente he tenido ocasión de refrescar mis conocimientos al releer...».

—¡Infernal embustero! —murmuró Tarp Henry.

«... al releer su magistral alocución de Viena. Esta lúcida y admirable exposición parece constituir la última palabra en la materia. Hay un párrafo en la misma, no obstante, que dice: "Protesto enérgicamente contra la aseveración insoportable y completamente dogmática de que cada *id* aislado es un microcosmos que lleva en sí una arquitectura histórica elaborada lentamente a lo largo de la sucesión de las generaciones". ¿No

desea usted, en vista de las investigaciones posteriores, modificar esta aserción? ¿No cree que está demasiado subrayada? Como tengo algunas opiniones muy firmes sobre el tema, me permito solicitar de usted el favor de una entrevista, porque tengo algunas sugerencias que proponerle que sólo podría elaborar a través de una conversación personal. Si usted lo permite, tendré el honor de visitarle pasado mañana (miércoles) a las once de la mañana.

»Asegurándole mi más profundo respeto, quedo de usted, muy atentamente,

Edward D. Malone».

—¿Qué tal? —pregunté triunfalmente.

—Bien, si su conciencia lo soporta...

—Hasta ahora nunca me ha fallado.

—Pero, ¿qué se propone hacer?

—Entrar. Una vez que me encuentre en su despacho, tal vez se presente alguna ocasión. Puedo hasta llegar a una confesión amplia. Si tiene alma de deportista, la cosa le hará cosquillas.

—¿Cosquillas, dice usted? Algo más que cosquillas le hará a usted. Una cota de mallas, o un equipo completo de futbolista americano es lo que va a necesitar. Bien, adiós. Si él se digna contestar, tendré la respuesta aquí el miércoles próximo por la mañana y usted podrá pasar a buscarla. Es un carácter violento, peligroso y pendenciero, odiado por todos los que se tropiezan con él; blanco de los estudiantes, hasta donde se atreven a tomarse libertades con él. Quizá sería mucho mejor para usted que no hubiese oído hablar jamás de ese fulano.

CAPÍTULO III
Es un hombre totalmente insoportable

El temor o el deseo de mi amigo no estaban destinados a cumplirse. Cuando el miércoles fui a su despacho, había allí una carta con el matasellos de West Kensington en el sobre y mi nombre garrapateado sobre él con una letra que se asemejaba a una cerca de alambre espinoso. El contenido era el siguiente:

«Enmore Park, W.

Señor: he recibido puntualmente su carta, en la que pretende respaldar mis puntos de vista, aunque no sabía yo que necesiten del respaldo de usted ni de nadie. Se ha arriesgado usted a emplear la palabra «especulación» refiriéndose a mis declaraciones sobre el tema del darwinismo, y me permito llamar su atención acerca de lo altamente ofensiva que resulta esa palabra aplicada a ese contexto. Sin embargo, deduzco del mismo que usted ha pecado más bien por ignorancia y falta de tacto que por malicia, de modo que paso por alto el asunto. Cita usted un párrafo aislado de mi disertación y parece tener alguna dificultad para comprenderlo. Hubiese creído que sólo una inteligencia infrahumana podría ser incapaz de comprender ese punto, pero si realmente necesita una explicación, consentiré en recibirlo a la hora que me señala, a pesar de todo lo desagradable que me resultan las visitas y los visitantes, de cualquier clase que sean. En cuanto a su sugerencia sobre la posibilidad de que modifique mi opinión, quiero que sepa usted que no tengo por costumbre hacerlo después de haber expresado de manera deliberada mis meditadas opiniones. Tenga la amabilidad de mostrar el sobre de esta carta a mi hombre de confianza, Austin, cuando llegue aquí, ya que éste se ve obligado a tomar toda clase de precauciones

para protegerme de esa gentuza entrometida que se autotitulan *periodistas.*
Atentamente,

George Edward Challenger».

Tal era la carta que leí en voz alta a Tarp Henry, que había llegado temprano para enterarse del resultado de mi aventura. Su único comentario fue: «Creo que hay una nueva sustancia, *cuticura,* o algo así, que es mejor que el árnica». Algunas personas tienen este peculiar sentido del humor.

Eran casi las diez y media cuando recibí el mensaje, pero un *taxicab* me llevó al lugar de mi cita con puntualidad. Se detuvo frente a una casa de imponente pórtico y ventanas veladas por pesadas cortinas, que parecían corroborar que el formidable profesor era persona opulenta. Abrió la puerta un extraño individuo de edad incierta; moreno, extremadamente enjuto y vestido con una chaqueta oscura de piloto y polainas de cuero castaño. Más adelante supe que era el chófer, que ocupaba el puesto de mayordomo cuando éste quedaba vacante por las sucesivas huidas de sus servidores. Me miró de arriba abajo con inquisitivos ojos celestes.

—¿Lo esperan? —preguntó.

—Estoy citado.

—¿Ha traído su carta?

Exhibí el sobre.

—¡Está bien!

Parecía hombre de pocas palabras. Cuando lo seguía por el pasillo, me detuvo súbitamente una mujer pequeña que salió de una habitación que luego resultó ser el comedor. Era una dama despejada, vivaz, de ojos negros, que por su tipo parecía más bien francesa que inglesa.

—Un momento —dijo—. Puede esperar, Austin. Pase aquí dentro, señor. ¿Puedo preguntarle si se ha encontrado antes de ahora con mi esposo?

—No, señora. No he tenido ese honor.

—Pues entonces le pido disculpas por adelantado. Debo decirle que es una persona totalmente insoportable... absolutamente insoportable. Estando usted advertido, le será más fácil hacerse cargo.

—Es usted sumamente atenta, señora.

—Si observa usted que se siente inclinado a la violencia, salga enseguida del cuarto y no se detenga a discutir con él. Ya son varias las personas que han resultado lesionadas por intentarlo. Luego viene el escándalo público y repercute en mí y en todos nosotros. Presumo que usted quería verlo a propósito de Sudamérica. Yo no podía mentir a una dama.

—¡Dios mío! Precisamente es ése el tema más peligroso. Usted no creerá una sola palabra de cuanto él diga... y créame que no me extraña. Pero no se lo diga, porque eso le pone furioso. Finja que lo cree y así saldrá del paso sin problemas. Recuerde que él cree que eso es verdad. De esto puede estar seguro. No hubo nunca un hombre más honrado que él. No espere más porque eso podría hacerlo desconfiar. Si ve que se pone peligroso, realmente peligroso, toque el timbre y manténgale a distancia hasta que yo llegue. Yo suelo controlarlo hasta en sus peores momentos.

Tras estas frases tan estimulantes, la dama me puso en manos del taciturno Austin, que durante nuestra breve entrevista había estado esperando como la estatua de bronce de la discreción, y fui conducido hasta el final del pasillo. Un golpecito en la puerta, un mugido de toro en el interior, y me vi cara a cara con el profesor.

Estaba sentado en un sillón giratorio detrás de una ancha mesa cubierta de libros, mapas y diagramas. Cuando entré, hizo girar su asiento para quedar frente a mí. Su aspecto me dejó boquiabierto. Iba preparado para hallar algo extraño, pero no con una personalidad tan abrumadora como aquélla. Lo que dejaba a uno sin aliento era su tamaño... su tamaño y su imponente presencia. Su cabeza era enorme, la más grande que he visto sobre los hombros de ningún ser humano. Estoy seguro de que si me hubiese atrevido a probarme su sombrero de copa, se habría deslizado enteramente hasta descansar en mis propios hombros. Tenía una cara y una barba que yo podía asociar con un toro asirio; la primera de un rojo encarnado, y la segunda, tan negra que arriesgaba convertirse en azul, en forma de azada y cayendo deshilachada sobre su pecho. También su cabello era peculiar, pues tenía pegado sobre su frente maciza una especie de mechón ondulado y largo. Los ojos eran de un azul grisáceo bajo sus cejas tupidas y largas, y miraban en forma directa, rigurosa y dominadora. Unos hombros anchísimos y un pecho como un tonel

eran las otras partes de su cuerpo que sobresalían de la mesa, además de unas manos enormes cubiertas de vello largo y negro. Todo esto y una voz retumbante, con ecos de bramido y rugido, constituyeron mis primeras impresiones acerca del renombrado profesor Challenger.

—Bien —dijo clavándome la mirada con la mayor insolencia—. ¿Y ahora qué?

Yo debía mantener mi impostura al menos durante un breve espacio de tiempo más, pues de lo contrario evidentemente allí habría terminado la entrevista.

—Tuvo usted la gentileza, señor, de concederme una cita —dije humildemente, sacando el sobre de su carta.

Buscó mi propia carta, que estaba sobre su escritorio y la extendió ante sí.

—Oh, usted es el joven que no puede entender lo que está escrito en inglés sencillo, ¿no es cierto? Según creo, usted se digna conceder su aprobación a mis conclusiones.

—¡Por completo, señor, por completo! —afirmé con énfasis.

—¡Dios mío! Eso refuerza mucho mi posición, ¿verdad? Su edad y su aspecto hacen su apoyo doblemente valioso. Bien, por lo menos es mejor que esa piara de cerdos de Viena, cuyo gregario gruñido, sin embargo, no resulta más ofensivo que el esfuerzo aislado del puerco británico.

Me miró fijamente, como si yo fuese un ejemplar representativo de dicha bestia.

—Por lo visto se han portado abominablemente —le dije.

—Le aseguro que me basto solo para entablar mis propias batallas, y que no tengo necesidad de su simpatía, para nada. Déjeme solo, señor, entre la espada y la pared. G. E. C. nunca es tan feliz como en una situación semejante. Bien, señor, abreviemos todo lo posible esta visita, que difícilmente podrá resultar agradable a usted y que es indescriptiblemente fastidiosa para mí. Si no entendí mal, usted tenía algunos comentarios que hacer a la proposición que yo adelantaba en mi tesis.

Sus métodos dialécticos eran de una franqueza tan brutal que se hacía difícil eludirlos. Pero yo tenía que seguir el juego, en espera de una mejor baza. Visto desde lejos, parecía algo sencillo. Oh, ¿será

posible que mi imaginación irlandesa no pueda ayudarme ahora, cuando la necesito con tanta urgencia? Me traspasó con sus ojos acerados y penetrantes.

—¡Vamos! ¡Vamos! —urgió con su voz retumbante.

—Yo, naturalmente, no soy más que un simple estudioso —dije con fatua sonrisa—, apenas algo más, quiero decir, que un investigador aplicado. Al mismo tiempo, me pareció que usted procedía algo severamente con Weissmann en este asunto. ¿Acaso las pruebas generales aportadas desde aquella fecha no revelan una tendencia, eso es, una tendencia a reforzar su posición?

—¿Qué pruebas?

Hablaba con una calma amenazadora.

—Bueno, claro, sé muy bien que no hay ninguna prueba que pueda llamarse *definitiva*. Aludía simplemente a las tendencias del pensamiento moderno y al punto de vista científico general, si me permite expresarlo de ese modo.

Se echó hacia adelante con gran seriedad.

—Supongo que usted sabrá —dijo, mientras contaba las preguntas con sus dedos— que el índice craneano es un factor constante.

—Naturalmente —dije yo.

—Y que la telefonía se halla aún *sub índice*.

—Sin duda.

—Y que el plasma del germen es diferente del huevo partenogenético.

—¡Desde luego! —exclamé, deleitado ante mi propia audacia.

—Pero, ¿qué prueba todo esto? —preguntó con voz suave y persuasiva.

—Ahí está —murmuré—. ¿Qué prueba?

—¿Quiere que se lo diga? —dijo con voz arrulladora.

—Se lo ruego.

—¡Prueba —rugió con súbita explosión de furia— que es usted el más redomado impostor de Londres, un villano y rastrero periodista, que lleva dentro tan poca ciencia como decoro!

Se había puesto en pie de un salto, con sus ojos llenos de un loco furor. Incluso en aquel momento de tensión, tuve tiempo para asombrarme al descubrir que Challenger era un hombre más bien

pequeño, y que su cabeza no sobrepasaba mis hombros; o sea, que era un Hércules desmedrado, cuya tremenda vitalidad se había concentrado totalmente en anchura, fondo y cerebro.

—¡Galimatías! —gritó echado hacia adelante, con los dedos apoyados en la mesa y el rostro proyectado hacia mí—. Eso es lo que le he estado diciendo a usted, caballero... ¡Un galimatías científico! ¿Creyó usted que podía competir en astucia conmigo, usted, con su cerebro del tamaño de una nuez? ¿Es que os creéis omnipotentes, condenados escritorzuelos? ¿Pensáis que vuestros elogios pueden encumbrar a un hombre y vuestras censuras destruirlo? De modo que todos nosotros debemos inclinarnos ante vosotros para intentar obtener una frase amable, ¿no es así? ¡A éste hay que ponerlo por las nubes y a ese otro hay que echarlo abajo! ¡Gusanos reptadores, os conozco bien! Os creéis tan influyentes que os habéis olvidado de cuando os cortaban las orejas. Habéis perdido el sentido de la proporción. ¡Globos hinchados de gas! Yo os pondré en el lugar que os corresponde. Sí, señor. Con G. E. C. no habéis podido. Aún queda un hombre que puede dominaros. Os advertí las consecuencias, pero puesto que *insistís* en venir, vive Dios que será a vuestro propio riesgo. Pague la deuda, mi querido señor Malone, exijo que pague la deuda. Se ha puesto usted a jugar un juego peligroso y tengo la impresión de que ha perdido la partida.

—Escuche, señor —dije retrocediendo hasta la puerta y abriéndola—. Usted puede ofenderme si lo desea, pero todo tiene un límite. No permitiré agresiones.

—No, ¿eh? —avanzó despacio, de una manera curiosamente amenazadora; pero se detuvo de pronto y puso sus manazas en los bolsillos laterales de la corta chaqueta, bastante juvenil, que usaba—. Ya he arrojado de esta casa a varios de ustedes. Usted será el cuarto o el quinto. Cada uno me costó, por término medio, tres libras y quince chelines. Caro, pero muy necesario. Y ahora, señor, ¿por qué no va a seguir el camino de sus cofrades? Yo creo que no tiene más remedio.

Reanudó su avance furtivo y desagradable, apoyándose en la punta de los pies, como haría un profesor de baile.

Yo podría haber escapado por la puerta del vestíbulo, pero habría sido demasiado ignominioso. Además, empezaba a brotar den-

tro de mí un pequeño ardor de ira justiciera. Hasta entonces era yo quien desafortunadamente carecía de razón, pero las amenazas de este hombre me estaban justificando.

—Le advierto que no me ponga las manos encima, señor. No se lo permitiré.

—Ah, conque no me lo permitirá, ¿eh?

Se alzaron sus negros bigotazos y su mueca de burla puso al descubierto un reluciente colmillo blanco.

—¡No haga el tonto, profesor! —le grité—. ¿Qué espera obtener? Peso doscientas diez libras, soy tan duro como un clavo y juego de centro tres-cuartos en el London Irish. No soy hombre para...

En ese momento se arrojó sobre mí. Fue una suerte que yo hubiese abierto la puerta, porque si no la hubiésemos perforado. Rodamos por el pasillo como una rueda catalina, hechos un ovillo. Debimos enredarnos, no sé cómo, en una silla que encontramos por el camino y nos la llevamos arrastrando hasta la calle. Mi boca estaba llena de pelos de su barba, nuestros brazos estaban trabados entre sí, nuestros cuerpos anudados y la condenada silla irradiaba sus patas por todas partes. Austin, siempre vigilante, había abierto de par en par la puerta del vestíbulo. Y allí fuimos a parar, dando un salto mortal de espaldas, por la escalinata de entrada. He visto a los dos Macs intentar algo por el estilo en un espectáculo; pero, según parece, hace falta cierta práctica para no hacerse daño. La silla se hizo astillas al pie de la escalera y nosotros rodamos hasta la cuneta de la calle. El profesor se levantó de un salto, agitando los puños y resollando como un asmático.

—¿Recibió lo suficiente? —jadeó.

—¡Condenado fanfarrón! —grité, mientras volvía a ponerme en guardia.

Allí mismo habríamos zanjado la cuestión, porque él estaba desbordante de ganas de pelear, pero por fortuna fui rescatado de tan abominable situación: un policía estaba a nuestro lado, con su libreta de notas en la mano.

—¿Qué significa todo esto? Vergüenza debería darles —dijo.

Eran las observaciones más razonables que había escuchado desde que había llegado a Enmore Park. El policía insistió, volviéndose hacia mí:

—Vamos a ver, ¿qué ha pasado?

—Este hombre me ha atacado —contesté.

—¿Ha atacado usted a este hombre? —preguntó el policía.

El profesor respiró con fuerza y no dijo nada.

—Tampoco es la primera vez —añadió severamente el policía, sacudiendo la cabeza—. El mes pasado tuvo usted un problema por el estilo. Le ha puesto usted un ojo negro al joven. ¿Mantiene usted la acusación, señor?

Me aplaqué.

—No —dije—, no la mantengo.

—¿Qué significa eso? —preguntó el policía.

—La culpa fue mía. Me metí en su casa. Me lo advirtió.

El policía cerró de golpe su libro de notas y dijo:

—Es mejor que no vuelva a suceder una cosa así. Y ustedes circulen, vamos, circulen.

Esto último iba dirigido al muchacho de la carnicería, a una joven y a uno o dos holgazanes que habían formado un corrillo a nuestro alrededor. Se alejó pisando fuerte, calle abajo, llevándose delante de él a aquel pequeño rebaño. El profesor me miró y en el fondo de sus ojos brillaba una chispa de humor.

—¡Venga adentro! —me dijo—. No he acabado con usted.

Las palabras tenían un retintín siniestro, pero a pesar de ello le seguí al interior de la casa. El criado Austin, que parecía una estatua de madera, cerró la puerta detrás de nosotros.

CAPÍTULO IV

Es la cosa más grandiosa del mundo

Apenas cerrada la puerta de la calle, la señora Challenger salió del comedor como una flecha. La mujercita estaba de un humor terrible. Le cerró el paso a su marido como una gallina enfurecida que hiciera frente a un *bulldog*. Era evidente que me había visto salir, pero no había advertido mi retorno.

—¡Eres una bestia, George! —gritó—. Has lastimado a ese joven tan amable. Él señaló hacia atrás con su dedo pulgar.

—Ahí está, sano y salvo detrás de mí. Ella se quedó confusa, y no sin motivo.

—Perdone. No le había visto.

—Le aseguro, señora, que todo está bien.

—¡Ha dejado marcas en su cara, pobrecillo! ¡Oh, George, qué bruto eres! Semana tras semana no hemos tenido más que escándalos. Todos te empiezan a aborrecer y se burlan de ti. Has acabado con mi paciencia. No soporto más.

—La ropa sucia... —tronó él.

—No es ningún secreto —exclamó ella—. ¿No sabes que toda la calle, para el caso todo Londres...? Austin, retírese, no lo necesitamos aquí. ¿No sabes que todos hablan de ti? ¿Dónde está tu dignidad? Tú, que deberías estar como *regius professor* en una gran universidad, con mil alumnos reverenciándote... ¿Dónde está tu dignidad, George?

—¿Y qué me dices de la tuya, querida?

—Estás acabando con mi paciencia. Un matón, un matón pendenciero y vulgar: eso es lo que te has vuelto.

—Sé buena, Jessie.

—¡Un matón escandaloso y lleno de furia!

—¡Esto ya es demasiado! ¡Al banquillo de penitencia! —dijo él.

Para mi asombro, le vi indinarse, levantar en vilo a su esposa y sentarla en un alto pedestal de mármol negro que había en un ángulo del vestíbulo. Tendría al menos siete pies de altura y era tan estrecho que sólo con dificultad conseguía ella mantener el equilibrio. Me resultaba difícil imaginar un espectáculo más absurdo que el que ella presentaba, allí encaramada, con su rostro convulso de ira, los pies balanceándose en el aire y su cuerpo rígido por el temor de una caída.

—¡Déjame bajar! —gemía.

—Di «por favor».

—¡Eres un bruto, George! ¡Bájame enseguida!

—Venga a mi despacho, señor Malone.

—La verdad, señor... —dije, mirando a la dama.

—Aquí está el señor Malone que aboga en tu defensa, Jessie. Di «por favor» y te bajo enseguida.

—¡Oh, qué bestia eres! ¡Por favor! ¡Por favor!

La bajó al suelo como si hubiese sido un canario.

—Es preciso que te comportes bien, querida. El señor Malone es un periodista. Mañana lo publicará todo en su periodicucho y se venderá una docena extra de ejemplares entre nuestros vecinos. «Curiosa historia en el mundo de la clase alta» (estabas bastante alta sobre ese pedestal, ¿no es cierto?). Y luego un subtítulo: «Ojeada a un extraño matrimonio». Este señor Malone es un devorador de carroña, que se alimenta de inmundicia, como todos los de su especie —*porcus ex grege diaboli*—, un cerdo de la piara del diablo. ¿Qué le sucede, Malone?

—Es usted realmente intolerable —le dije acaloradamente.

El profesor soltó la risa en forma de mugido.

—Ya tenemos aquí una coalición —gritó con su voz atronadora, mirando a su mujer y luego a mí, mientras ahuecaba su enorme pecho.

Pero de pronto alteró su tono, diciendo:

—Disculpe estas frívolas chanzas familiares, señor Malone. Le pedí que volviese con un propósito mucho más serio que el de mezclarlo en nuestras pequeñas bromas domésticas. Largo de aquí, mujercita, y no te enojes.

Puso una manaza en cada uno de sus hombros:

—Todo lo que dices es la pura verdad. Si yo hiciese caso de tus consejos sería un hombre mucho mejor de lo que soy. Pero ya no sería del todo George Edward Challenger. Hay muchísimos hombres mejores, querida, pero sólo un G. E. C. De modo que debes sacar de mí lo mejor que puedas.

Súbitamente le dio un sonoro beso, que me desconcertó aún más que su anterior violencia.

—Y ahora, señor Malone —prosiguió con un gran acceso de dignidad—, sígame, *por favor.*

Volvimos a entrar en la habitación que habíamos dejado tan tumultuosamente diez minutos antes. El profesor cerró cuidadosamente la puerta una vez adentro, me condujo hasta un sillón y puso una caja de cigarros bajo mi nariz.

—Auténticos San Juan Colorado —dijo—. Las personas excitables como usted mejoran con los narcóticos. ¡Cielos! ¡No muerda la punta! ¡Corte, córtela con reverencia! Y ahora reclínese allí y escuche atentamente cuanto me dispongo a decirle. Si llega a ocurrírsele alguna observación, resérvela para una ocasión más oportuna.

»Ante todo, lo que se refiere a su retorno a mi casa después de su más que justificada expulsión —adelantó su barba y me miró fijamente, como desafiándome a que lo contradijese—, después, como decía, de su bien merecida expulsión. La razón ha sido su respuesta a ese policía entrometido, en la cual me pareció distinguir un tenue resplandor de buenos sentimientos por parte suya. Por lo menos, una mayor proporción de la que estoy acostumbrado a asociar con los de su profesión. Al admitir que era usted quien tenía la culpa del incidente, demostró poseer cierta amplitud mental y una altura de miras que me predispusieron en su favor. La subespecie de la raza humana a la cual usted pertenece, por desgracia, siempre ha estado por debajo de mi horizonte mental. Sus palabras lo elevaron de pronto por encima de aquélla, e hicieron que me fijase en usted seriamente. Por esa razón le pedí que regresara conmigo, cuando me sentí dispuesto a conocerlo más a fondo. Tenga la amabilidad de depositar la ceniza en la bandejita japonesa que está sobre la mesa de bambú que tiene junto a su codo izquierdo.

Todo esto fue dicho estentóreamente, como cuando un profesor se dirige en clase al conjunto de todos sus alumnos. Había empujado su sillón giratorio para quedar frente a mí, y allí sentado parecía inflarse como una enorme rana-toro, con la cabeza echada hacia atrás y los ojos medio ocultos bajo sus ceñudos párpados. De pronto se volvió de costado con su sillón giratorio y todo lo que pude ver de él fueron sus cabellos enmarañados y una oreja roja y protuberante. Estaba escarbando entre un montón de papeles en desorden que tenía sobre su escritorio. Al fin se volvió hacia mí con algo que parecía un estropeadísimo cuaderno de dibujo entre sus manos.

—Voy a hablarle a usted acerca de Sudamérica —dijo—. Sin comentarios, por favor. Para comenzar, quiero que sepa que nada de lo que voy a decirle ahora debe ser repetido en público, de cualquier clase que sea, hasta que tenga usted mi autorización expresa. De acuerdo a toda humana probabilidad, esa autorización no la tendrá jamás. ¿Está claro?

—Es muy duro eso —comenté—. Seguramente un relato juicioso...

Volvió a colocar el libro de apuntes sobre la mesa.

—Hemos terminado. Le deseo muy buenos días.

—¡No, no! —exclamé—. Me someto a todas las condiciones. Por lo que alcanzo a ver, no tengo ninguna opción.

—Ni la más mínima —respondió.

—Bueno, entonces acepto.

—¿Palabra de honor?

—Palabra de honor.

Me miró con expresión de duda en sus ojos insolentes.

—Después de todo, ¿qué sé yo de su honor?

—¡Palabra, señor —exclamé agriamente—, que se está tomando usted libertades muy grandes! Nadie me ha insultado así en toda mi vida.

Mi explosión pareció interesarle, en lugar de fastidiarlo.

—Cabeza redonda, braquicéfalo, ojos grises, pelo negro, con sugerencias negroides. ¿Un celta, verdad?

—Soy irlandés, señor.

—¿Irlandés, irlandés?

—Sí, señor.

—Naturalmente, eso lo explica todo. Veamos: me ha prometido usted que mis confidencias serán respetadas, ¿no es cierto? Le advierto que estas confidencias no serán completas ni mucho menos. Pero estoy dispuesto a darle unas pocas indicaciones que pueden ser de interés. En primer lugar, probablemente ya estará usted enterado de que hace dos años hice un viaje a Sudamérica: una expedición que llegará a ser clásica en la historia científica del mundo. El objeto de mi viaje era verificar algunas conclusiones obtenidas por Wallace y Bates, algo que sólo era posible observando los hechos referidos en condiciones idénticas a las que ellos habían registrado. Si mi expedición no hubiese conseguido otros resultados, igualmente habría sido notable; pero mientras estaba allí presencié un curioso incidente que abrió ante mí líneas de investigación completamente inéditas.

»Sabrá usted —aunque probablemente no lo sepa, viviendo como vive en esta época educada a medias— que las comarcas que rodean el Amazonas están sólo parcialmente exploradas, y que gran número de afluentes, muchos de los cuales ni figuran en los mapas, desembocan en el río principal. Me había propuesto visitar esa región poco conocida y apartada para examinar su fauna, que me proporcionó materiales para varios capítulos de esa grande y monumental obra sobre zoología que se convertirá en la justificación de mi vida. Regresaba ya, cumplida mi labor, cuando tuve ocasión de pasar una noche en una pequeña aldea india que se hallaba en el punto en que cierto afluente —cuyo nombre y posición me reservo— desemboca en el Amazonas. Los indígenas eran indios cucamas, raza afable pero degradada, cuya capacidad mental es apenas superior a la del londinense medio. Había yo efectuado algunas curaciones entre ellos, durante mi viaje río arriba, y los había impresionado considerablemente con mi personalidad. Por eso no me sorprendió que esperasen ansiosamente mi regreso. Por las señas que me hacían, supuse que alguien necesitaba con urgencia mis servicios médicos y seguí al jefe a una de sus chozas. Al entrar descubrí que el enfermo que deseaban que auxiliase acababa de expirar. Para mi sorpresa, no era un indio sino un hombre blanco. En verdad, debo decir era un hombre blanquísimo, porque tenía el pelo color de lino y algunas características de un albino. Vestía ropas

harapientas, estaba muy demacrado y mostraba todas las señales de haber sufrido prolongadas penurias. Por lo que pude entender de los relatos de los indígenas, les era completamente desconocido y había llegado hasta su aldea a través de los bosques solo y en el último grado del agotamiento.

»La mochila del hombre estaba junto a su camastro y examiné su contenido. Su nombre estaba escrito en una tablilla que había dentro: "Maple White, Lake Avenue, Detroit, Michigan". He aquí un nombre ante el cual siempre estaré dispuesto a quitarme el sombrero. Creo que no exagero si digo que su nombre figurará al mismo nivel que el mío cuando llegue el momento de repartir el crédito de este asunto.

»El contenido de la mochila mostraba de manera evidente que ese hombre había sido un artista y un poeta en busca de impresiones. Encontré algunos versos garrapateados. No me juzgo árbitro en estas materias, pero me parecieron bastante faltos de mérito. También hallé algunas pinturas más bien vulgares de paisajes ribereños, una caja de pinturas, otra de tizas de colores, algunos pinceles, ese hueso curvo que ahora descansa sobre mi tintero, un tomo del libro de Baxter, *Polillas y mariposas,* un revólver barato y unos pocos cartuchos. En cuanto a objetos de equipaje personal, o nunca los tuvo o los había perdido durante su viaje. Estos eran todos los bienes que había dejado aquel extraño bohemio americano.

»Iba ya a alejarme del muerto cuando observé que algo sobresalía de la parte delantera de su harapienta chaqueta. Era este álbum de dibujos, que ya entonces estaba tan deteriorado como lo ve usted ahora. Porque de veras puedo asegurarle que jamás una primera edición de las obras de Shakespeare fue tratada con tanta reverencia como la que he reservado a esta reliquia desde el momento en que llegó a mi poder. Aquí se la entrego a usted, y le pido que la examine página por página y estudie su contenido.

Se sirvió uno de sus cigarros y se recostó en su sillón mientras me observaba con sus ojos agresivamente críticos, para tomar nota del efecto que este documento iba a producirme.

Yo había abierto el volumen con la expectativa de quien va a hallar alguna revelación, pero cuya naturaleza no puede imaginar. No obstante, la primera página era decepcionante, pues sólo con-

tenía el retrato de un hombre muy gordo con una chaqueta verde claro y el epígrafe «Jimmy Colver en el vapor correo». Seguían algunas páginas llenas de pequeños esbozos de indios y sus costumbres. Luego apareció el dibujo de un eclesiástico simpático y corpulento, con sombrero de teja, sentado frente a un europeo muy delgado; la inscripción rezaba: «Almuerzo con Fra Cristofero en Rosario». Estudios de mujeres y niños ocupaban varias páginas más, hasta que de pronto comenzaba una serie ininterrumpida de dibujos de animales con explicaciones como éstas: «Manatí en un banco de arena», «Tortugas y sus huevos», «Agutí negro bajo una palmera mirití» (este último exhibía un animal parecido a un cerdo). Venía por último una doble página con estudios de saurios muy desagradables, de largos hocicos. No saqué nada en limpio de todo aquello y así se lo dije al profesor.

—Seguramente son cocodrilos, ¿no?

—¡Caimanes, caimanes! En América del Sur no hay nada parecido a un auténtico cocodrilo. La diferencia que hay entre unos y otros...

—Quise decir que no veo aquí nada fuera de lo común... Nada que justifique lo que usted ha dicho. Él se sonrió serenamente.

—Pruebe con la página siguiente —dijo.

Seguí sin poder satisfacerlo. Era un paisaje a toda página, coloreado toscamente, el tipo de bocetos que los pintores de paisajes naturales suelen hacer como guía para una futura obra más elaborada. En primer plano se veía una suave vegetación de color verde pálido, que ascendía en pendiente y terminaba en una línea de riscos de un color rojo oscuro, curiosamente plegados con rebordes en forma de costillas que me hicieron recordar algunas formaciones basálticas que había visto. Se extendían como un muro ininterrumpido por todo el fondo del paisaje. En un punto se elevaba una roca piramidal aislada, coronada por un árbol corpulento, y que parecía estar separada del risco principal por una hendidura. Detrás de todo, un cielo azul tropical. Una delgada línea verde de vegetación ornaba la cumbre del rojizo risco. En la página siguiente había otra acuarela del mismo lugar, pero tomada desde una posición mucho más cercana, lo cual permitía ver los detalles con toda claridad.

—¿Y bien? —me preguntó.

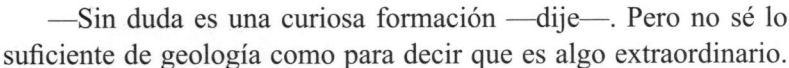

—Sin duda es una curiosa formación —dije—. Pero no sé lo suficiente de geología como para decir que es algo extraordinario.

—¿Extraordinario? —repitió—. Es única. Es increíble. Nadie en el mundo soñó jamás con semejante posibilidad. Pase ahora a la página siguiente.

Volví la página y lancé una exclamación de sorpresa. Era el retrato a toda página de la más extraordinaria criatura que había visto en mi vida. Era el sueño descabellado de un fumador de opio o bien la visión de un delirio. La cabeza se asemejaba a la de un ave; el cuerpo correspondía a un lagarto hinchado; la cola, que arrastraba tras él, estaba provista de pinchos vueltos hacia arriba, y la curvada espalda estaba coronada por una alta franja parecida a una sierra, que lucía como una docena de barbas de gallo puestas una tras otra. Frente a este animal estaba un absurdo maniquí, o un enano de forma humana, que lo miraba fijamente.

—Bien, ¿qué opina usted de eso? —exclamó el profesor, restregándose las manos con aire de triunfo.

—Es monstruoso, grotesco.

—Pero, ¿por qué dibujó un animal semejante?

—La ginebra de mala ley, me imagino.

—Oh, ¿ésa es la mejor explicación que se le ocurre?

—¿Bien, y cuál es la suya, señor?

—La más evidente, o sea que ese animal existe. Es un dibujo copiado del natural.

Estuve a punto de reírme, pero me hizo desistir la visión de nosotros dos rodando por el pasillo convertidos en otra rueda catalina. Por eso dije, como cuando uno alienta a un imbécil:

—Sin duda, sin duda... Confieso, sin embargo —añadí—, que me deja perplejo esta menuda figura humana. Si fuese el retrato de un indio podríamos sentar la evidencia de que existe en América alguna raza de pigmeos, pero aparenta ser un europeo con un sombrero para el sol.

El profesor resopló como un búfalo irritado:

—De verdad que usted supera todos los límites —dijo—. Amplía mi perspectiva de lo posible. ¡Paresia cerebral! ¡Inercia mental! ¡Maravilloso!

Este hombre era demasiado absurdo para que yo me enojase. En realidad era un despilfarro de energía, pues si uno se enojaba con él, tendría que estarlo todo el tiempo. Me contenté con una sonrisa de hastío, mientras decía:

—Es que me pareció que el hombre era muy pequeño.

—¡Mire aquí! —exclamó inclinándose hacia adelante y apuntando hacia el dibujo con uno de sus dedos, que parecía una gran salchicha peluda—. Fíjese en esta planta que está detrás del animal; supongo que usted creyó que era diente de león o una col de Bruselas, ¿eh...? Pues bien: es una palmera de las llamadas taguas, que crecen hasta los cincuenta o sesenta pies de altura. ¿No se da cuenta de que el hombre ha sido colocado allí con un propósito determinado? En la realidad no hubiese podido estar frente a una bestia semejante y vivir para dibujarlo. Se dibujó a sí mismo para dar una escala de alturas. Supongamos que él medía más de cinco pies. El árbol es diez veces mayor, o sea, lo que cabía esperar.

—¡Santo cielo! —exclamé—. Entonces usted opina que la bestia era... ¡Vaya! ¡Una bestia semejante apenas podría cobijarse en la estación de Charing Cross!

—Exageraciones aparte, es cierto que se trata de un ejemplar bien desarrollado —dijo el profesor, complacido.

—Pero —exclamé— supongo que toda la experiencia acumulada por la raza humana no puede dejarse de lado por un solo dibujo.

Había seguido dando vuelta a las hojas, comprobando que el libro no contenía nada más.

—Un solo dibujo, hecho por un artista americano vagabundo, que quizá lo trazó bajo los efectos del hachís o en el delirio de la fiebre, o simplemente para gratificar su imaginación inclinada a lo monstruoso. Usted, como hombre de ciencia, no puede defender semejante posición.

Por toda respuesta, el profesor escogió un libro de un anaquel.

—¡Ésta es una excelente monografía escrita por mi docto amigo Ray Lankester! —dijo—. Aquí tiene una ilustración que va a interesarle. ¡Ah, sí, aquí está! El epígrafe dice: «Probable aspecto que tendría en vida el estegosaurio, dinosaurio del Jurásico. Una pata posterior, sola, es el doble de alta que un hombre de buena estatura». Y bien, ¿qué deduce usted de esto?

Me alcanzó el libro abierto. Me sobresalté al ver el grabado. En aquella reconstrucción de un animal que perteneció a un mundo ya muerto había sin duda un grandísimo parecido con el dibujo del desconocido artista.

—Es notable, por cierto —observé.

—Pero no quiere admitirlo como algo concluyente, ¿verdad?

—Puede ser, desde luego, una coincidencia; o quizá este norteamericano había visto un dibujo de esta clase, quedándosele grabado en la memoria. Es posible que un hombre atacado de delirio tuviese esas visiones.

—Muy bien —contestó el profesor indulgentemente—. Dejémoslo así. Ahora le ruego que observe este hueso.

Me alargó el hueso que ya había descrito al enumerar las posesiones del muerto. Tenía alrededor de seis pulgadas de largo, era más grueso que mi pulgar y mostraba algunos restos de cartílago seco en uno de sus extremos.

—¿A cuál de los animales conocidos pertenece este hueso? —preguntó el profesor.

Lo examiné con cuidado, tratando de evocar algunos conocimientos que tenía semiolvidados.

—Podría ser una clavícula humana muy gruesa —dije.

Mi compañero movió su mano en un gesto de desdeñosa desaprobación.

—La clavícula es un hueso curvo. Éste es recto. Hay unas estrías en su superficie que demuestran que ahí hacía juego un poderoso tendón, lo cual no podría ser si se tratase de una clavícula.

—Pues entonces debo confesar que no sé de qué se trata.

—No tiene usted por qué avergonzarse de exhibir su ignorancia, pues ni todo el personal de South Kensington, presumo, sería capaz de darle nombre.

Sacó entonces del interior de una cajita de píldoras un huesecillo del tamaño de un guisante.

—Por lo que soy capaz de juzgar, este hueso humano es análogo al que usted tiene ahora en su mano. Esto le dará una idea aproximada del volumen del animal. Por los restos de cartílago que tiene, observará que éste no es un ejemplar fósil, sino reciente. ¿Qué me dice de esto?

—Que seguramente en un elefante...

Dio un respingo, como si sufriese un dolor repentino.

—¡No! ¡No hable de elefantes en Sudamérica! Aún en estos días de escuelas de internos...

—Bueno —le interrumpí—, o de cualquier otro animal grande que haya en Sudamérica, un tapir por ejemplo.

—Puede usted dar por seguro, joven, que conozco los rudimentos de mi oficio. Este hueso no puede pertenecer ni a un tapir ni a ningún otro animal conocido por la zoología. Pertenece a un animal muy grande, muy fuerte y, según toda analogía, muy feroz, que existe ahora sobre la faz de la tierra, pero aún no ha llegado a conocimiento de la ciencia. ¿Sigue aún sin convencerse?

—Por lo menos estoy profundamente interesado.

—Entonces su caso no es desesperado. Tengo la sensación de que algo de razón acecha en alguna parte dentro de usted; la rastrearemos pacientemente hasta que aparezca. Dejemos ahora al americano muerto y prosigamos con el relato. Como usted puede imaginar, yo no podía irme del Amazonas sin explorar más a fondo el asunto. Existían referencias acerca de la dirección desde donde había llegado el viajero muerto. Las leyendas indias podrían haberme bastado como guía, porque descubrí que los rumores sobre la existencia de una tierra extraña eran comunes entre todas las tribus ribereñas. Habrá oído hablar, sin duda, de Curupuri.

—Jamás.

—Curupuri es el espíritu de los bosques: algo terrible, malévolo, que hay que evitar. Nadie puede describir su figura o su naturaleza, pero a lo largo de todo el Amazonas su nombre es sinónimo de terror. Y bien: todas las tribus concuerdan en la dirección en que vive Curupuri. Esa dirección era la misma que traía el norteamericano. Algo terrible se escondía por aquel lado y era de mi incumbencia averiguar qué era.

—¿Y qué hizo usted? —pregunté.

Toda mi impertinencia había desaparecido. Aquel hombre macizo imponía atención y respeto.

—Tuve que dominar la intensa renuencia de los indígenas; una renuencia que se extendía incluso a mencionar el tema. Utilizando prudentemente la persuasión y los regalos (ayudado, debo admitir-

lo, por algunas amenazas coercitivas), logré que dos de ellos me sirviesen de guías. Después de muchas aventuras que no hace falta que describa y de recorrer una distancia que no mencionaré, en una dirección que me reservo, llegamos al fin a una región del país que nadie ha descrito nunca y ni siquiera ha visitado, fuera de mi infortunado predecesor. ¿Quiere tener la amabilidad de mirar esto?

Me alcanzó una fotografía del tamaño de media placa.

—El aspecto poco satisfactorio que ofrece —dijo— se debe al hecho de que durante nuestra travesía río abajo volcó la lancha y la caja que contenía las películas sin revelar se rompió, con desastrosos resultados. Casi todas se arruinaron por completo: una pérdida irreparable. Ésta es una de las pocas que se salvó parcialmente. Tendrá usted la amabilidad de aceptar esta explicación de las deficiencias y anormalidades que registran. Se ha hablado de que están falseadas. No estoy de humor para discutir ese punto.

Ciertamente, la fotografía estaba muy descolorida. Un crítico malintencionado hubiese podido malinterpretar fácilmente aquella borrosa superficie. Era un paisaje de un gris apagado y a medida que fui descifrando los detalles comprendí que representaban una larga y enormemente elevada hilera de riscos, que vista a la distancia parecía exactamente igual a una inmensa catarata. En primer plano se divisaba una llanura en pendiente cubierta de árboles.

—Creo que es el mismo sitio que se veía en la pintura del álbum —dije.

—Es el mismo sitio —contestó el profesor—. Hallé rastros del campamento del americano. Y ahora mire ésta.

Era una vista del mismo escenario, pero tomada desde más cerca. Aunque la fotografía era sumamente defectuosa, pude distinguir claramente el aislado pináculo rocoso coronado por un árbol, y que se destacaba del risco.

—No me queda la menor duda —dije.

—Vaya, algo hemos ganado —comentó el profesor—. ¿Progresamos, verdad? Y ahora, haga el favor de mirar en la cima de ese pináculo rocoso. ¿No observa algo allí?

—Un árbol enorme.

—¿Y encima del árbol?

—Un pájaro muy grande —dije.

Me alcanzó una lente.

—Sí —dije mirando a través de la lupa—, un gran pájaro está posado sobre el árbol. Parece que tiene un pico de tamaño considerable. Diría que es un pelícano.

—No puedo felicitarlo por su alcance visual —dijo el profesor—. No es un pelícano ni se trata de un pájaro, en realidad. Quizá le interese saber que logré matar de un tiro a ese curioso ejemplar. Ésta fue la única prueba absoluta de mis experiencias que pude traer conmigo.

—¿Entonces lo tiene usted?

Por fin teníamos una corroboración tangible.

—Lo tenía. Por desgracia se perdió junto a tantas otras cosas, en el mismo accidente de la lancha que arruinó mis fotografías. Intenté aferrarlo cuando desaparecía entre los remolinos de los rápidos, y parte del ala se me quedó en la mano. Cuando me sacaron a la orilla estaba yo inconsciente, pero el pobre vestigio de mi soberbio ejemplar estaba aún intacto. Aquí lo tiene, ante usted.

Hizo aparecer de un cajón algo que me pareció que era la parte superior del ala de un gran murciélago. Era un hueso curvo, de dos pies de largo, con un velo membranoso debajo.

—¡Un murciélago monstruosamente grande! —sugerí.

—Nada de eso —dijo el profesor severamente. Al vivir en una atmósfera educada y científica, no podía concebir que los principios elementales de la zoología fueran tan poco conocidos—. ¿Es posible que usted ignore este hecho tan elemental en anatomía comparada, o sea, que el ala de un pájaro es en realidad el equivalente del antebrazo, en tanto que el ala de un murciélago consiste en tres dedos alargados unidos entre sí por medio de membranas? Ahora bien: en este caso el hueso no es un antebrazo, ciertamente; y usted puede observar por sí mismo que ésta es una membrana única que cuelga de un único hueso. Por consiguiente no puede pertenecer a un murciélago. Pero si no es un pájaro ni un murciélago, ¿qué es?

Mi parca provisión de conocimientos estaba agotada.

—Verdaderamente no lo sé —le respondí.

El profesor abrió la obra clásica que antes me había mostrado:

—Aquí tiene —dijo señalando la ilustración de un extraordinario monstruo volador— una excelente reproducción del dimorpho-

don o pterodáctilo, reptil volador del período jurásico. En la página siguiente hay un diagrama del mecanismo de su ala. Tenga la amabilidad de compararlo con el ejemplar que tiene en su mano. Una oleada de asombro me invadió mientras miraba. Estaba convencido. No había escapatoria. La acumulación de pruebas era arrolladora. El dibujo, las fotografías, el relato y ahora aquel ejemplar concreto: la evidencia era total. Y lo dije: lo dije tan calurosamente porque sentía que el profesor era un hombre incomprendido. Él se recostó en su sillón con los ojos entrecerrados y una sonrisa tolerante, caldeándose en aquel súbito resplandor solar.

—¡Esto es lo más grande que he oído jamás! —dije, aunque el entusiasmo que me había invadido era más de carácter periodístico que científico—. ¡Es colosal! Usted es un Colón de la ciencia, que ha descubierto un mundo perdido. Lamento terriblemente que haya parecido que dudaba de usted. Es que todo era tan inimaginable. Pero cuando recibo una prueba sé comprenderla en lo que vale, y ésta debería ser suficiente para cualquiera.

El profesor ronroneaba de satisfacción.

—¿Y después, señor, qué hizo usted?

—Era la estación lluviosa, señor Malone, y mis provisiones estaban exhaustas. Exploré una parte de ese inmenso farellón, pero no fui capaz de hallar una vía para escalarlo. La roca piramidal sobre la cual vi el pterodáctilo al que maté después era más accesible. Como soy algo alpinista, me las arreglé para escalar hasta la mitad del camino hacia la cumbre. Desde aquella altura podía formarme una idea más clara de la meseta que se extendía en lo alto de los riscos. Parecía muy extensa; ni por el este ni por el oeste pude vislumbrar hasta dónde llegaba el panorama de los riscos cubiertos de verdor. Abajo, se extendía una región pantanosa, llena de matorrales, abundante en serpientes, insectos y fiebres, que sirve de protección natural a este extraño país.

—¿Advirtió usted alguna otra señal de vida?

—No, señor, ninguna; pero durante la semana que pasamos acampados al pie del farallón, pudimos escuchar algunos ruidos muy extraños que venían de lo alto.

—¿Y el animal que dibujó el norteamericano? ¿Cómo explica usted que pudiera lograrlo?

—Lo único que podemos suponer es que consiguió subir hasta la cima y desde allí lo vio. Esto significa, por lo tanto, que existe un camino hasta arriba. Sabemos igualmente que debe ser muy dificultoso, pues de otro modo los monstruos habrían bajado e invadido los territorios circundantes. ¿Está claro, no es cierto?

—Pero, ¿cómo llegaron hasta allí?

—No creo que el problema sea demasiado oscuro —dijo el profesor—. No puede haber más que una explicación. Como habrá usted oído decir, Sudamérica es un continente granítico. En este lugar exacto del interior debe haber ocurrido, en una época muy remota, un enorme y súbito levantamiento volcánico. Debo señalar que aquellos cerros son basálticos y por lo tanto plutónicos. Un área, quizá tan amplia como el condado de Sussex, fue alzada *en bloque* con todo su contenido viviente y separada del resto del continente por precipicios perpendiculares, cuya dureza desafía la erosión. ¿Cuáles fueron las consecuencias? Que las leyes naturales ordinarias quedaron en suspenso. Los diversos obstáculos que influyen en la lucha por la existencia en el resto del mundo quedaron allí neutralizados o alterados. Sobreviven seres que de otra manera habrían desaparecido. Observará que tanto el pterodáctilo como el estegosaurio pertenecen al período jurásico, o sea, que datan de una era muy grande en la sucesión de la vida. Han sido conservados artificialmente en virtud de esas condiciones accidentales y peculiares.

—Pero sin duda la prueba que usted aporta es concluyente. No tiene más que presentarla a las autoridades competentes.

—Eso es lo que ingenuamente había imaginado —dijo con amargura el profesor—. Sólo puedo informarle que no fue así, y que me encontré en cada ocasión con la incredulidad, nacida en parte de la estupidez y en parte de los celos. No forma parte de mi carácter, señor, el adular a nadie o el tratar de demostrar un hecho cuando mi palabra ha sido puesta en duda. Tras mi primera demostración, no he condescendido a exhibir las pruebas confirmatorias que poseo. El tema se me ha hecho desagradable y ni quiero hablar de ello. Cuando hombres como usted, que representan la estúpida curiosidad del público, han venido a perturbar mi vida privada, fui incapaz de acogerlos con una digna reserva. Admito que soy por

naturaleza algo fogoso y si me provocan me inclino a la violencia. Me temo que usted ya lo habrá advertido.

Acaricié mi ojo y permanecí silencioso.

—Mi esposa me ha reconvenido con frecuencia por ello, pero sigo pensando que cualquier hombre de honor sentiría lo mismo. Sin embargo, esta noche me propongo ofrecer un ejemplo máximo del dominio de la voluntad sobre las emociones. Le invito a usted a que esté presente en la exhibición —me alcanzó una tarjeta que estaba sobre su escritorio—. Allí podrá observar que el señor Percival Waldron, un naturalista con cierta reputación popular, dará una conferencia a las ocho y media en el salón del Instituto Zoológico sobre el tema «El archivo de las edades». He sido especialmente invitado para estar presente en la tribuna y para promover un voto de agradecimiento al conferenciante. Al mismo tiempo, aprovecharé para lanzar, con infinito tacto y delicadeza, unas pocas observaciones que quizá despierten el interés de la concurrencia y muevan a algunos oyentes a penetrar más profundamente en la materia. Nada polémico, compréndame, sino apenas una indicación de que hay muchas más cosas debajo de la superficie. Voy a contener todos mis impulsos, y veremos si con esta actitud moderada puedo alcanzar resultados más favorables.

—¿Y puedo yo asistir? —pregunté ávidamente.

—¡Claro que sí! —contestó cordialmente. Su afabilidad tenía un estilo tan enormemente macizo que resultaba casi tan dominadora como su violencia. Su sonrisa benevolente era maravillosa de ver, cuando sus carrillos se henchían de pronto como dos manzanas coloradas entre sus ojos entornados y su gran barba negra—. No deje de venir por nada del mundo. Será reconfortante para mí saber que tengo un aliado en la sala, por más ineficaz e ignorante que sea acerca del tema. Intuyo que la concurrencia será numerosa, porque Waldron, aunque es un perfecto charlatán, tiene un considerable arraigo popular. Y bien, señor Malone, ya le he dedicado más tiempo del que me había propuesto. El individuo no debe monopolizar lo que está dirigido a todo el mundo. Me complacerá verlo esta noche en la conferencia. Mientras tanto, habrá comprendido que no debe publicar nada acerca del material que le he suministrado.

—Pero el señor McArdle (el director de noticias de mi periódico, sabe usted) querrá saber los resultados de mi gestión.

—Dígale lo que le parezca. Entre otras cosas, puede decirle que si me envía algún otro intruso iré yo a visitarlo con una fusta. Pero dejo en sus manos el compromiso de que nada de esto se publique. Muy bien. Entonces, hasta las ocho y media en el Instituto Zoológico.

Cuando me despedía con un gesto fuera del salón, tuve una última imagen de mejillas coloradas, barba azul rizada y ojos intolerantes.

CAPÍTULO V
¡Disiento!

Entre las sacudidas físicas que acompañaron a mi primera entrevista con el profesor Challenger y las sacudidas mentales que ocurrieron durante la segunda, era yo un periodista bastante desmoralizado cuando volví a hallarme en la calle, en Enmore Park. En mi dolorida cabeza palpitaba un solo pensamiento: el relato de aquel hombre era verdadero, sin duda alguna. Tenía una tremenda importancia y de él saldrían artículos inusitados para la *Gazette*, cuando obtuviera permiso para publicarlos. Vi un taxi esperando al final de la calle, salté a su interior y me hice conducir a la redacción. McArdle se hallaba en su puesto, como siempre.

—¿Y bien? —exclamó lleno de expectación—, ¿cómo fue aquello? Pienso, joven, que ha estado usted en una guerra. No me diga que le ha atacado.

—Tuvimos algunas diferencias, al principio.

—¡Vaya con el hombre! ¿Y qué hizo usted?

—Bueno, después se volvió más razonable y tuvimos una charla. Pero no le saqué nada... nada que pueda publicarse, quiero decir.

—Yo no estoy tan seguro de eso. Ha salido usted con un ojo amoratado y eso es publicable. No podemos aceptar que reine el terror, señor Malone. Debemos abrirle los ojos. Mañana le voy a dedicar un suelto que levantará ampollas. Basta que usted me proporcione el material y yo me comprometo a marcar a fuego a ese fulano para siempre. «Profesor Münchhausen». ¿Qué le parece como título de cabecera? O «Sir John Mandeville redivivo». O «Cagliostro». En suma, todos los impostores y fanfarrones de la historia. Lo mostraré en mi artículo tal como es: un farsante.

—Yo no haría eso, señor.

—¿Y por qué no?

—Porque no es en modo alguno un impostor.

—¡Qué! —bramó McArdle—. ¡No querrá usted decir que cree verdaderamente en esos chismes que cuenta sobre mamuts mastodontes y grandes serpientes de mar!

—Bueno, no sé nada de todo eso y no creo que el profesor sostenga nada de ese tipo. Pero sí creo que ha hallado algo nuevo.

—¡Pero hombre, por Dios, entonces escríbalo usted!

—Es lo que estoy deseando; pero todo lo que sé me lo ha dicho confidencialmente y a condición de que no lo escriba.

Condensé en focas frases el relato del profesor y añadí:

—Así quedó el asunto.

McArdle parecía sentir una profunda incredulidad:

—Y bien, señor Malone —dijo al fin—, hablemos de la reunión científica de esta noche; de todos modos sobre eso no puede haber secretos. Supongo que ningún periódico informará sobre ello, porque de Waldron han publicado notas al menos una docena de veces y nadie está enterado de que Challenger va a intervenir. Si tenemos un poco de suerte podremos obtener la primicia sobre todos los demás periódicos. De todos modos, usted estará allí y podrá traernos un reportaje bien completo. Le reservaré espacio hasta la medianoche.

Tuve un día muy ocupado y cené temprano con Tarp Henry en el Savage Club, dándole cuenta parcialmente de mis aventuras. Me escuchó con una sonrisa escéptica en su rostro enjuto y rio estruendosamente cuando oyó que el profesor me había convencido.

—Mi querido muchacho, en la vida real las cosas no suceden de ese modo. La gente no se topa con descubrimientos enormes y pierde luego las pruebas. Deje eso para los novelistas. Ese fulano está tan lleno de trucos como la jaula del mono en el zoo. Todo eso es pura palabrería.

—Pero, ¿y el poeta americano?

—Nunca existió.

—Vi su álbum de dibujos.

—El álbum de dibujos de Challenger.

—¿Cree que fue él quien dibujó aquel animal?

—Claro que fue él, ¿quién si no?

—Bueno, pero ¿y las fotografías?

—No había nada en las fotografías. Usted mismo admite que sólo vio un pájaro.

—Un pterodáctilo.

—Eso dice *él*. Fue él quien puso el pterodáctilo en su cabeza.

—Pero, ¿y los huesos?

—El primero lo sacó de un guisado irlandés. El segundo lo improvisó para la ocasión. Si usted es hábil y conoce el oficio, puede falsificar un hueso tan fácilmente como una fotografía.

Comencé a sentirme inquieto. Tal vez, después de todo, mi convencimiento había sido prematuro. De pronto tuve una idea feliz:

—¿Por qué no viene a la reunión? —le pregunté. Tarp Henry me miró pensativo.

—No es un personaje popular ese genial Challenger —dijo—. Hay muchas personas que tienen cuentas que arreglar con él. Diría que es el hombre más odiado de Londres. Si los estudiantes de medicina aparecen por allí, la burla no va a tener fin. No quiero meterme en un corral de osos.

—Debería usted, al menos, hacerle la justicia de oírle exponer su caso.

—Bien, quizá sea lo justo. Está bien. Cuente conmigo esta noche.

Cuando llegamos a la sala nos encontramos con una concurrencia mucho más numerosa de lo que esperábamos. Una fila de coches eléctricos Brougham dejaba sus pequeños cargamentos de profesores de blancas barbas, mientras una oscura corriente de peatones, menos privilegiados, cruzaba multitudinariamente el arco de entrada, indicando que la audiencia no sería sólo científica sino también popular. En realidad, tan pronto como nos sentamos, comprobamos que un juvenil y bullicioso estado de ánimo se extendía por la galería y los fondos de la sala. Al mirar detrás de mí, pude ver filas de rostros con el tipo característico del estudiante de medicina. Por lo visto, todos los grandes hospitales habían enviado sus respectivos contingentes. El talante de la audiencia era todavía alegre, pero travieso. Se coreaban con entusiasmo trozos de canciones populares, lo cual constituía un extraño preludio para una disertación científica; y se advertía ya una tendencia a la chanza personal, que

prometía a los demás una velada jovial, aunque pudiese resultar embarazosa para quienes recibieran estos dudosos honores.

Así, cuando apareció sobre la plataforma el viejo doctor Meldrum, con su bien conocido sombrero clac de ala retorcida, se oyó la pregunta unánime: «¿De dónde sacó esa teja?», ante la cual se apresuró a quitárselo, guardándolo furtivamente bajo su silla. Cuando el gotoso profesor Wadley cojeó hasta su asiento, de todas partes de la sala brotaron afectuosas preguntas sobre el estado exacto de su pobre dedo gordo, lo cual motivó su evidente desconcierto. La mayor conmoción de todas, sin embargo, fue la entrada de mi nueva amistad, el profesor Challenger, cuando pasó a ocupar su asiento en el extremo de la primera fila del estrado. En cuanto su barba negra se asomó por la esquina, estalló tal alarido de bienvenida que empecé a sospechar que Tarp Henry había acertado en sus conjeturas y que tales grupos no estaban allí simplemente por afición a la conferencia sino porque había cundido el rumor de que el famoso profesor iba a intervenir en el debate.

Hubo también algunas risas benévolas ante su entrada, que provenían de los bancos delanteros, ocupados por espectadores bien vestidos, como si la demostración de los estudiantes en la ocasión no les hubiese resultado inconveniente. La salutación, en realidad, se tradujo en una espantosa algarabía, semejante a los rugidos de los moradores de una jaula de fieras carnívoras cuando escuchan a distancia el paso del guardián que llega con el cubo de la comida. Quizá había algo ofensivo en todo aquello, pero a mí me impresionó, principalmente, como un simple vocerío bullicioso, la ruidosa recepción de un personaje que los divertía e interesaba a la vez, más que la proporcionada a alguien que les resultase antipático y despreciable. Challenger se sonreía con una expresión de menosprecio tolerante y aburrido, como haría un hombre bondadoso ante los ladridos de una camada de cachorros. Tomó asiento despacio, sacó pecho, se acarició su barba de arriba abajo y examinó con ojos entrecerrados y altaneros la colmada sala que tenía delante. Aún no se había apagado el alboroto provocado por su llegada cuando se abrieron camino hasta el proscenio el profesor Murray, el presidente, y el señor Waldron, el conferenciante, dando entonces comienzo el acto.

El profesor Murray me disculpará, seguramente, si digo que tenía el defecto, común a muchos ingleses, de ser inaudible. Uno de los extraños misterios de la vida moderna es que haya gente que tiene algo que decir y que merece ser oída pero no se toma el menor trabajo en aprender a hacerse escuchar. Sus métodos eran tan razonables como los de alguien que quisiera verter una materia preciosa desde la fuente al depósito a través de una tubería obstruida y que podría destaparse con un pequeño esfuerzo. El profesor Murray hizo algunas profundas observaciones a su corbata blanca y a la garrafa de agua que estaba sobre la mesa, con algunos apartes humorísticos y chispeantes al candelero de plata que tenía a su derecha. Luego se sentó y el señor Waldron, el famoso conferenciante, se puso de pie entre un generalizado murmullo de aplausos. Era un hombre torvo, enjuto, de áspera voz y maneras agresivas, pero que tenía el mérito de saber asimilar las ideas de los demás, haciéndolas circular de manera que resultasen inteligibles y hasta interesantes para el público profano, con la afortunada cualidad de resultar entretenido en los temas más inverosímiles; de tal modo, la precesión de los equinoccios o las etapas de la formación de un vertebrado se convertían, tratados por él, en un desarrollo expositivo del más elevado humorismo.

En esta oportunidad desplegó ante nosotros, en un lenguaje siempre claro y a veces pintoresco, una visión a vuelo de pájaro del proceso de la creación, tal como lo interpreta la ciencia. Nos habló del globo terráqueo, esa masa inmensa de gas inflamado, fulgurando a través de los cielos. Luego describió la solidificación, el enfriamiento y los plegamientos que formaron las montañas; el vapor convirtiéndose en agua, la lenta preparación del escenario en que había de representarse el inexplicable drama de la vida. Al tratar del origen de la vida misma, hizo gala de una discreta vaguedad. Era cabalmente cierto, declaró, que los gérmenes de la misma no podrían haber sobrevivido a la calcinación inicial. Por consiguiente, vinieron después. ¿Se habían formado a partir de los elementos inorgánicos y en estado de enfriamiento que existían en el globo? Era muy probable. ¿Habrían llegado los gérmenes desde el espacio exterior, transportados por meteoritos? Era difícilmente concebible. En general, demostraría ser el más sabio quien se mostrase menos dogmático acerca

de este punto. No hemos podido —o al menos aún no se ha logrado hasta la fecha— fabricar materia orgánica en nuestros laboratorios a partir de materiales inorgánicos. Nuestra química no ha conseguido todavía tender un puente sobre el abismo que separa lo muerto de lo vivo. Pero hay una química aún más elevada y sutil, la que crea la Naturaleza, que, trabajando con fuerzas enormes durante prolongadas edades, podría muy bien producir resultados que son imposibles para nosotros. Ahí podríamos dejar la cuestión.

Esto llevó al conferenciante a la gran escala de la vida animal, comenzando por el tramo más bajo, los moluscos y los débiles seres marinos, para ir subiendo, paso a paso, por los reptiles y los peces, hasta que llegamos, al fin, al canguro-rata, un animal que paría ya vivas a sus crías y que es el ancestro directo de todos los mamíferos y, presumiblemente, de todos los miembros de esta audiencia. («No, no», se oyó decir a un estudiante escéptico de la última fila). Si el caballerito de la corbata colorada que gritó: «No, no» y que presumiblemente creía haber sido empollado dentro de un huevo tenía la bondad de acercarse a él después de la conferencia, tendría mucho gusto en examinar semejante curiosidad. (Risas). Resultaba extraño pensar que el punto culminante de todo el secular proceso seguido por la Naturaleza hubiese sido la creación de este caballero de la corbata colorada. Pero ¿es que ese proceso se había detenido? ¿Podía tomarse a ese caballero como el tipo definitivo, el «no va más» del desarrollo? Confiaba en no lastimar los sentimientos del caballero de la corbata colorada si sostenía que, cualesquiera que fuesen las virtudes que tal caballero poseía en su vida privada, todos los vastos procesos del universo no quedaban plenamente justificados si sólo conducían a su creación. La evolución no era una fuerza extinguida, sino en plena acción, y que se reservaba realizaciones aún mayores.

Habiéndose burlado a su gusto del interruptor, entre las risas generales del público, el conferenciante retornó a su pintura del pasado: el desecamiento de los mares, la aparición de los bancos de arena, la vida viscosa y perezosa que se acumuló en sus márgenes, las superpobladas lagunas, la tendencia de las criaturas marinas a buscar refugio en los fondos barrosos, la abundancia de alimentos que allí les esperaba y su enorme desarrollo consiguiente. De aquí,

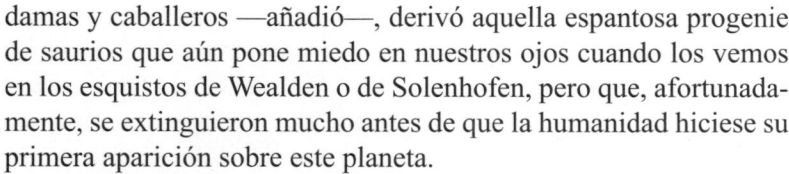

damas y caballeros —añadió—, derivó aquella espantosa progenie de saurios que aún pone miedo en nuestros ojos cuando los vemos en los esquistos de Wealden o de Solenhofen, pero que, afortunadamente, se extinguieron mucho antes de que la humanidad hiciese su primera aparición sobre este planeta.

—¡Disiento! —bramó una voz desde el estrado.

El señor Waldron era un estricto hombre de orden, con un don para el humorismo ácido, como lo había demostrado cuando apabulló al caballero de la corbata colorada, por lo cual resultaba peligroso interrumpirle. Pero esta interjección imprevista le pareció tan absurda que no supo cómo reaccionar. Debió de sentirse como el shakesperiano cuando se ve confrontado con un rancio adepto de Bacon, o como el astrónomo que es atacado por un fanático creyente en que la tierra es plana. Hizo una breve pausa y luego, alzando la voz, repitió lentamente las palabras:

—Se extinguieron antes de la aparición del hombre.

—¡Disiento! —bramó de nuevo la voz.

Waldron, asombrado, paseó la vista por la fila de profesores que ocupaban el estrado, hasta que sus ojos se detuvieron sobre la figura de Challenger, que estaba arrellanado en su silla, con los ojos cerrados y una expresión divertida, como si se sonriera en sueños.

—¡Ah, ya veo! —dijo Waldron encogiéndose de hombros—. Es mi amigo el profesor Challenger.

Y reanudó su disertación, entre las risas del público, como si aquello fuese una explicación definitiva y no necesitase decir nada más.

Pero el incidente estaba lejos de haber tocado a su fin. Cualquier senda que el conferenciante tomaba para internarse en las frondosidades del pasado parecía conducirlo invariablemente a alguna afirmación acerca de la vida prehistórica ya extinguida, que instantáneamente provocaba el consabido mugido de toro del profesor. El auditorio empezó a preverlo y rugía con satisfacción cada vez que se repetía. Los compactos bancos de los estudiantes se unieron a los demás y cada vez que se abrían las barbas de Challenger, y antes que cualquier sonido surgiese de su boca, cien voces prorrumpían en un alarido de «¡disiento!» al que respondían gritos de «¡orden!» y «¡qué vergüenza!» provenientes de muchas otras. A pesar de que

Waldron era un conferenciante empedernido y un hombre fuerte, quedó aturdido. Vaciló, tartamudeó, se enredó en un largo párrafo y por fin se volvió furiosamente contra la causa de sus tribulaciones.

—¡Esto es verdaderamente intolerable! —gritó, lanzando una mirada fulminante hacia el estrado—. Debo pedirle, profesor Challenger, que cese en sus interrupciones ignorantes y maleducadas.

Hubo un cuchicheo general en la sala y los estudiantes se quedaron quietos, llenos de placer, al ver cómo se querellaban entre sí los altos dioses del Olimpo. Challenger alzó lentamente de la silla su cuerpo voluminoso.

—Y yo, a mi vez, señor Waldron —dijo—, debo pedirle que deje de hacer afirmaciones que no concuerdan estrictamente con los hechos científicos.

Estas palabras desencadenaron una tempestad. «¡Qué vergüenza!», «¡qué vergüenza!», «¡déjenlo hablar!», «¡échenle fuera!», «¡arrójenle del escenario!», «¡juego limpio!» eran las sugerencias que se distinguían entre el bramido general de diversión o disgusto. El presidente se había puesto de pie, aleteando con las dos manos y balando excitado: «Profesor Challenger... puntos de vista... personales... después»; esas frases emergían como sólidos picachos entre las nubes de su inaudible refunfuño. El interruptor hizo una reverencia, sonrió, se alisó la barba y volvió a repantigarse en su asiento. Waldron, muy acalorado y combativo, continuó con sus observaciones. Aquí y allá, al hacer una afirmación, lanzaba una mirada venenosa a su oponente, que parecía estar dormitando profundamente, con la misma sonrisa amplia y feliz impresa en su cara.

Por fin terminó la conferencia... Me inclino a pensar que fue un final prematuro, porque la perorata fue apresurada e inconexa. El hilo de la argumentación había sido cortado brutalmente y el auditorio estaba inquieto y expectante. Waldron se sentó y, tras algunos graznidos del presidente, el profesor Challenger se levantó y avanzó hasta el borde de la tribuna. Copié textualmente su discurso, en interés de mi periódico.

—Señoras y caballeros —comenzó, entre sostenidas interrupciones del fondo del salón—: perdón, señoras, caballeros y niños. Pido disculpas por haber omitido, inadvertidamente, a una parte considerable de esta concurrencia.

(Hay un tumulto, durante el cual el profesor se mantiene con una mano levantada y mueve su enorme cabeza con asentimientos benévolos, como si estuviese impartiendo una bendición pontifical a la muchedumbre). He sido elegido para promover un voto de agradecimiento al señor Waldron por la arenga, tan pintoresca e imaginativa, que acabamos de escuchar. Hubo puntos, en ella, con los cuales disiento, y ha sido mi deber señalarlos a medida que surgían; pero no es menos cierto que el señor Waldron ha cumplido bien con su objetivo, porque éste consistía en dar una sencilla e interesante relación de cómo él concibe que ha sido la historia de nuestro planeta. Las conferencias populares de divulgación cultural son las más fáciles de comprender, pero el señor Waldron —aquí lanzó un guiño resplandeciente de alegría al conferenciante— me disculpará si digo que son inevitablemente superficiales y engañosas, ya que es necesario graduarlas para que sean comprendidas por un auditorio ignorante. (Aplausos irónicos). Las conferencias populares son parásitas por naturaleza. (Airados gestos de protesta del señor Waldron). Explotan, por dinero o por fama, la obra que han realizado cofrades indigentes y desconocidos. El más pequeño descubrimiento obtenido en el laboratorio, un solo ladrillo añadido al templo de la ciencia, tienen un peso enormemente mayor que una exposición de segunda mano que permite pasar una hora de ocio, pero que no deja tras de sí ningún resultado positivo. Expongo estas reflexiones evidentes sin el menor deseo de rebajar al señor Waldron en particular, sino para que ustedes no pierdan el sentido de las proporciones y confundan al acólito con el sumo sacerdote. (En ese momento, el señor Waldron susurró algo al oído del presidente, que medio se levantó y dirigió severamente la palabra a su garrafa de agua). ¡Pero basta ya de esto! (Fuertes y prolongados aplausos). Permítanme pasar a un tema de más amplio interés. ¿Cuál ha sido el punto específico sobre el cual yo, como investigador original, he discutido la exactitud de nuestro conferenciante? Fue acerca de la permanencia de ciertos tipos de vida animal sobre la tierra. No hablo sobre esta materia como un aficionado ni tampoco, debo añadir, como un conferenciante popular; hablo como alguien cuya conciencia científica lo obliga a adherirse estrictamente a los hechos. Por eso digo que el señor Waldron está muy equivocado al suponer que, porque él nun-

ca vio personalmente un así llamado animal prehistórico, puede dar por sentado que esos seres no existen. Ellos son, en verdad, nuestros ascendientes, como él ha dicho; pero son también, si se me permite la expresión, nuestros ascendientes contemporáneos, a los que aún podemos hallar, con todas sus espantosas y formidables características, si tenemos la energía y la audacia necesarias para buscar sus guaridas. Existen aún seres que supuestamente pertenecen a la edad jurásica, monstruos capaces de atrapar y devorar a los más grandes y feroces de nuestros mamíferos. (Gritos de «¡tonterías!», «¡demuéstrelo!», «¿cómo lo sabe usted?», «¡disiento!»). ¿Que cómo lo sé?, me preguntan ustedes. Lo sé porque he visitado sus secretas guaridas. Lo sé porque he visto algunos de ellos. (Aplausos, tumulto, y una voz que grita: «¡Mentiroso!»). Creo haber oído que alguien me ha llamado mentiroso. ¿Querría la persona que me ha llamado mentiroso tener la amabilidad de ponerse de pie para que yo lo conozca? (Una voz: «¡Aquí está, señor!», y de entre un grupo de estudiantes alzan en vilo a un hombrecito inofensivo, con gafas, que se debate violentamente). ¿Es usted quien se ha atrevido a llamarme mentiroso? («¡No, señor, no!», vociferó el acusado, y desapareció como un muñeco de caja de sorpresas). Si hay alguien que osa poner en duda mi veracidad, tendré mucho gusto en cambiar algunas palabras con él después de la conferencia. («¡Mentiroso!»). ¿Quién ha dicho eso? (Otra vez el inofensivo individuo, agitándose como un desesperado, emerge elevado muy en alto). Si voy por ahí... (Responde un coro general de «ven, amor, ven», que interrumpió el acto durante unos momentos, mientras el presidente, puesto en pie y agitando sus dos brazos, parecía estar dirigiendo la música. El profesor, con el rostro sonrojado, las ventanas de la nariz dilatadas y la barba erizada, estaba ya de un humor temible). Todos los grandes descubridores se enfrentaron con la misma incredulidad... el estigma infalible de una generación de idiotas. Cuando se les ponen delante los grandes hechos, carecen de la intuición y la imaginación que los ayudarían a comprenderlos. Sólo saben arrojar cieno a los hombres que han arriesgado sus vidas para abrir nuevos campos a la ciencia. ¡Persiguen ustedes a los profetas! Galileo, Darwin y... (Ovación prolongada y total interrupción).

Todo esto está transcrito de las apresuradas notas que tomé en el mismo momento, y que sólo dan una lejana noción del caos absoluto a que se había reducido para entonces la asamblea. El alboroto era tan terrorífico que varias señoras se habían batido en retirada a toda prisa. Serios y reverendos profesores parecían haberse dejado arrastrar por el espíritu que allí prevalecía, con la misma animosidad que los estudiantes, y vi cómo hombres de blancas barbas se levantaban y blandían los puños contra el obstinado profesor. Todo el colmado auditorio hervía y se agitaba como un caldero en ebullición. El profesor dio un paso adelante y levantó ambas manos. Había en aquel hombre tal emanación de grandeza, respeto y virilidad que el vocerío y el alboroto fueron cediendo gradualmente ante su gesto dominador y sus ojos imperiosos. Daba la impresión de que iba a pronunciar un mensaje definitivo. Todos se callaron para escucharle.

—No los retendré demasiado —dijo—. No vale la pena. La verdad es la verdad y el alboroto de unos cuantos jóvenes tontos (y, debo agregar, el que hacen sus profesores, tan tontos como ellos) no puede afectar al asunto. Yo sostengo que he abierto a la ciencia un nuevo campo. Ustedes lo impugnan. (Aplausos). Entonces yo los colocaré ante la prueba. ¿Quieren autorizar a uno o a varios de entre ustedes mismos para que viajen como representantes suyos y comprueben mis afirmaciones en su nombre?

Se alzó de entre la concurrencia el señor Summerlee, veterano profesor de anatomía comparada. Era un hombre alto, delgado, agrio, con el aspecto mustio de un teólogo. Dijo que deseaba preguntar al profesor Challenger si los resultados a que había aludido en observaciones habían sido obtenidos durante una excursión a las fuentes del Amazonas hecha por él dos años antes.

El profesor Challenger respondió que sí.

El señor Summerlee deseaba saber también cómo era que el profesor Challenger proclamaba haber hecho descubrimientos en unas regiones que habían sido previamente exploradas por Wallace, Bates y otros viajeros de reconocida autoridad científica.

El profesor Challenger respondió que el señor Summerlee parecía confundir el Amazonas con el Támesis; que aquél era en realidad algo mayor; y que tal vez le interesase saber al señor Summerlee

que junto con el Orinoco, que comunicaba con él, el Amazonas daba acceso a una comarca de alrededor de ciento cincuenta mil millas de extensión, y que no era imposible que en una extensión tan vasta alguna persona hallase lo que a otras les hubiese pasado inadvertido. El señor Summerlee declaró, con ácida sonrisa, que estimaba en todo su valor la diferencia entre el Támesis y el Amazonas, la cual consistía en que cualquier afirmación sobre el primer río podía comprobarse, mientras no se podía respecto del segundo. Le agradecería al profesor Challenger si éste podía dar la latitud y la longitud del país en que podían hallarse esos animales prehistóricos.

El profesor Challenger replicó que él se reservaba esa información porque tenía buenas razones para ello, pero que estaba preparado para darla, con las apropiadas precauciones, a un comité elegido entre la audiencia. ¿Querría el señor Summerlee participar en dicho comité y comprobar personalmente el relato?

SEÑOR SUMMERLEE: Sí, estoy dispuesto. (Grandes aplausos).

PROFESOR CHALLENGER: Pues entonces le garantizo que pondré en sus manos los materiales necesarios para que pueda hallar el camino. Sin embargo, puesto que el señor Summerlee va a comprobar mis afirmaciones, sería justo que yo, a mi vez, disponga de uno o más acompañantes que lo controlen a él. No quiero disimular ante ustedes que habrá dificultades y peligros allá. El señor Summerlee necesitará la compañía de un colega más joven. ¿Puedo pedir voluntarios?

Así es como surgen las grandes crisis en la vida del hombre. ¿Podía yo imaginar, cuando entré en aquella sala, que estaba a punto de empeñarme en una aventura mucho más descabellada de todo lo que podía haber soñado? Y Gladys... ¿no era ésta la auténtica oportunidad de que ella hablaba? Gladys me habría dicho que fuese. Me puse de pie de un salto. Ya estaba hablando, aunque no había preparado mis palabras. Tarp Henry tiraba de los faldones de mi chaqueta y le oí susurrar: «¡Siéntese, Malone! ¡No se porte públicamente como un asno!». Al mismo tiempo advertí que un hombre alto, delgado, de cabello rojizo oscuro, situado algunas filas por delante de mí, también se había puesto de pie. Se volvió a mirarme con ojos duros y coléricos, pero me negué a darle paso.

—Yo iré, señor presidente —repetí una y otra vez.

—¡Su nombre! ¡Su nombre! —clamaba la audiencia.

—Mi nombre es Edward Dunn Malone, soy informador de la *Daily Gazette;* afirmo que soy un testigo absolutamente libre de prejuicios.

—¿Y *usted,* señor, cómo se llama? —preguntó el presidente a mi rival, el hombre alto.

—Soy lord John Roxton. He recorrido ya el Amazonas, conozco toda la comarca y me encuentro especialmente calificado para esta investigación.

—La reputación de lord Roxton como deportista y viajero es mundialmente conocida, desde luego —dijo el presidente—; al mismo tiempo, sería ciertamente muy apropiado que un miembro de la prensa tomase parte en una expedición semejante.

—Pues entonces propongo —dijo el profesor Challenger que estos dos caballeros sean elegidos como representantes de esta asamblea para que acompañen al profesor Summerlee en su viaje para investigar e informar acerca de la verdad de mis declaraciones.

Así, entre aclamaciones y aplausos, quedó decidido nuestro destino, y yo me hallé a la deriva en medio de la corriente humana que se arremolinaba hacia la puerta, con mi mente medio aturdida por aquel nuevo y vasto proyecto que de manera tan repentina se alzaba ante mí. Cuando salí del salón, tuve la momentánea visión del tropel de estudiantes que corrían riendo por la acera, y de un brazo que enarbolaba un pesado paraguas, que se alzaba y caía sobre ellos. Entonces, entre una mezcla de gruñidos y aplausos, el coche eléctrico del profesor Challenger se deslizó desde el bordillo de la acera y me encontré caminando bajo las argentadas luces de Regent Street, rebosando de pensamientos sobre Gladys y sobre los enigmas que se abrían en mi futuro.

De pronto, sentí que me tocaban el codo. Me volví y mi mirada se encontró con los ojos jocosos y dominadores del hombre alto y delgado que se había ofrecido como voluntario para ser mi compañero en aquella extraña búsqueda.

—¿Es usted el señor Malone, verdad? —dijo—. Vamos a ser compañeros, ¿no? Mis habitaciones dan justo a la calle, en el Albany. Tal vez querría usted ser tan amable como para dedicarme media hora: ardo en deseos de decirle dos o tres cosas.

CAPÍTULO VI
Fui el mayal del Señor

Lord John Roxton y yo doblamos juntos por Vigo Street y cruzamos los oscuros y deslucidos portales del famoso nido de aristócratas. Al final de un pasillo largo y parduzco, mi nuevo conocido abrió una puerta y giró un conmutador eléctrico. Una cantidad de lámparas que brillaban a través de pantallas coloreadas bañaron por entero el gran salón, que se iluminó ante nosotros con un resplandor sonrosado. De pie en el umbral y paseando la mirada a mi alrededor, tuve una impresión general de extraordinaria comodidad y elegancia, que se combinaba con una atmósfera de masculina virilidad. Por todas partes se mezclaba el lujo de un hombre rico y de buen gusto con el despreocupado desaliño del que vive soltero. Esparcidas por el suelo, había ricas pieles y extrañas esteras iridiscentes, halladas en algún bazar oriental. En apretada profusión, pendían de los muros cuadros y estampas que incluso mis ojos inexpertos reconocían como de gran precio y rareza. Bocetos de boxeadores, bailarinas de *ballet* y caballos de carreras alternaban con un sensual Fragonard, un marcial Girardet y un Turner de ensueño. Pero entre todos estos variados adornos, estaban desperdigados los trofeos, que trajeron con gran fuerza a mi memoria el hecho de que lord John Roxton era uno de los más grandes y completos deportistas de su época. Un remo de color azul oscuro cruzado con otro de color cereza sobre la repisa de la chimenea hablaba del antiguo remero de Oxford y Leander, en tanto los floretes y los guantes de boxeo que había encima y debajo eran las herramientas de un hombre que había ganado la supremacía en ambos deportes. Sobresaliendo como panoplias alrededor de la habitación había una línea de espléndidas cabezas, trofeos de caza mayor, las mejores de su clase halladas en cada rincón del mundo, con el raro rinoceronte blanco del enclave de Lado, destacando sobre todos con su morro altanero y colgante.

En el centro de la lujosa alfombra roja había una mesa Luis XV en negro y oro, una encantadora antigüedad, ahora profanada por sacrílegas manchas de vasos y cicatrices de colillas de cigarro. Encima de la mesa había una bandeja de plata con utensilios para fumar y un bruñido estante de licores, del que mi silencioso huésped, con ayuda de un sifón que había al lado, procedió a llenar dos altos vasos. Después de señalarme un sillón y de colocar mi bebida cerca del mismo, me alcanzó un habano largo y suave. Entonces se sentó frente a mí y me miró larga y fijamente con sus extraños ojos, brillantes e implacables; unos ojos de un frío color azul claro, el color de un lago de glaciar.

A través de la fina niebla de humo de un cigarro, distinguí los detalles de una cara que ya me era familiar por haberla visto en muchas fotografías: la nariz fuerte y corva; las mejillas hundidas y marchitas; el pelo rojizo oscuro que raleaba en lo alto de la cabeza; los crespos y viriles mostachos; el pequeño y agresivo penacho de pelo sobre su barbilla prominente. Tenía algo de Napoleón III y también algo de Don Quijote; pero había además ese algo que es la esencia del caballero terrateniente inglés, del agudo, alerta y franco amante de perros y caballos. El sol y el aire habían dado a su piel el vivo color rojo de la arcilla de los tiestos. Sus cejas eran tupidas y sobresalientes, lo cual daba a sus ojos naturalmente fríos una expresión más bien feroz, que se incrementaba con su entrecejo fuerte y fruncido. Era enjuto de cuerpo, pero de complexión sumamente vigorosa; en verdad, había demostrado a menudo que había pocos hombres en Inglaterra capaces de soportar esfuerzos tan prolongados. Su estatura era poco mayor de seis pies, pero daba la impresión de ser más bajo debido a la peculiar curvatura de sus hombros. Tal era el famoso lord John Roxton como lo veía sentado frente a mí, mordiendo con fuerza su cigarro y observándome fijamente, en medio de un largo y embarazoso silencio.

—Bueno —dijo por último—, la suerte está echada, mi joven-compañerito-camarada. (Pronunció esta curiosa frase como si fuese una sola palabra: «joven compañerito camarada»). Sí, usted y yo hemos dado el salto. Supongo que cuando entró usted en aquel salón no se le había pasado por la cabeza una cosa semejante... ¿eh?

—Ni por asomo.

—Tampoco a mí. Ni idea de ello. Y aquí estamos, metidos hasta el cuello en la sopera. Para esto, hace sólo tres semanas que he regresado de Uganda, arrendado un sitio en Escocia, firmado el contrato y todo lo demás. En buena me he metido, ¿eh? ¿Y a usted qué impresión le causa?

—Bueno, todo encaja perfectamente en la línea central de mi oficio. Soy periodista en la *Gazette.*

—Cierto, ya lo dijo cuándo se metió en el baile. A propósito, tengo un pequeño trabajo para usted, si quiere ayudarme.

—Con mucho gusto.

—¿No le importa correr un riesgo?

—¿Cuál es?

—Bueno, se trata de Ballinger... Él es el riesgo. Habrá oído hablar de él, ¿no?

—No.

—Pero, compañerito, ¿*dónde* ha vivido usted? Sir John Ballinger es el mejor jinete del norte del país. Yo, cuando estoy en mi mejor forma, podría competir con él en terreno llano, pero con vallas él es mi maestro. Y bien: es un secreto a voces que cuando no está entrenándose bebe fuerte... O como él dice, mantiene un promedio. El delirio le empezó el martes pasado y desde entonces ha estado enloquecido como un demonio. Su habitación está encima de ésta. Los médicos dicen que el querido viejo está acabado a menos que se le pueda hacer tragar algún alimento, pero como está acostado en la cama con un revólver encima de la colcha y ha jurado que le meterá seis balas, de parte a parte, a cualquiera que se le acerque, hubo un conato de huelga entre su servidumbre. Es duro de pelar este Jack, y además tiene una puntería mortal. Pero no se puede dejar que el ganador de un Gran Premio Nacional muera de ese modo, ¿no?

—¿Y qué se propone hacer usted? —le pregunté.

—Bueno, pensé que usted y yo podríamos abalanzarnos sobre él. Quizá esté adormecido, y en el peor de los casos sólo podría dejar inutilizado a uno de nosotros, mientras el otro lo cogería. Si logramos envolverle los brazos con la funda de su almohada, llamaríamos por teléfono para que trajesen una bomba estomacal; y entonces daríamos al querido viejo la cena de su vida.

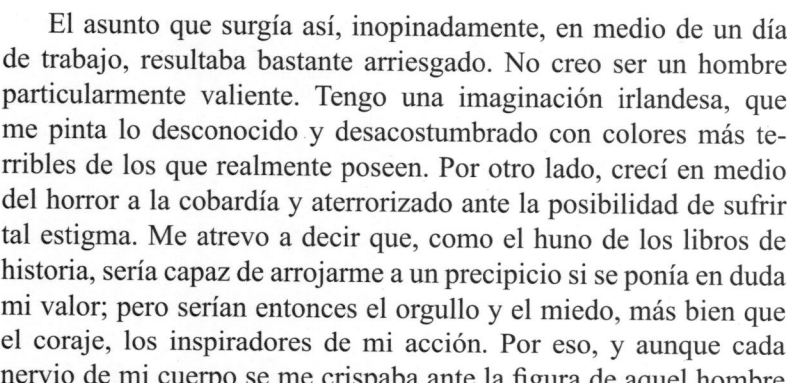

El asunto que surgía así, inopinadamente, en medio de un día de trabajo, resultaba bastante arriesgado. No creo ser un hombre particularmente valiente. Tengo una imaginación irlandesa, que me pinta lo desconocido y desacostumbrado con colores más terribles de los que realmente poseen. Por otro lado, crecí en medio del horror a la cobardía y aterrorizado ante la posibilidad de sufrir tal estigma. Me atrevo a decir que, como el huno de los libros de historia, sería capaz de arrojarme a un precipicio si se ponía en duda mi valor; pero serían entonces el orgullo y el miedo, más bien que el coraje, los inspiradores de mi acción. Por eso, y aunque cada nervio de mi cuerpo se me crispaba ante la figura de aquel hombre enloquecido por el wiski que yo me representaba en la habitación superior, alcancé a responder, con la voz más despreocupada que pude emitir, que estaba dispuesto a ello. Al hacer lord Roxton otra advertencia sobre el peligro, sólo consiguió irritarme.

—¡Vamos ya! —dije—. Con hablar no se consigue nada.

Me levanté de mi sillón y él del suyo. Entonces, con una risita confidencial me dio dos o tres golpecitos en el pecho y por último me hizo sentar otra vez en mi sillón.

—Muy bien, muchachito, camarada... Usted servirá —dijo.

Alcé la mirada sorprendido.

—Ya me ocupé esta mañana de Jack Ballinger. Me hizo un agujero en el vuelo de mi quimono, bendito sea el temblor de su vieja mano, pero le pusimos una camisa de fuerza y de aquí a una semana estará perfectamente. Bueno, compañerito, espero que no le habrá importado... ¿Eh? Mire usted, entre nosotros, y en confianza, creo que este negocio de Sudamérica puede ser sumamente peligroso, y si debo llevar un camarada quiero que sea un hombre de quien pueda fiarme. Por eso le puse una prueba y me apresuro a decir que ha salido de ella muy bien. Piense que todo lo tendremos que hacer usted y yo, porque ese viejo Summerlee necesitará una niñera desde el principio. A propósito, ¿es usted por casualidad el Malone que jugará por Irlanda en la copa de *rugby*?

—Quizá como reserva.

—Me parecía que su cara me era conocida. Vaya, si yo estaba allí cuando usted marcó aquel *try* contra el Richmond... y aquélla fue la mejor carrera en zig-zag que vi en toda la temporada. Nunca

me pierdo un partido de *rugby,* si puedo, porque es el más varonil de los deportes que practicamos. Bien, no le pedí que viniese aquí para hablar de deportes. Tenemos que organizar nuestro asunto. Aquí, en la primera página del *Times,* están las salidas de los barcos. El miércoles de la próxima semana sale un buque de la compañía Booth con destino a Pará, y si el profesor y usted pueden disponer sus cosas, creo que podríamos tomarlo... ¿Eh? Muy bien, lo arreglaré con él. ¿Y qué hay de su equipo?

—Mi periódico se ocupará de ello.

—¿Sabe disparar?

—Más o menos como el término medio de los soldados de la Territorial.

—¡Santo Dios! ¿Tan mal como eso? Es lo último que ustedes, muchachitos-camaradas, se acuerdan de aprender. Son todos como abejas sin aguijón, cuando se trata de defender la colmena. Alguno de estos días van a hacer un mal papel, si alguien se mete por aquí a hurtadillas para llevarse la miel. Pero es que en Sudamérica usted necesitará apuntar derecho, porque a menos que nuestro amigo el profesor sea un loco o un embustero, veremos algunas cosas extrañas antes de regresar. ¿Qué fusil tiene usted?

Cruzó el salón hasta un aparador de roble y cuando lo abrió de par en par pude vislumbrar centelleantes filas de cañones de escopeta, alineadas como tubos de órgano.

—A ver qué tengo disponible para usted en mi propia colección —dijo.

Fue sacando, uno tras otro, cantidades de hermosos rifles, abriéndolos y cerrándolos con un chasquido y un sonido metálico. Luego volvía a colocarlos en sus bastidores acariciándolos tan tiernamente como una madre a sus hijos.

—Éste es un Bland 577 express —dijo—. Con él cacé a ese fulano grandote —echó una mirada al rinoceronte blanco—. Diez yardas más y hubiese sido él quien me agregase a su colección.

De la cónica bala su suerte dependía: así justa ventaja el más débil tenía.

Espero que conozca a Gordon, porque él es el poeta del caballo y del fusil y del hombre que a ambos maneja. Vamos a ver, aquí hay una herramienta útil... un 470, mira telescópica, doble expulsor,

blanco seguro hasta trescientos cincuenta. Este es el rifle que usé, hace tres años, contra los conductores de esclavos del Perú. Fui el mayal del Señor en aquellos parajes, se lo aseguro, aunque no lo encontrará escrito en ningún Libro Azul. Hay ocasiones, compañerito, en que cada uno de nosotros debe plantarse en defensa de los derechos humanos y la justicia, porque si no, nunca volverá a sentirse limpio. Por eso hice yo una pequeña guerra por mi cuenta. La declaré yo, la sostuve yo y la terminé yo. Cada una de estas muescas recuerda a un asesino de esclavos que liquidé con este rifle. Una buena serie de ellas, ¿no? Esta grande es por Pedro López, el jefe de todos ellos, que maté en un remanso del río Putumayo. Ah, aquí hay algo que le vendrá bien —tomó un hermoso rifle empavonado y plateado—. Está bien guarnecido con caucho en la caja, muy bien calibrado y con cinco cartuchos por cargador. Puede usted confiarle su vida —me lo entregó y cerró la puerta de su armario de roble—. A propósito —prosiguió, volviendo a su sillón—. ¿Qué sabe usted de este profesor Challenger?

—Nunca lo había visto hasta hoy.

—Bueno, ni yo tampoco. Es gracioso que ambos nos embarquemos con órdenes, bajo sobre sellado, impartidas por un hombre que no conocemos. Me pareció un viejo pajarraco arrogante. Parece que tampoco sus cofrades científicos están muy orgullosos de él. ¿Cómo llegó usted a interesarse en este asunto?

Le relaté brevemente mis experiencias de aquella mañana y él me escuchó atentamente. Luego extendió un mapa de Sudamérica y lo colocó sobre la mesa.

—Yo creo que cada palabra de cuanto le contó a usted es verdad —dijo muy serio—, y piense que cuando hablo de este modo es porque tengo motivos para ello. Sudamérica es un lugar que amo, y creo que toda ella, desde el Darién hasta Tierra del Fuego, es la porción más grande, rica y maravillosa de este planeta. La gente no la conoce todavía, y no se da cuenta de lo que puede llegar a ser. Yo la he recorrido de punta a punta, arriba y abajo, y pasé dos estaciones secas en estos mismos lugares, como le conté cuando hablaba de la guerra que emprendí contra los tratantes de esclavos. Pues bien: cuando estaba por allá, escuché algunas congojas de esa misma clase... tradiciones de los indios, quizá, pero que tenían algo

detrás, sin duda. Cuanto más conozca de ese país, compañerito, más comprenderá que todo es posible... todo. Hay algunas estrechas vías de agua por las que viaja la gente; pero fuera de ellas todo es ignoto. Ya sea por aquí, en el Matto Grosso —señaló una parte del mapa con su cigarro—, o aquí arriba, en este rincón donde tres países se tocan, nada podría sorprenderme. Tal como ese tío dijo esta noche, hay cincuenta mil millas de rutas acuáticas que cruzan una selva cuya extensión es aproximadamente la misma de Europa entera. Podríamos estar, usted y yo, separados por una distancia igual a la que hay entre Escocia y Constantinopla y, sin embargo, hallarnos en la misma gran selva brasileña. En medio de ese laberinto, los hombres sólo han abierto un sendero aquí y hecho un arañazo allí. Piense que el río crece o desciende por lo menos cuarenta pies, y que la mitad del país es un cenagal que nadie puede atravesar. ¿Por qué una comarca semejante no podría encerrar algo nuevo y maravilloso? ¿Y por qué no habríamos de ser nosotros los hombres que lo descubramos? Además —añadió consu rostro excéntrico y enjuto brillando de deleite—, cada milla de ese territorio ofrece una aventura al deportista. Soy como una vieja pelota de golf. Hace tiempo que me quitaron a golpes toda la pintura blanca. La vida puede darme una tunda ya sin dejarme marcas. Pero un riesgo deportivo, compañerito, eso sí es la sal de la vida. Es algo que hace que merezca la pena vivirla otra vez. Todos nos estamos volviendo demasiado blandos, embotados y confortables. A mí deme las inmensidades desiertas y los vastos espacios abiertos, con un fusil en el puño y algo que merezca la pena descubrir. Yo he probado la guerra, las carreras de caballos con obstáculos y los aeroplanos; pero esta cacería de bestias que parecen una pesadilla de alguien que ha cenado langosta, es para mí una sensación enteramente nueva.

Chasqueó la lengua de gozo ante semejante perspectiva. Quizá me he extendido demasiado a propósito de esta nueva relación amistosa; pero él ha de ser mi camarada durante muchos días, y por eso he tratado de describirlo tal como lo vi por primera vez, con su personalidad exquisitamente arcaica y sus curiosos pequeños trucos de lenguaje y pensamiento. Sólo la necesidad de escribir el informe de la asamblea me arrancó al fin de su compañía. Lo dejé sentado en medio de aquella iluminación rosada, aceitando el

cerrojo de su rifle favorito, todavía sonriendo para sus adentros al pensar en las aventuras que nos esperaban. Era muy evidente para mí que, si nos aguardaban peligros, no podría haber encontrado en toda Inglaterra una cabeza más serena y un espíritu más animoso que él para compartirlos.

Aquella noche, cansado como estaba después de los extraordinarios acontecimientos del día, me senté frente a McArdle, el director de noticias, para explicarle toda la situación, que él juzgó lo suficientemente importante como para comunicarla al día siguiente a sir George Beaumont, el director general. Quedó convenido que yo enviaría crónicas completas de mis aventuras en forma de cartas sucesivas dirigidas a McArdle, y éstas serían publicadas por la *Gazette* a medida que llegasen, o reservadas para su publicación posterior, según los deseos del profesor Challenger, puesto que no podíamos saber, aún, las condiciones que él asignaría respecto a las instrucciones que deberían guiarnos en el viaje a la tierra desconocida. En respuesta a una consulta telefónica, no logramos nada más concreto que una maldición contra la prensa, que concluyó con la observación de que si le notificábamos el nombre de nuestro buque, él nos enviaría todas las instrucciones que creyese conveniente darnos en el momento de la partida. Una segunda pregunta de nuestra parte no obtuvo respuesta alguna, salvo un balido doloroso de su esposa, que quería significar que su esposo estaba ya de un humor iracundo y que nos rogaba que no hiciésemos nada para empeorarlo. Un tercer intento, ya promediado el día, provocó un estruendo terrorífico y el subsiguiente mensaje de la central telefónica, informando que el aparato del profesor Challenger había sido destrozado. Después de esto, abandonamos todo intento de comunicación.

Y ahora, pacientes lectores míos, ya no puedo dirigirme a ustedes en forma directa. De ahora en adelante (si es que en realidad llega a ustedes una continuación de este relato) tendrá que ser únicamente a través del periódico que represento. Entrego en manos del director del mismo este informe de los sucesos que han conducido a una de las más notables expediciones de todos los tiempos, de modo que, si no vuelvo más a Inglaterra, quede algún testimonio de lo acontecido. Escribo estas últimas líneas en el salón del transatlántico Francisca, de la compañía Booth, y el práctico las

llevará al desembarcar a manos de McArdle. Dejadme esbozar, antes de cerrar mi libro de notas, un último cuadro: un cuadro que es el último recuerdo que llevo conmigo de la vieja patria. Es una mañana húmeda brumosa de finales de primavera; cae una lluvia tenue y fría. Por el muelle vienen caminando tres figuras envueltas en impermeables y se dirigen a la pasarela del gran paquebote, en el que ondea el *bluepeter*. Los precede un porteador que empuja una carretilla cargada de maletas, mantas de viaje y cajas de rifles. El profesor Summerlee, una larga y melancólica figura, camina arrastrando los pies y lleva la cabeza inclinada, como quien está ya profundamente compadecido de sí mismo. Lord John Roxton camina aprisa y su rostro delgado y ávido asoma resplandeciente entre su gorra de caza y su bufanda. Por mi parte, me siento feliz de que hayan quedado atrás los bulliciosos días de preparativos y las angustias de los adioses; no dudo de que eso se advierte en mi talante. Súbitamente, cuando estábamos a punto de subir al navío, sentimos un grito a nuestra zaga. Es el profesor Challenger, que había prometido asistir a nuestra partida. Corre detrás de nosotros, con la cara roja, resoplando, irascible.

—No, gracias —dice—; preferiría no subir a bordo. Sólo tengo que decirles unas pocas palabras que muy bien pueden decirse aquí mismo donde estamos. Les ruego que no se figuren que estoy en deuda con ustedes de alguna forma por este viaje que van a emprender. Deseo que comprendan que para mí es un asunto completamente indiferente, y me niego a tomar en consideración el más mínimo vestigio de obligación personal. La verdad es la verdad y nada de cuanto ustedes puedan informar puede afectarla en modo alguno, aunque quizá excite las emociones y apacigüe la curiosidad de una cantidad de gente incapaz. En este sobre lacrado van mis instrucciones, que les servirán de información y guía. Lo abrirán cuando lleguen a una ciudad situada junto al Amazonas y que se llama Manaos, pero no deben hacerlo hasta la fecha y hora escritas en el sobre. ¿Está claro lo que quiero decir? Dejo enteramente confiado a su honor el estricto cumplimiento de mis condiciones. No, señor Malone, no pongo restricción alguna a su correspondencia, puesto que el objeto de su viaje es la elucidación de los hechos; pero le pido que no dé usted detalles acerca del punto exacto de destino

y que no se publique nada hasta su regreso. Adiós, señor. Ha hecho usted algo para mitigar mis sentimientos hacia la repulsiva profesión a la cual por desgracia pertenece. Adiós, lord John. Según creo la ciencia es un libro cerrado para usted, pero podrá congratularse ante los campos de caza que le aguardan. Podrá, sin duda, describir en la revista *Field* cómo pudo matar al dimorphodon volador. Y adiós a usted también, profesor Summerlee. Si todavía es capaz de adelantar por sí mismo, cosa que, francamente, dudo mucho, regresará a Londres convertido en un hombre más sabio.

Con esto, giró sobre sus talones y un minuto después pude ver, desde la cubierta, su figura rechoncha, de baja estatura, avanzando con su paso saltarín camino del tren de regreso. Y bien: nos hallamos ya muy internados en el Canal. Suena por última vez la campana para recoger el correo y despedimos al práctico. Ya estamos en camino; el buque surca la vieja ruta. Dios bendiga a los que dejamos atrás y nos traiga de vuelta sanos y salvos.

CAPÍTULO VII

Mañana nos perderemos en lo desconocido

No quiero aburrir a quienes se internen en esta narración con un relato del confortable viaje que disfrutamos a bordo del buque de la Booth, ni tampoco voy a hablar de nuestra estancia de una semana en Pará (salvo que quiero dejar constancia de la gran amabilidad de la Compañía Pereira da Pinta al ayudarnos a reunirnos con nuestro equipaje). Sólo quiero aludir brevemente a nuestro trayecto aguas arriba por un río ancho, de lenta corriente con aguas color de arcilla, a bordo de un vapor que era casi tan grande como el que nos había transportado a través del Atlántico. Finalmente cruzamos los estrechos de Óbidos y arribamos a la ciudad de Manaos. Allí fuimos rescatados de los limitados atractivos de la posada local por el señor Shortman, representante de la British and Brazilian Trading Company. En su hospitalaria *fazenda* pasamos el tiempo hasta el día en que estaríamos autorizados a abrir la carta con las instrucciones del profesor Challenger. Pero antes que llegue a relatar los sorprendentes sucesos de esa fecha, desearía esbozar un retrato más definido de mis camaradas en esta empresa y de los colaboradores que ya habíamos congregado en Sudamérica. Hablaré sin reservas, señor McArdle, y dejo a su discreción el uso que quiera dar a mis materiales, ya que este informe ha de pasar por sus manos antes que sea dado a conocer en el mundo.

Los logros científicos del profesor Summerlee son harto bien conocidos para que me moleste en recapitularlos. Está mejor preparado para una expedición tan ruda como ésta de lo que uno podría imaginar a primera vista. Su cuerpo alto, enjuto y correoso es insensible a la fatiga y ningún cambio en el ambiente que lo rodea afecta a su carácter seco, medio sarcástico y, a menudo, carente de toda simpatía. A pesar de que tiene ya sesenta y seis años, jamás le he oído expresar algún disgusto ante las ocasionales penalidades con que nos hemos enfrentado. Yo había conceptuado su presencia como un estorbo para la expedición, pero en realidad ahora estoy convencido de que su capacidad de resistencia es tan grande como la mía. En cuanto a su temperamento, es naturalmente agrio y escéptico. Nunca ha ocultado, desde el principio, su creencia de que el profesor Challenger es un completo farsante, que nos hemos embarcado todos en una empresa quimérica y absurda, y que lo más probable es que sólo cosechemos desilusiones y peligros en Sudamérica y el correspondiente ridículo en Inglaterra. Estos eran los puntos de vista que vertió en nuestros oídos durante todo nuestro viaje de Southampton a Manaos, ilustrando sus peroraciones con apasionados visajes de sus descarnadas facciones y sacudidas de su rala perilla, que se parecía a la barba de un chivo. Desde que desembarcamos, ha obtenido algún consuelo en la belleza y variedad de insectos y pájaros que pululan a su alrededor, porque su devoción por la ciencia es absoluta y la siente de todo corazón. Se pasa los días merodeando por los bosques, con su escopeta y su red de cazar mariposas, y ocupa sus veladas en clasificar y montar los muchos ejemplares que ha adquirido. Entre sus particularidades menores se pueden contar su descuido en el vestir, la falta de limpieza en su persona, la extremada distracción en todos sus hábitos y su afición a fumar en una corta pipa de escaramujo, que rara vez está fuera de su boca. Durante su juventud participó en varias expediciones científicas (estuvo con Robertson en Papuasia) y la vida en campamentos y canoas no es para él ninguna novedad.

Lord John Roxton tiene algunos puntos en común con el profesor Summerlee y otros en que constituyen una verdadera antítesis uno del otro. Es veinte años más joven, pero similar en el físico, descarnado y enjuto. En cuanto a su apariencia, ya la he descrito, me parece, en la parte de mi narración que dejé en Londres. Es extremadamente aseado y meticuloso en sus hábitos, viste siempre cuidadosamente, con trajes de dril blanco y altas botas protectoras de color castaño, y se afeita al menos una vez al día. Como la mayoría de los hombres de acción, es lacónico en el hablar y se sumerge fácilmente en sus propios pensamientos, pero siempre está pronto a responder a una pregunta o a participar en las conversaciones, con un lenguaje algo excéntrico y medio humorístico. Su conocimiento

del mundo, y de Sudamérica en especial, resulta sorprendente; cree de todo corazón en las posibilidades de nuestra expedición, sin que le desanimen las mofas del profesor Summerlee. Tiene una voz suave y unos modales serenos, pero detrás de sus relampagueantes ojos azules acecha una capacidad para estallar en ira furiosa e implacable resolución, tanto más peligrosas cuanto que las refrena. Hablaba poco de sus hazañas en el Brasil y en Perú, pero fue una revelación para mí descubrir la excitación que causó su presencia entre los indígenas ribereños, que lo consideraban su campeón y protector. Las proezas del jefe Rojo, como le llamaban, se habían vuelto legendarias entre ellos, pero los hechos reales, por lo que pude saber, eran ya bastante sorprendentes.

Sucedió que algunos años antes lord John se hallaba en aquella tierra de nadie que forman las fronteras definidas a medias de Perú, Brasil y Colombia. En ese enorme distrito florece el árbol silvestre que produce el caucho, el cual se ha convertido (como también ocurre en el Congo) en una maldición para los nativos, que sólo puede compararse con los trabajos forzados a que los sometían otrora los españoles en las viejas minas de plata del Darién. Un puñado de malvados mestizos dominaba el país, había dado armas a ciertos indios de quienes podía fiarse y convirtió en esclavos a todos los demás, a los que aterrorizaba con las más inhumanas torturas para obligarles a recoger el caucho, que luego era embarcado en el río para llevarlo a Pará. Lord John Roxton trató de disuadirlos para defender a las desdichadas víctimas, pero sólo recibió amenazas e insultos por sus esfuerzos. Entonces declaró formalmente la guerra a Pedro López, el jefe de los esclavizadores; enroló en sus cuadros a una banda de esclavos fugitivos, los armó y emprendió una campaña, que concluyó al dar muerte con sus propias manos al famoso mestizo y al destruir el sistema que éste representaba.

No era de extrañar por lo tanto que la aparición del hombre pelirrojo, de voz suave y maneras libres y sencillas, fuera contemplada ahora con profundo interés en las riberas del gran río sudamericano, aunque los sentimientos que inspiraba estuvieran evidentemente mezclados, ya que la gratitud de los indígenas era igualada por el resentimiento de aquellos que deseaban explotarlos. Un resultado

beneficioso de sus experiencias anteriores era que podía hablar fluidamente la *Lingoa Geral* que es el habla característica, mezcla de un tercio de palabras portuguesas y dos tercios de vocablos indios, de uso corriente en todo el Brasil.

He dicho antes que lord John Roxton era un maníaco de Sudamérica. No podía hablar de aquel gran país sin entusiasmarse ardorosamente, y ese ardor era contagioso, porque, ignorante como yo era, consiguió atraer mi atención y estimular mi curiosidad. Quisiera ser capaz de reproducir el hechizo de sus pláticas, la peculiar mezcla de conocimientos sólidos y chispeante imaginación que les otorgaba su atractivo, hasta conseguir que incluso la sonrisa cínica y escéptica del profesor se fuera desvaneciendo gradualmente de su enjuto rostro a medida que escuchaba. Se disponía a contar la historia del enorme río tan rápidamente explorado (ya que algunos de los primeros conquistadores del Perú cruzaron en realidad todo el continente sobre sus aguas), pero aún tan desconocido respecto a todo lo que se ocultaba más allá de sus orillas en continuo cambio.

—¿Qué hay más allá? —exclamaba, señalando hacia el norte—. Selva, pantanos y una jungla impenetrable. ¿Quién sabe lo que eso puede ocultar? ¿Y allá hacia el sur? El yermo de las florestas pantanosas donde ningún hombre blanco ha puesto el pie todavía. Por todas partes se nos enfrenta lo desconocido. ¿Quién conoce algo más allá de las estrechas cintas de los ríos? ¿Quién osaría decir qué cosas pueden suceder en un país semejante? ¿Por qué no podría estar en lo cierto el viejo Challenger? Ante este directo desafío, reaparecía la porfiada sonrisa de burla en el rostro del profesor Summerlee, y permanecía sentado, moviendo su sardónica cabeza en un silencio desprovisto de cordialidad parapetado tras la nube de humo de su pipa de raíz de escaramujo.

Esto es todo, por el momento, acerca de mis dos compañeros blancos, cuyos caracteres y limitaciones serán expuestos con mayor amplitud, como los míos propios, a medida que prosiga este relato. Pero ya habíamos contratado a ciertos asistentes que habrían de jugar una parte de cierta importancia en lo que estaba por venir. El primero es un negro gigantesco llamado Zambo, un Hércules moreno, tan voluntarioso como un caballo y de una inteligencia casi

igual. Lo alistamos en Pará por recomendación de la compañía de vapores, en cuyos barcos había aprendido a hablar un inglés titubeante.

También contratamos en Pará a Gómez y Manuel, dos mestizos de la región situada en el curso superior del río y que acababan de bajar por el mismo con un cargamento de madera de palo de rosa. Eran individuos de piel morena, barbudos y fieros, tan activos y tensos como panteras. Ambos habían pasado su vida en esa zona del curso superior del Amazonas, precisamente la que queríamos explorar, y por esa circunstancia recomendable lord John los había contratado. Uno de ellos, Gómez, tenía la ventaja suplementaria de hablar un inglés excelente. Estos hombres se ofrecieron voluntariamente a trabajar como nuestros criados personales, a cocinar, remar o a hacerse útiles de cualquier otro modo, por una paga de quince dólares mensuales. Además de ellos, habíamos contratado a tres indios mojo de Bolivia, porque, de todas las tribus ribereñas, aquélla era la más hábil para la pesca y la navegación. Al jefe de estos indios le llamamos Mojo, con el nombre de su tribu, y a los otros dos los conocíamos como José y Fernando. Tres blancos, dos mestizos, un negro y tres indios constituíamos pues el personal de la pequeña expedición, que permanecía en Manaos esperando instrucciones antes de partir en pos de su extraña búsqueda.

Por fin, después de una semana tediosa, llegaron el día y la hora señalados. Le pido que se represente la sombreada estancia de la *fazenda* Santo Ignacio, dos millas tierra adentro desde la ciudad de Manaos. En el exterior, resplandecía el sol con una luz amarilla, broncínea, que recortaba las sombras de las palmeras en contornos tan negros y definidos como los árboles mismos. El aire estaba en calma, lleno del eterno zumbido de los insectos, que formaban un coro tropical de muchas octavas desde el bajo profundo de la abeja hasta la flauta aguda y afilada de los mosquitos. Detrás del pórtico o galería había un pequeño jardín despejado, con cercas de cactos y adornado con macizos de arbustos floridos, donde revoloteaban grandes mariposas azules y cruzaban como saetas diminutos colibríes que trazaban arcos de luz rutilante. Nosotros estábamos en el interior, sentados alrededor de la mesa de caña sobre la cual estaba

el sobre sellado. En su anverso, trazadas con la mellada letra del profesor Challenger, se leían estas palabras:

«Instrucciones para lord John Roxton y su grupo. Para ser abierto en Manaos el día 15 de julio, a las doce en punto de la mañana».

Lord John había colocado su reloj sobre la mesa, ante sí.

—Faltan todavía siete minutos —dijo—. El querido viejo es muy estricto.

El profesor Summerlee sonrió agriamente, al tiempo que recogía el sobre con su mano flaca.

—¿Qué puede importar si lo abrimos ahora o dentro de siete minutos? —dijo—. Todo esto es parte del mismo sistema de charlatanería y falta de sentido común que caracteriza notoriamente al autor de la carta, lamento tener que decirlo.

—Oh, vamos, tenemos que jugar nuestra partida de acuerdo con las reglas —dijo lord John—. El espectáculo pertenece al viejo Challenger y nosotros estamos aquí gracias a su buena voluntad, de modo que sería una acción pésima y deplorable la de no seguir sus instrucciones al pie de la letra.

—¡Bonito negocio! —exclamó amargamente el profesor—. Ya me sonaba absurdo en Londres, pero me siento inclinado a decir que visto de cerca lo es aún más. No sé lo que contiene este sobre, pero, a menos que traiga instrucciones bien definidas, me sentiré muy tentado a tomar el primer barco que salga río abajo, para tomar el Bolivia nada más llegar a Pará. Después de todo, tengo en el mundo tareas de mayor responsabilidad que andar corriendo para desautorizar las afirmaciones de un lunático. Vamos, Roxton, seguramente ya es la hora.

—Así es, y usted ya puede tocar el pito —dijo lord Roxton.

Levantó el sobre y lo cortó con su cortaplumas. Extrajo de su interior una hoja de papel doblada. La desplegó con mucho cuidado y la extendió sobre la mesa. Era una hoja en blanco. Le dio la vuelta. También estaba en blanco. Nos miramos unos a otros en azorado silencio, que fue roto por el discordante estallido de la risa burlesca del profesor Summerlee.

Arthur Conan Doyle

—Es una clara confesión —exclamó—. ¿Qué más quieren ustedes? Ese fulano es un embaucador confeso. Sólo nos resta regresar a casa e informar que es un impostor descarado.

—¿Tinta invisible? —sugerí.

—¡No lo creo! —dijo lord Roxton mirando el papel al trasluz—. No, compañerito-camarada, no sirve de nada engañarse a sí mismo. Puedo garantizar que en este papel no se ha escrito nunca nada.

—¿Puedo entrar? —retumbó una voz desde la galería.

La sombra de una figura rechoncha se interponía en la franja de sol. ¡Aquella voz! ¡Aquella monstruosa anchura de hombros! Nos pusimos de pie de un salto con el aliento entrecortado por la sorpresa, al ver que Challenger, tocado con un sombrero de paja redondo y juvenil, con una cinta de color... Challenger, con las manos en los bolsillos de su chaqueta y sus zapatos de lona haciendo elegante palanca sobre las puntas al caminar..., aparecía en el espacio vacío que se abría ante nosotros. Echó atrás la cabeza y se quedó envuelto en el resplandor dorado, con toda la exuberancia de su barba de la antigüedad asiria y toda su ingénita insolencia, marcada en sus párpados entornados y sus ojos intolerantes.

—Me temo que llego con algunos minutos de retraso —dijo, sacando su reloj—. Debo confesar que cuando les entregué ese sobre no tenía la menor intención de que lo abriesen, porque ya entonces había determinado estar con ustedes antes de la hora fijada. El infortunado retraso debe repartirse, en partes iguales, entre la torpeza de un piloto y la intrusión de un banco de arena. Sospecho que esto habrá dado ocasión a mi colega, el profesor Summerlee, para que blasfeme un poco.

—Siento la obligación de decirle, señor —contestó lord John con algo de severidad en la voz—, que su regreso nos ha producido un alivio considerable, porque nuestra misión parecía haber llegado ya a un fin prematuro. Incluso ahora, que me ahorquen si comprendo por qué ha obrado usted de manera tan extraordinaria.

En lugar de contestar, el profesor Challenger entró, nos estrechó las manos a lord John y a mí, se inclinó con abrumadora insolencia ante el profesor Summerlee y se sentó en un sillón de mimbre, que crujió y se cimbró bajo su peso.

—¿Está todo preparado para iniciar nuestra jornada? —preguntó.

—Podemos salir mañana.

—Pues entonces saldrán. Ya no necesitan mapas con instrucciones, puesto que disfrutarán de la inestimable ventaja de que sea yo el guía. Desde el principio estaba decidido a presidir yo mismo sus investigaciones. Ustedes deben admitir enseguida que los mapas más completos serían un pobre sustituto de mi propia inteligencia y mi consejo. En cuanto a esta pequeña artimaña que he usado para burlarme de ustedes, en el asunto del sobre, está claro que, si yo les hubiese comunicado mis intenciones, me habría visto obligado a resistir a molestas presiones para que viajase en compañía de ustedes.

—¡No de mi parte, señor! —exclamó el profesor Summerlee apasionadamente—. Al menos mientras hubiese otro barco que cruzase el Atlántico.

Challenger hizo caso omiso del profesor con un ademán de su manaza peluda.

—Estoy seguro de que su buen sentido hallará razonables mis reparos y comprenderán que era mejor que yo pudiera dirigir mis propios movimientos y apareciese únicamente en el momento exacto en que mi presencia fuera necesaria. Ese momento ha llegado al fin. Están ustedes en buenas manos. Llegarán a destino sin contratiempos. Desde este momento tomo el mando de esta expedición y tengo que pedirles que completen su preparación esta noche, a fin de que seamos capaces de salir por la mañana temprano. Mi tiempo es valioso y lo mismo puede decirse, sin duda —aunque en menor grado—, del de ustedes. Propongo, pues, que avancemos tan rápidamente como sea posible, hasta que les haya demostrado las cosas que han venido a ver.

Lord John Roxton había fletado una gran lancha de vapor, la Esmeralda, que debía llevarnos río arriba. Por lo que atañe al clima, era indistinto el momento que eligiésemos para nuestra expedición, porque la temperatura, lo mismo en invierno que en verano, fluctúa entre los setenta y cinco y los noventa grados, sin apreciable diferencia en el calor. Sin embargo, en lo que respecta a la humedad, la cosa varía; de diciembre a mayo se extiende el período de las lluvias, y durante el mismo el río crece lentamente hasta alcanzar

una altura de casi cuarenta pies sobre su nivel más bajo. Cubre las orillas, se extiende en grandes lagunas sobre una monstruosa extensión de territorio y forma un inmenso distrito, llamado en la región el Gapo, que en su mayor parte es demasiado pantanoso para atravesarlo a pie y demasiado poco profundo para que sea navegable en lancha. A mediados de junio las aguas comienzan a descender, y alcanzan su nivel más bajo en octubre o noviembre. Así, nuestra expedición transcurría en medio de la estación seca, cuando el gran río y sus afluentes se hallaban más o menos en condiciones normales.

La corriente del río es débil, con una pendiente que no sobrepasa las ocho pulgadas por milla. Ningún otro río podría resultar más conveniente para la navegación, ya que los vientos dominantes son los que soplan del sudoeste, y las barcas pueden navegar a vela hasta la frontera peruana; al regreso, se dejan llevar por la corriente. En nuestro caso, la excelente máquina de la Esmeralda podía despreciar la perezosa corriente del río, e hicimos progresos tan rápidos como si estuviésemos navegando por un lago de aguas estancadas. Durante tres días avanzamos hacia el noroeste por un río que aun allí, a mil millas de su desembocadura, seguía siendo tan enorme que sus orillas, vistas desde el centro de la corriente, parecían meras sombras sobre la lejana línea del horizonte. Al cuarto día de haber dejado Manaos, doblamos por un afluente cuya desembocadura era muy poco menor en anchura que el río principal. Sin embargo, fue estrechándose rápidamente, y después de otros dos días de navegación a vapor llegamos a una aldea india, en la que el profesor insistió en que debíamos desembarcar, en tanto la Esmeralda era devuelta a Manaos. Explicó que muy pronto caeríamos sobre unos rápidos que harían imposible el uso de aquella embarcación. Añadió, confidencialmente, que nos estábamos aproximando a la puerta del país desconocido y que cuanto menor fuese el número de personas que tuviese parte en nuestras revelaciones, tanto mejor sería. Con esta finalidad, nos requirió a cada uno de nosotros la palabra de honor de que no publicaríamos ni diríamos nada que pudiera dar la clave exacta del paradero de nuestro viaje, y con la misma finalidad tomó juramento solemne a nuestros servidores. Por esta razón me veo obligado a emplear en mi narración ciertas indefiniciones, y quiero advertir a mis lectores que en todos los mapas y diagramas

que adjunto la relación entre los diversos lugares es correcta, pero los puntos de referencia de la brújula han sido cuidadosamente confundidos, para que en ningún caso puedan ser tomados como guía para llegar al país. Las razones que tiene el profesor Challenger pueden ser válidas o no, pero a nosotros no nos quedó otra opción que aceptarlas, porque él estaba dispuesto a abandonar la expedición antes que modificar las condiciones bajo las cuales iba a servirnos de guía.

El día 2 de agosto, al dar la despedida a la Esmeralda, cortamos nuestro último lazo con el mundo exterior. Desde entonces han pasado cuatro días, y durante este lapso hemos contratado dos grandes canoas indias, hechas de un material tan liviano (pieles sobre un armazón de bambú) que podremos transportarlas por encima de cualquier obstáculo. Las cargamos con todos los efectos y contratamos a dos indios más para que nos ayudasen en la navegación. Según entiendo, son precisamente los dos —se llaman Ataca e Ipetú que acompañaron al profesor Challenger en su viaje anterior. Parecen aterrorizados ante la perspectiva de repetirlo, pero el jefe ejerce poderes patriarcales en estas comarcas, y si un negocio le parece bueno, los miembros de la tribu carecen de poder de elección en la materia.

Por lo tanto, mañana nos perderemos en lo desconocido. Transmito este relato río abajo por canoa, y quizá sean éstas nuestras últimas palabras dirigidas a quienes se interesan por nuestro destino. De acuerdo con lo convenido, lo dirijo a usted, mi querido señor McArdle, y dejo a su discreción el poder suprimir, alterar o hacer con él lo que usted quiera. Por la seguridad que ostenta el profesor Challenger —y a pesar del constante pesimismo del profesor Summerlee—, no tengo dudas de que nuestro conductor dará fe de sus afirmaciones y de que verdaderamente nos hallamos en la víspera de las más notables experiencias.

CAPÍTULO VIII

Los guardianes exteriores del nuevo mundo

Nuestros amigos de Inglaterra pueden regocijarse con nosotros, porque hemos alcanzado nuestra meta y, hasta cierto punto al menos, hemos demostrado que las declaraciones del profesor Challenger pueden ser verificadas. Es cierto que no hemos ascendido a la meseta, pero se levanta delante de nosotros y hasta el profesor Summerlee se comporta con mayor discreción. Esto no significa que él admita, ni por un instante, que su rival pueda tener razón, pero no insiste tanto en sus constantes objeciones y se ha sumido, la mayor parte del tiempo, en un vigilante silencio. Y ahora debo volver al asunto, sin embargo, prosiguiendo mi narración desde el punto en que la había dejado. Hemos enviado a su tierra a uno de nuestros indios de la región, que está herido, y a él le encargo esta carta, aunque tengo considerables dudas de que alguna vez sea entregada.

Cuando escribí la anterior, estábamos a punto de abandonar el villorrio indio en que nos había dejado la Esmeralda. Debo comenzar mi informe con malas noticias porque el primer conflicto serio de carácter personal (y paso por alto las incesantes contiendas verbales de los dos profesores) ocurrió aquella noche y pudo haber tenido un final trágico. He mencionado ya a nuestro mestizo Gómez, el que habla inglés: es un trabajador excelente y un compañero siempre dispuesto, pero afectado, según creo, por el vicio de la curiosidad, que es frecuente en esa clase de hombres.

Al parecer la noche anterior se había ocultado cerca de la choza en que estábamos discutiendo nuestros planes; pero fue visto por nuestro gigante negro, Zambo, que es tan fiel como un perro y que, como todos los de su raza, odia a los mestizos. Zambo lo arrastró fuera y lo trajo a nuestra presencia. Sin embargo, Gómez desenvainó su cuchillo y, de no haber sido por la enorme fuerza de su captor, que fue capaz de desarmarlo con una sola mano, lo habría cierta-

mente apuñalado. El asunto quedó reducido a simples reprimendas, obligándose a los adversarios a estrecharse las manos y quedando nosotros con la esperanza de que todo vaya bien en adelante. En cuanto a las riñas entre los dos hombres doctos, siguen siendo constantes y ásperas. Debe admitirse que Challenger es provocativo en alto grado, pero Summerlee tiene una lengua afilada, que agrava las cosas. La noche pasada Challenger dijo que nunca le había gustado pasearse por el Embankment del Támesis, mirando al río, porque siempre es triste el ver nuestro último destino. Naturalmente, está convencido de que su destino final es la abadía de Westminster. Summerlee le replic, sin embargo, con desabrida sonrisa, que según tenía entendido la cárcel de Millbank ya había sido demolida. La vanidad de Challenger es demasiado colosal para que esa ironía le conmoviese. Apenas se sonrió por entre sus barbas y repitió: «¿De veras?», «¿de veras?», en el tono compasivo que se emplea con un niño. En realidad, ambos son niños: uno marchito y pendenciero; el otro formidable y altivo, aunque los dos posean cerebros que los han colocado en la primera fila de su generación científica. Cerebro, carácter, alma... Sólo cuando se va conociendo más de la vida, uno comprende cuán distintos son.

Al día siguiente partimos de inmediato para emprender nuestra memorable expedición. Hallamos que todo nuestro equipaje cabía fácilmente en las dos canoas y dividimos nuestro personal, seis en cada una; pero, en interés de la paz, tomamos la obvia precaución de colocar un profesor en cada canoa. Por mi parte embarqué en la que iba Challenger, que estaba de un humor beatífico, actuaba como si se hallase en un éxtasis silencioso y resplandecía de benevolencia por todos los poros. Pero como ya tenía yo experiencia de otros estados de ánimo suyos, seré el menos sorprendido si estalla de pronto la tempestad en medio de un sol brillante. Si bien es imposible sentirse a sus anchas en su compañía, tampoco se puede experimentar aburrimiento; por eso se encuentra uno en un perpetuo estado de duda, temeroso a medias del giro súbito que pueda tomar su formidable temperamento.

Durante dos días seguimos nuestro camino río arriba por un curso de considerable anchura, unos cuantos centenares de yardas, y de color oscuro pero tan transparente que casi siempre podíamos

ver el fondo. La mitad de los afluentes del Amazonas es de la misma naturaleza, en tanto que la otra mitad es blancuzca y opaca; la diferencia depende de la clase de tierras por las que atraviesan. El color oscuro indica que hay vegetación putrefacta, mientras que los otros fluyen por lechos arcillosos. Dos veces nos encontramos con rápidos y en ambos casos tuvimos que acarrear nuestro equipaje y las canoas por tierra para superarlos, por espacio de media milla o cosa así. Los bosques de ambas márgenes eran jóvenes, por lo cual resultaron más fáciles de penetrar que los que se hallan en su segundo período de crecimiento, y no tuvimos grandes dificultades para atravesarlos en nuestras canoas.

¿Cómo podría olvidarme nunca del solemne misterio de aquellos bosques? La altura de los árboles y el grosor de sus troncos excedía todo lo que yo, criado en las ciudades, hubiese podido imaginar; se disparaban hacia arriba como columnas magníficas hasta que allá, a enorme distancia sobre nuestras cabezas, podíamos distinguir borrosamente el lugar donde se abrían sus ramas laterales formando góticas curvas ascendentes que se enlazaban para constituir una enorme cúpula de verdor, atravesada únicamente por un ocasional rayo de sol que trazaba una fina y deslumbrante línea de luz que bajaba por entre la majestuosa oscuridad. Mientras caminábamos sin hacer ruido por aquella espesa y mullida alfombra de vegetación marchita, el silencio descendía sobre nuestras almas como suele hacerlo en la penumbra crepuscular de la abadía de Westminster; y hasta la voz rotunda del profesor Challenger se atenuaba hasta el susurro. Si yo hubiese estado solo, nunca habría conocido los nombres de aquellos gigantes vegetales, pero nuestros hombres de ciencia señalaban los cedros, las enormes ceibas, los pinos gigantes, con toda la profusión de variadas plantas que han convertido este continente en el principal proveedor del género humano en lo que se refiere a los dones de la Naturaleza que proceden del mundo vegetal, al tiempo que es el más retrasado en productos que nacen de la vida animal. Orquídeas de vívidos colores y líquenes de maravillosos matices ardían sin llama sobre los prietos troncos de los árboles, y cuando un haz vagabundo de luz caía sobre la dorada allamanda, los escarlatas racimos estrellados de la tacsonia o el rico azul oscuro de la ipomea, el efecto era como un sueño en un país de

hadas. La vida, que aborrece la oscuridad, lucha en aquellas grandes soledades selváticas por ascender siempre hacia la luz. Cada planta, hasta la más pequeña, se enrosca y retuerce para alcanzar la superficie verde, envolviéndose para trepar por sus hermanas más grandes y fuertes en anhelante esfuerzo. Las plantas trepadoras son monstruosas y exuberantes, pero otras, que no eran trepadoras en otras regiones, aprenden ese arte, como un modo de escapar a la oscura sombra; y así pueden verse a los jazmines, la ortiga común y hasta la palmera jacitara envolviendo los tallos de los cedros, luchando para alcanzar sus copas. No se veían movimientos de vida animal en las majestuosas naves abovedadas que se iban dilatando a medida que caminábamos, pero una constante actividad, muy por encima de nuestras cabezas, nos hablaba del mundo multitudinario de las serpientes y los monos, los pájaros y los perezosos que vivían a la luz del sol, y que miraban asombrados desde sus alturas nuestras figuras diminutas, ensombrecidas y titubeantes, en las oscuras e inconmensurables profundidades que se extendían debajo de ellos. Al amanecer y en el ocaso, los monos aulladores gritaban al unísono y las cotorras estallaban en su aguda charla, pero durante las horas calurosas del día sólo llenaba nuestros oídos el copioso zumbido de los insectos, semejante al batir de una rompiente lejana, sin que nada se moviese en tanto entre las solemnes perspectivas de los estupendos troncos, que se desvanecían en la oscuridad que nos envolvía. Una vez echó a correr torpemente entre las sombras un animal de patas torcidas y andar bamboleante: probablemente un oso hormiguero. Esta fue la única señal de vida terrestre que vimos en esta gran selva amazónica.

No obstante, había indicios de que la misma vida humana no andaba lejos de aquellos misteriosos y apartados lugares. Durante el tercer día, percibimos una extraña y profunda palpitación en el aire, rítmica y solemne, que iba y venía caprichosamente durante toda la mañana. Las dos barcas avanzaban a fuerza de remos, a pocas yardas una de otra, cuando oímos aquello por primera vez, y nuestros indios se quedaron inmóviles, como si se hubiesen convertido en figuras de bronce, escuchando atentamente y con expresiones de terror en sus rostros.

—Pero, ¿qué es eso? —pregunté.

—Tambores —contestó lord John negligentemente—. Tambores de guerra. Los he oído antes de ahora.

—Sí, señor, tambores de guerra —dijo Gómez el mestizo. Son indios *bravos,* no *mansos;* nos vigilan milla a milla a lo largo de nuestro camino. Nos matarán si pueden.

—¿De qué modo pueden vigilarnos? —pregunté, contemplando aquel vacío oscuro e inmóvil.

El mestizo encogió sus anchos hombros.

—Los indios saben hacerlo. Tienen sus propios métodos. Nos vigilan. Se hablan unos a otros con la voz de los tambores. Nos matarán si pueden.

Aquella tarde —según mi diario de bolsillo el día era el martes 18 de agosto— resonaban por lo menos seis o siete tambores desde lugares distintos. Unas veces su redoble era rápido, otras lento, otras veces entablaban evidentes diálogos, con preguntas y respuestas; uno de ellos rompía en un veloz *staccato* desde muy lejos, al este, y tras una pausa le respondía desde el norte un redoble profundo. Este constante gruñido producía una indescriptible crispación nerviosa y una tensión amenazante, que parecía transformarse en las mismas sílabas de las frases que el mestizo repetía incansablemente: «Os mataremos si podemos. Os mataremos si podemos». Nadie se movía en los silenciosos bosques. Todo era paz y tranquilidad en la silenciosa Naturaleza que yacía tras la oscura cortina de la vegetación, pero allá lejos, más allá de la misma, seguía llegando ese único mensaje de nuestros congéneres los hombres: «Os mataremos si podemos», decían los hombres del este; «os mataremos si podemos», decían los hombres del norte.

Los tambores retumbaron y susurraron durante todo el día, haciendo que sus amenazas se reflejaran en los rostros de nuestros compañeros de color. Hasta los mestizos, fanfarrones y curtidos, parecían acobardados. Pero aquel día, precisamente, supe de una vez por todas que tanto Summerlee como Challenger poseían la clase más elevada del valor: el valor del pensamiento científico. Era el mismo espíritu que había sostenido a Darwin entre los gauchos de Argentina y a Wallace entre los cazadores de cabezas de Malasia. La misericordiosa Naturaleza ha decretado que el cerebro humano no pueda pensar en dos cosas simultáneamente, de modo que si

está impregnado por la curiosidad científica no tiene lugar para las meras consideraciones personales. Durante todo el día, en medio de aquella amenaza constante, nuestros dos profesores se aplicaron a observar cada pájaro que volaba por el aire y cada arbusto que crecía en las orillas, con muchas y agudas disputas verbales, durante las cuales los gruñidos burlones de Summerlee respondían prontamente a los rezongos profundos de Challenger, pero sin mostrar más sentido del peligro o hacer más alusiones a los redobles de tambores indios que si estuviésemos sentados en el salón de fumar del Royal Society's Club de St. James Street. Sólo una vez condescendieron a hablar de ellos.

—Caníbales de Miranha o Amajuaca —dijo Challenger, apuntando con el pulgar hacia el bosque vibrante.

—Sin duda, señor —contestó Summerlee—. Al igual que todas esas tribus, supongo que usarán un lenguaje polisintético, de tipo mongol.

—Polisintético, ciertamente —dijo Challenger con indulgencia—. No tengo noticias de que exista otro tipo de idioma en este continente, y eso que he tomado notas sobre más de un centenar. Pero la teoría del origen mongólico la observo con profunda desconfianza.

—Yo creo que bastaba un limitado conocimiento de la anatomía comparada para verificarla —dijo Summerlee con acritud.

Challenger echó fuera su agresiva mandíbula hasta que fue todo barba y ala de sombrero.

—Sin duda, señor, que un conocimiento limitado llevaría a ese resultado. Pero cuando el conocimiento es exhaustivo, se llega a conclusiones diferentes.

Se contemplaron en actitud desafiante, mientras de todo cuanto nos rodeaba parecía brotar aquel susurro lejano: «Os mataremos... os mataremos si podemos».

Aquella noche anclamos nuestras canoas en el centro de la corriente con pesadas piedras a modo de anclas, e hicimos todos los preparativos para un posible ataque. Nada sucedió, sin embargo, y al amanecer reanudamos nuestra marcha, mientras se perdía detrás de nosotros el batir de tambores. Hacia las tres de la tarde llegamos a un rápido de gran pendiente y más de una milla de largo. Era

justamente el mismo en que el profesor Challenger había sufrido un desastre. Confieso que la vista del mismo me consoló, porque era realmente la primera corroboración, por leve que fuese, de la verosimilitud de su historia. Los indios transportaron primero las canoas y luego nuestros equipajes a través de los matorrales, que eran muy espesos en esta parte, mientras los cuatro blancos, con los rifles al hombro, caminábamos vigilantes entre ellos y cualquier peligro que pudiera venir de los bosques. Antes del ocaso habíamos sobrepasado felizmente los rápidos y recorrido unas diez millas más allá de los mismos, donde anclamos para pasar la noche. Calculo que a esta altura habríamos navegado unas cien millas por el afluente del río principal.

El día siguiente, a la mañana, muy temprano, iniciamos lo que podría llamarse la gran salida, el verdadero arranque de nuestra expedición. Desde el alba, el profesor Challenger había dado muestras de gran inquietud, escudriñando constantemente las dos orillas del río. Súbitamente, lanzó una exclamación de regocijo y señaló un árbol aislado, que se proyectaba sobre la orilla de la corriente en un curioso ángulo.

—¿Qué le parece a usted eso? —preguntó.

—Que es seguramente una palmera *assai* —dijo Summerlee.

—Exacto. Y fue una palmera *assai* la que yo tomé como punto de referencia. La entrada secreta se halla a media milla más adelante, al otro lado del río. No hay brecha entre los árboles. Allí está lo maravilloso y misterioso del caso. En el lugar donde usted está viendo los juncos color verde claro en lugar de la maleza verde oscura, allí entre los grandes álamos, se halla mi puerta privada al reino de lo desconocido. Pasemos por ella y usted comprenderá.

Era en verdad un lugar maravilloso. Una vez que alcanzamos el sitio marcado por una línea de juncos color verde claro, empujamos con pértigas nuestras canoas a través de sus tallos por espacio de una centena de yardas, y por fin salimos a una corriente de aguas plácidas y poco profundas, que fluían claras y transparentes sobre un fondo arenoso. Tendría unas veinte yardas de anchura y en ambas márgenes crecía una vegetación de lo más exuberante. Nadie que no hubiese observado desde corta distancia que los cañaverales habían ocupado el lugar de los arbustos habría podido sospechar

la existencia de ese arroyo ni soñar con el país de hadas que había detrás.

Porque era realmente un país de hadas, el más maravilloso que la imaginación del hombre podía concebir. La espesa vegetación se unía por lo alto, formando una pérgola natural, y a través de ese túnel de verdura fluía en una dorada penumbra el río verde y diáfano, bello en sí mismo, pero aún más maravilloso por los extraños matices que la vivísima luz que venía de arriba iba filtrando y atemperando en su caída. Claro como un cristal, inmóvil como un espejo, verde como el filo de un iceberg, se alargaba ante nosotros bajo su frondosa arcada, y cada golpe de nuestros remos lanzaba miríadas de pequeñas ondas sobre su relumbrante superficie. Era la digna avenida hacia una tierra de prodigios. Toda traza de los indios parecía haberse esfumado, pero la vida animal era más frecuente y la docilidad de sus criaturas demostraba que nada sabían de cazadores. Pequeños monos cubiertos de un vello semejante al terciopelo negro, con dientes blancos como la nieve y centelleantes ojos burlones, nos dirigían su parloteo a medida que pasábamos. Algún caimán se zambullía desde la orilla con un chapoteo sordo y pesado. Una vez se nos quedó mirando fijamente desde un hueco en los matorrales un tapir oscuro y desmañado, que enseguida se alejó pesadamente por la selva; en otra ocasión la figura amarilla y sinuosa de un puma enorme se asomó entre los arbustos, y nos lanzó una mirada de odio con sus ojos verdes y funestos por encima de su lomo leonado. Abundaba la vida volátil, especialmente las aves zancudas como la cigüeña, la garza real y los ibis, reunidos en pequeñas bandadas, azules, escarlatas y blancos, subidos en cada leño que asomaba desde la orilla, mientras que debajo de nosotros las aguas cristalinas rebullían de vida con peces de todas las formas y colores.

Durante tres días viajamos aguas arriba por aquel túnel de brumoso verdor tamizado por la luz solar. En los tramos más largos era difícil discernir, mirando hacia adelante, dónde terminaba la distante agua verde y dónde empezaba la distante arcada de verdor. Ningún rastro de presencia humana turbaba la paz profunda de aquella extraña vía de agua.

—No hay indios aquí. Tienen demasiado miedo a Curupuri —dijo Gómez.

—Curupuri es el espíritu de los bosques —explicó lord John—. Es el nombre que dan a toda clase de demonios. Estos pobres diablos creen que existe en esa dirección algo aterrador, y por eso evitan acercarse allí.

Al tercer día se hizo evidente que nuestra jornada en canoa no podría prolongarse mucho, porque el arroyo se iba estrechando rápidamente. Encallamos dos veces en otras tantas horas. Por último alzamos nuestras canoas y las depositamos entre la maleza, pasando la noche a la orilla del río. Por la mañana lord John y yo nos adentramos un par de millas en el bosque, manteniéndonos paralelos a la corriente de agua; pero como ésta era cada vez menos profunda, regresamos e informamos del hecho, aunque ya el profesor Challenger lo había sospechado: esto es, que habíamos alcanzado el punto más elevado al que se podía arribar en canoa. Por lo tanto las sacamos fuera del agua y las ocultamos entre la maleza, haciendo unas marcas en un árbol con nuestras hachas, para poder encontrarlas otra vez. Luego distribuimos entre nosotros las distintas cargas —rifles, municiones, víveres, una tienda, mantas y todo lo demás— y, echándonos nuestros bultos al hombro, emprendimos la etapa más trabajosa de nuestro viaje.

El principio de esta nueva jornada fue señalado por una infortunada pelea entre aquellos dos botes de pimienta que llevábamos con nosotros. Challenger había impartido órdenes a toda la expedición desde el momento mismo en que se había unido a nosotros, ante el evidente descontento del profesor Summerlee. En esta oportunidad, al asignar una tarea a su colega (se trataba, tan sólo, de transportar un barómetro aneroide), el problema saltó repentinamente a la palestra.

—¿Puedo preguntarle, señor —dijo Summerlee con maligna calma—, con qué autoridad se arroga el derecho de dar estas órdenes?

Challenger lo miró erizado y echando fuego por los ojos.

—Lo hago, profesor Summerlee, como jefe de esta expedición.

—Me siento obligado a decirle, señor, que no le reconozco tal autoridad.

—¿De veras? —Challenger se inclinó con implacable sarcasmo—. Tal vez usted pueda definir exactamente cuál es mi posición.

—Sí, señor. Usted es un hombre cuya veracidad está siendo enjuiciada y nosotros constituimos el comité que está aquí para juzgarlo. Usted camina, señor, con sus jueces.

—¡Dios mío! —exclamó Challenger sentándose en la borda de una de las canoas—. En ese caso, naturalmente, ustedes pueden seguir su camino y yo seguiré por el mío según mi comodidad. Si no soy el jefe, no deben esperar que los guíe.

Gracias a Dios había allí dos hombres sensatos —lord Roxton y yo— para evitar que la petulancia y el desatino de nuestros doctos profesores nos enviaran de vuelta a Londres con las manos vacías. ¡Cuánto tuvimos que explicar, argüir y suplicar hasta que logramos ablandarlos! Finalmente, Summerlee, con su gesto despectivo y su pipa, reinició la marcha, mientras Challenger le seguía balanceándose y refunfuñando. Por suerte, más o menos por entonces descubrimos que nuestros dos sabios compartían una muy pobre opinión acerca del profesor Illingworth, de Edimburgo. Desde ese momento, esto constituyó nuestra salvación, y cada situación tensa se resolvía cuando introducíamos en la conversación el nombre del zoólogo escocés, porque nuestros profesores establecían una alianza temporal y cierta camaradería a través de sus insultos y su execración al rival común.

Avanzando en fila india a lo largo de la margen del río, pronto descubrimos que éste se estrechaba hasta convertirse en un simple arroyuelo y que al final se perdía en una gran ciénaga verde con musgos que parecían esponjas, en donde nos hundíamos hasta las rodillas. El lugar estaba infestado de horribles nubes de mosquitos y de toda clase de plagas voladoras, de modo que nos sentimos muy contentos al hallar de nuevo tierra firme y, dando un rodeo entre los árboles, pudimos flanquear la pestilente ciénaga, que se oía vibrar desde lejos como un órgano, tan estrepitosa era en ella la vida de los insectos.

Al segundo día después de abandonar nuestras canoas, nos encontramos con que el carácter de la región había cambiado por completo. El camino ascendía constantemente y, a medida que subíamos, los bosques se volvían más ralos y perdían su exuberancia tropical. Los inmensos árboles de la llanura aluvional amazónica cedían su lugar a las palmeras fénix y a los cocoteros, que crecían

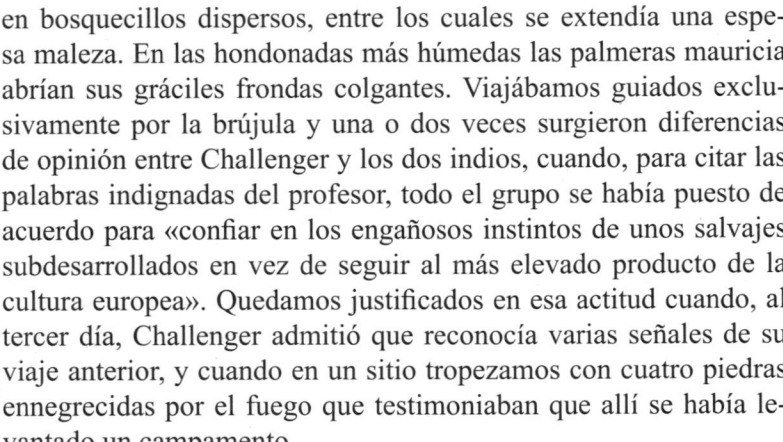

en bosquecillos dispersos, entre los cuales se extendía una espesa maleza. En las hondonadas más húmedas las palmeras mauricia abrían sus gráciles frondas colgantes. Viajábamos guiados exclusivamente por la brújula y una o dos veces surgieron diferencias de opinión entre Challenger y los dos indios, cuando, para citar las palabras indignadas del profesor, todo el grupo se había puesto de acuerdo para «confiar en los engañosos instintos de unos salvajes subdesarrollados en vez de seguir al más elevado producto de la cultura europea». Quedamos justificados en esa actitud cuando, al tercer día, Challenger admitió que reconocía varias señales de su viaje anterior, y cuando en un sitio tropezamos con cuatro piedras ennegrecidas por el fuego que testimoniaban que allí se había levantado un campamento.

El camino seguía ascendiendo y cruzamos una cuesta sembrada de rocas que nos llevó dos días atravesar. La vegetación había cambiado otra vez, y ya sólo persistía la palmera tagua, con gran profusión de maravillosas orquídeas, entre las cuales aprendí a reconocer la rara Nuttonia Vexillaria y los gloriosos capullos color rosa y escarlata de la Cattleya y de la Odontoglossum. De vez en cuando bajaban gorgoteando por las gargantas poco profundas de las colinas unos arroyuelos de lecho de guijarros y orillas festonadas de helechos que nos proporcionaban excelentes lugares para acampar todas las noches en las márgenes de alguna alberca tachonada de rocas, donde enjambres de pequeños peces de lomo azul, de tamaño y forma semejantes a los de la trucha inglesa, nos proporcionaban una cena deliciosa.

Al noveno día de haber abandonado las canoas, cuando, según mis cálculos, llevábamos recorridas unas ciento veinte millas, empezamos a emerger de entre los árboles, que se habían ido haciendo cada vez más pequeños hasta convertirse en meros arbustos. Su lugar había sido ocupado por una inmensa multitud de bambúes, que crecían tan tupidos que sólo pudimos atravesarlos abriendo un sendero con los machetes y las hoces de los indios. Atravesar este obstáculo nos exigió todo un día, caminando desde las siete de la mañana hasta las ocho de la noche, con sólo dos descansos de una hora cada uno. No es posible imaginar nada tan monótono y agotador, porque hasta en los lugares más despejados no podía ver más allá de diez o doce yardas, en tanto lo más usual era que mi visión

estuviese limitada a la parte posterior de la chaqueta de algodón de lord John, que marchaba delante de mí, y al muro amarillo que nos flanqueaba por ambos lados, a un solo pie de distancia. Desde lo alto nos llegaba un rayo de sol delgado como la hoja de un cuchillo, y a quince pies por encima de nuestras cabezas se veían los extremos de las cañas de bambú balanceándose contra el profundo cielo azul. No sé qué clase de animales habitan semejante espesura, pero en varias ocasiones oímos los chapuzones de animales corpulentos y pesados, muy cerca de nosotros. Lord John pensaba, guiándose por el ruido que hacían, que debía tratarse de alguna clase de ganado salvaje. En el momento en que caía la noche, emergimos de aquella zona de bambúes y en el acto montamos nuestro campamento, exhaustos después de aquel día interminable.

A la mañana siguiente, muy temprano, estábamos de nuevo en pie, advirtiendo que el carácter de la comarca había cambiado otra vez. Detrás de nosotros estaba la pared de bambú, tan limpia como si señalase el curso de un río. Al frente se desplegaba una llanura abierta, que ascendía en suave pendiente; estaba sembrada de bosquecillos de helechos que brotaban dispersos. Todo este terreno se curvaba delante de nosotros hasta que terminaba en una colina alargada y en forma de lomo de ballena. La alcanzamos hacia el mediodía, sólo para descubrir que debajo había un valle no muy profundo que ascendía de nuevo con suave inclinación hasta llegar a una línea de horizonte baja y redondeada. Allí, mientras cruzábamos la primera de estas colinas, ocurrió un incidente que podía carecer de importancia pero que quizá la tenía.

El profesor Challenger, que marchaba a la vanguardia de los expedicionarios junto con los dos indios de la región, se detuvo súbitamente y apuntó muy excitado hacia la derecha. Entonces vimos, a distancia de una milla más o menos, algo que parecía ser un enorme pájaro gris que con lentos aleteos se alzaba del suelo deslizándose suavemente, volando muy bajo y en línea recta hasta desaparecer entre los helechos.

—¿Lo ha visto usted? —gritó Challenger alborozado—. Summerlee, ¿lo ha visto usted?

Su colega estaba mirando fijamente hacia el lugar en que aquel ser había desaparecido.

—¿Y qué pretende usted qué es? —preguntó.

—Según mi mejor opinión, es un pterodáctilo.

Summerlee estalló en una risa burlona y dijo:

—¡Un pterodisparate! Era una grulla, si es que he visto alguna.

Challenger estaba demasiado furioso para hablar. Simplemente se echó su carga a la espalda y se puso de nuevo en camino. Sin embargo, lord John se puso a caminar a mi paso y su rostro estaba más serio que de costumbre. Tenía sus gemelos Zeiss en la mano.

—Lo enfoqué antes que traspasase los árboles —dijo—. No quiero comprometerme a decir qué era eso, pero arriesgaría mi reputación de deportista a que nunca le puse los ojos encima a un pájaro como ése.

Así quedaron las cosas. ¿Nos hallamos realmente al borde de lo desconocido, frente a los guardianes exteriores del mundo perdido de que hablaba nuestro jefe? Le describo el incidente tal como ocurrió y así sabrá usted tanto como yo. Él no se repitió y no vimos ninguna otra cosa que merezca destacarse.

Y ahora, lectores míos (si alguna vez he tenido alguno), los he traído a ustedes aguas arriba por el ancho río, y a través de la pantalla de juncos; les he hecho bajar por el túnel de verdor y subir por la larga pendiente sembrada de palmeras; cruzamos el matorral de bambúes y la llanura de helechos. Al fin, nuestro lugar de destino se nos aparece a plena vista. Una vez que cruzamos la segunda serranía, vimos ante nosotros una llanura irregular, sembrada de palmeras, y, más allá, la línea de altos riscos rojizos que había visto en el dibujo. Ahí está, la veo mientras esto escribo, y no cabe dudar de que es la misma. Se halla, en su punto más próximo, a unas siete millas de nuestro campamento actual, y se va alejando en curva, extendiéndose hasta donde alcanza mi vista. Challenger se contonea como un pavo real de exposición y Summerlee está silencioso pero aún escéptico. Un día más y acabarán algunas de nuestras dudas. Entretanto, como José, cuyo brazo había sido traspasado por un trozo de bambú, insiste en regresar, le encomiendo esta carta y sólo espero que finalmente llegue a manos de su destinatario. Volveré a escribir cuando la ocasión sea propicia. Incluyo en este envío un tosco mapa de nuestro viaje, que puede facilitar quizá la comprensión del relato.

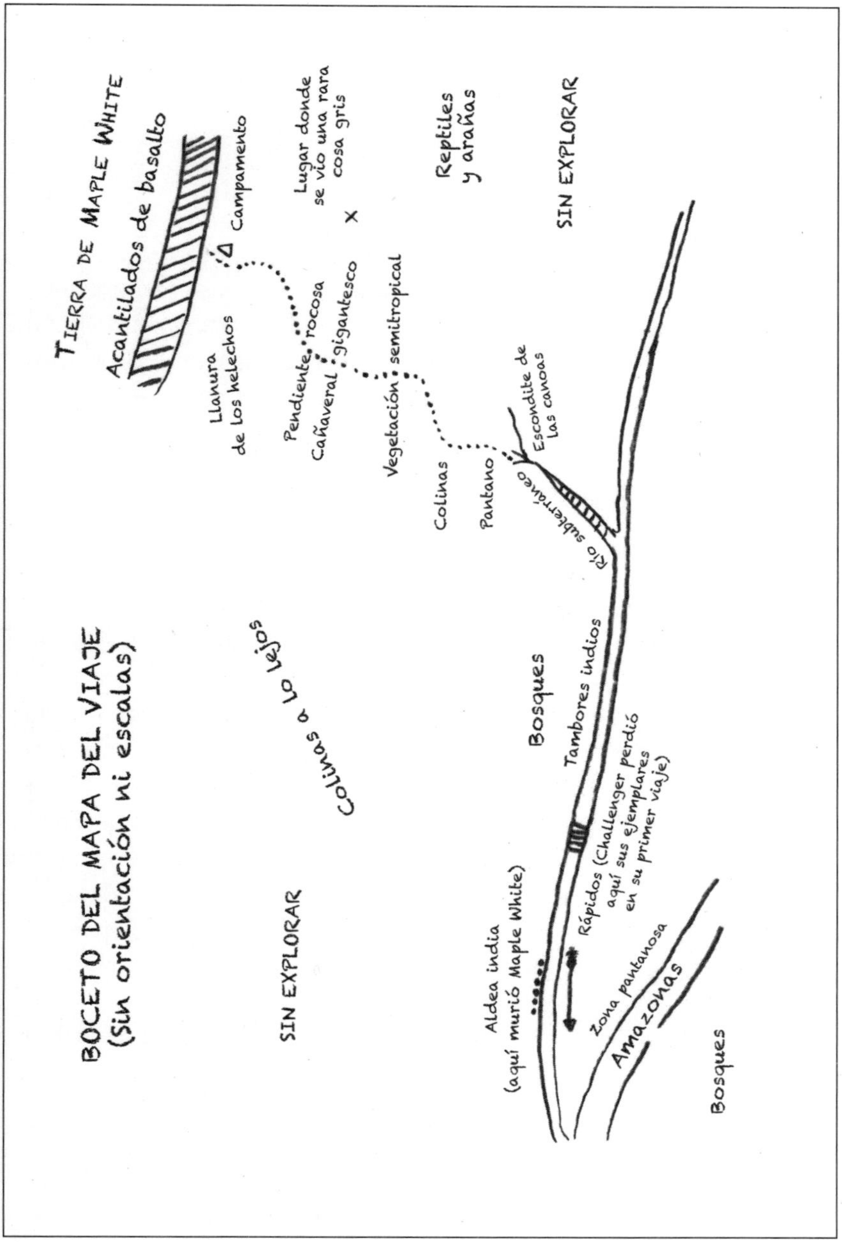

BOCETO DEL MAPA DEL VIAJE
(Sin orientación ni escalas)

TIERRA DE MAPLE WHITE

Acantilados de basalto

△ Campamento

Lugar donde
se vio una rara
cosa gris
X

Reptiles
y arañas

SIN EXPLORAR

Llanura
de los helechos

Pendiente rocosa
Cañaveral gigantesco

Vegetación semitropical

Colinas

Pantano

Escondite de
las canoas

Río subterráneo

Colinas a lo lejos

SIN EXPLORAR

Bosques

Tambores indios

Rápidos (Challenger perdió
aquí sus ejemplares
en su primer viaje)

Aldea india
(aquí murió Maple White)

Zona pantanosa

AMAZONAS

Bosques

CAPÍTULO IX
¿Quién podía haberlo previsto?

Algo terrible nos ha ocurrido. ¿Quién podía haberlo previsto? Yo no puedo prever ningún fin a nuestras dificultades. Puede ser que estemos condenados a pasar toda nuestra vida en este lugar extraño e inaccesible. Me hallo aún tan confuso que apenas puedo pensar con claridad en los hechos del presente o en las posibilidades del futuro. Lo uno se presenta a mis sentidos pasmados como algo tremendo, y lo otro, tan negro como la noche.

Jamás se enfrentaron otros hombres con una situación peor que ésta; tampoco serviría de nada revelarle a usted nuestra posición geográfica exacta y pedir a nuestros amigos que organicen una expedición de rescate. Aunque pudieran enviar una, ya se habría decidido nuestro destino, según todas las humanas probabilidades, mucho antes de que pudieran llegar a Sudamérica.

En verdad, nos hallamos tan lejos de toda ayuda humana como si estuviéramos en la Luna. Si hemos de salir victoriosos, serán únicamente nuestras propias virtudes las que han de salvarnos. Tengo como compañeros a tres hombres notables, de gran vigor intelectual y de valor inquebrantable. Ahí se apoya nuestra única esperanza. Sólo cuando considero los rostros tranquilos de mis camaradas percibo alguna trémula luz a través de la oscuridad. Trato de aparecer exteriormente tan despreocupado como ellos, pero en mi fuero interno estoy lleno de aprensiones.

Permítame que le exponga a usted, con tantos detalles como pueda, la sucesión de acontecimientos que nos llevaron a esta catástrofe.

Cuando finalicé mi carta anterior, consignaba que estábamos a siete millas de distancia de una enorme línea de riscos rojizas que, sin lugar a dudas, cercaban la meseta de la cual había hablado Challenger. A medida que nos aproximábamos me pareció que su altura,

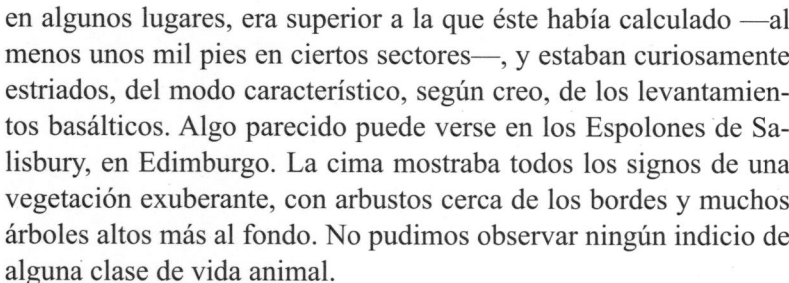

en algunos lugares, era superior a la que éste había calculado —al menos unos mil pies en ciertos sectores—, y estaban curiosamente estriados, del modo característico, según creo, de los levantamientos basálticos. Algo parecido puede verse en los Espolones de Salisbury, en Edimburgo. La cima mostraba todos los signos de una vegetación exuberante, con arbustos cerca de los bordes y muchos árboles altos más al fondo. No pudimos observar ningún indicio de alguna clase de vida animal.

Esa noche armamos nuestro campamento junto a la base del farallón rocoso, un lugar de lo más salvaje y desolado. Los riscos que se alzaban sobre nosotros no eran simplemente verticales, sino que se curvaban hacia afuera en la cima de tal modo que descartaban un escalamiento. Cerca de nosotros se hallaba el alto y estrecho pináculo de roca que creo haber mencionado anteriormente en esta narración. Se parece a un ancho y rojo campanario de iglesia, y su cumbre se halla al mismo nivel que la meseta, aunque entre ambas se abre una enorme sima. En su cúspide crece un árbol muy alto. Tanto el pináculo como el farallón eran comparativamente bajos: unos quinientos o seiscientos pies, según creo.

—En aquel sitio estaba posado el pterodáctilo —dijo el profesor Challenger apuntando hacia el árbol—. Había escalado la roca hasta la mitad antes de hacer fuego sobre él. Me inclino a pensar que un buen montañista como yo puede ascender por la roca hasta la cima, aunque no por eso estaría más cerca de la meseta cuando llegase, como es natural.

Mientras Challenger hablaba de su pterodáctilo eché una mirada a Summerlee, y por primera vez me pareció advertir en él algunos signos de naciente arrepentimiento y credulidad. Ya no mostraba su rictus burlón en los delgados labios: al contrario, aparecía una gris y estirada expresión de asombro y excitación. Challenger también lo había visto y gozaba de su primer regusto de victoria.

—Como es natural —dijo con su pesado y demoledor acento de sarcasmo—, el profesor Summerlee deberá comprender que cuando yo hablo de un pterodáctilo quiero decir grulla: ¡sólo que se trata de la clase de grullas que carece de plumas, tiene una piel coriácea, alas membranosas y dientes en sus mandíbulas!

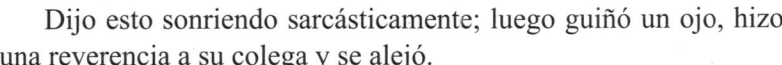

Dijo esto sonriendo sarcásticamente; luego guiñó un ojo, hizo una reverencia a su colega y se alejó.

Por la mañana, tras un frugal desayuno de café y mandioca —debíamos economizar nuestras provisiones—, celebramos un consejo de guerra para discutir acerca del mejor método para ascender a la meseta que se levantaba ante nosotros.

Challenger ocupó la presidencia con tanta solemnidad como si fuese el presidente del Tribunal de Justicia. Figúreselo usted sentado sobre una roca, con su absurdo sombrero juvenil de paja echado hacia atrás, con sus ojos arrogantes dominándonos por debajo de sus párpados entrecerrados; su gran barba negra ondulaba a medida que definía, con lentitud, nuestra situación actual y nuestros movimientos futuros.

Más abajo, usted podría habernos visto a nosotros tres: yo mismo, quemado por el sol, joven y vigoroso después de nuestro vagabundeo al aire libre; Summerlee, solemne pero sin perder su aire crítico, detrás de su eterna pipa; lord John, tan penetrante como el filo de una navaja de afeitar, apoyando su figura flexible y alerta sobre su rifle, y su mirada de águila fija y anhelante sobre el orador. Detrás de nosotros se agrupaban los dos morenos mestizos y el pequeño corrillo de los indios, mientras al frente y por encima se empinaban aquellos inmensos y rojizos costillares rocosos que nos separaban de nuestro objetivo.

—No hace falta que explique —dijo nuestro jefe— que durante mi última visita agoté todos los medios para escalar el farallón, y no creo que ningún otro pueda triunfar allí donde yo he fracasado, siendo como soy un aceptable montañista. En esa oportunidad carecía de los instrumentos propios de un escalador de rocas; pero he tenido la precaución de traerlos ahora. Con su ayuda sé positivamente que puedo trepar hasta la cumbre de este aislado peñasco; pero es tarea vana esa ascensión mientras no logremos superar el risco principal que sobresale por encima. Durante mi visita anterior tuve que moverme deprisa porque se aproximaba la estación de las lluvias y se me estaban agotando las provisiones. Estos factores limitaron mi tiempo y sólo puedo afirmar que he inspeccionado unas seis millas del farallón en dirección al este de donde estamos ahora

sin encontrar ninguna posible senda hacia arriba. De acuerdo con eso, ¿qué podemos hacer ahora?

—Al parecer sólo hay un procedimiento razonable —dijo el profesor Summerlee—. Puesto que usted ha explorado el este, nosotros deberíamos seguir la base del farallón hacia el oeste, para ver si hallamos un punto practicable para nuestra ascensión.

—Así es —dijo lord John—. La ventaja para nosotros es que esta meseta no es muy extensa, y que podremos ir rodeándola hasta encontrar un camino fácil para ascender; de lo contrario volveremos al punto de partida.

—He explicado ya a nuestro joven amigo aquí presente —dijo Challenger, que tenía la costumbre de referirse a mí como si yo fuese un escolar de diez años— que es prácticamente imposible que exista un camino fácil en ningún lugar, por la sencilla razón de que si lo hubiese, la meseta no estaría aislada y no se habrían presentado las condiciones que han interferido de manera tan singular en las leyes generales de la supervivencia. No obstante, admito que muy bien pueden existir lugares que permitan a un escalador experto alcanzar la cima, pero que resulten impracticables para el descenso de un animal pesado y torpe. Es seguro que existe un punto por donde el ascenso es posible.

—¿Y cómo lo sabe usted, señor? —preguntó Summerlee mordazmente.

—Porque mi predecesor, el americano Maple White, realizó efectivamente esa ascensión. ¿Cómo habría podido, de otro modo, ver al monstruo que dibujó en su libro de notas?

—Ahí razona usted adelantándose a los hechos comprobados —dijo el obstinado Summerlee—. Admito su meseta, porque la he visto, pero hasta ahora no tengo ninguna certeza de que pueda albergar alguna forma de vida.

—Lo que usted admita o deje de admitir, señor, es algo que realmente tiene una importancia inconmensurablemente pequeña. Me alegra, por lo menos, que la meseta misma haya conseguido penetrar en su inteligencia —dirigió la mirada hacia aquélla y entonces, ante nuestra sorpresa, saltó de su roca y agarrando a Summerlee por el cuello le hizo levantar la cara hacia arriba—. ¡Vamos,

¹ señor! —gritó, ronco de excitación—: ¿puedo ayudarlo a que se dé cuenta de que la meseta contiene alguna vida animal?

He dicho ya que una espesa franja de verde follaje sobresalía del borde del risco. De esta zona había asomado un objeto negro y brillante. Al tiempo que se aproximaba lentamente y se inclinaba sobre el precipicio, vimos que era una enorme serpiente con una curiosa cabeza aplanada en forma de azada. Se balanceó y se estremeció por encima de nosotros durante un minuto, mientras el sol matinal brillaba en sus anillos bruñidos. Luego, se retiró lentamente hacia el interior y desapareció.

Summerlee estaba tan interesado que no ofreció la menor resistencia mientras Challenger le doblaba la cabeza hacia arriba. Por fin recobró su dignidad y apartó a su colega.

—Me complacería, profesor Challenger —dijo—, que cuando se le ocurra hacerme alguna observación no sienta la necesidad de agarrarme por la barbilla. La aparición de una simple serpiente pitón de las rocas no justifica que se tome semejantes libertades.

—Bueno, pero de todos modos resulta que hay vida animal en la meseta —replicó triunfalmente su colega—. Y ahora, habiendo sido demostrada esta importante afirmación de manera tan clara que no la puede negar nadie, ya sea un obtuso o alguien predispuesto en contra, soy de la opinión de que lo mejor que podemos hacer es desmontar nuestro campamento y caminar hacia el oeste hasta que hallemos algún medio de ascender a la meseta.

Al pie del farallón, el suelo era abrupto y rocoso, por lo cual la marcha fue lenta y dificultosa. Pero de pronto tropezamos con algo que alentó nuestros corazones. Era el asiento de un antiguo campamento, con varias latas vacías de carne en conserva de Chicago, una botella con la etiqueta de «brandy», un abrelatas roto y una cantidad de desperdicios propios de una expedición. Un periódico arrugado y medio deshecho resultó ser el *Chicago Democrat,* aunque la fecha se había borrado.

—No hay nada mío —dijo Challenger—. Deben ser cosas de Maple White.

Lord John había estado contemplando con curiosidad un gran helecho arborescente que sombreaba el campamento.

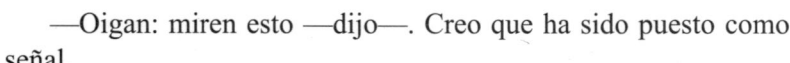

—Oigan: miren esto —dijo—. Creo que ha sido puesto como señal.

Un pedazo de madera dura había sido clavado sobre el árbol, de tal modo que apuntara al oeste.

—Lo más seguro es que haya sido puesto como señal indicadora —dijo Challenger—. ¿Qué otra cosa podría ser? Nuestro predecesor, al verse en una coyuntura peligrosa, dejó esta señal para que cualquiera que viniese detrás de él pudiera saber el camino que había tomado. Quizá encontremos más adelante otras indicaciones cuando avancemos.

Las encontramos, verdaderamente, pero eran de la más inesperada y terrible naturaleza. Junto a la base misma del farallón crecía un gran macizo de altos bambúes, parecidos a los que habíamos atravesado durante el viaje. Muchos de sus tallos tenían veinte pies de alto y sus puntas eran fuertes y afiladas, de modo que cuando estaban erguidas semejaban formidables lanzas. Cruzábamos por el borde de aquel macizo cuando mi atención fue atraída por el brillo de algo blanco. Introduje la cabeza por entre las cañas y me hallé contemplando un cráneo descarnado. Estaba allí todo el esqueleto, pero el cráneo se había desprendido y yacía a algunos pies, más próximo al claro.

Unos cuantos golpes de machete de nuestros indios despejaron el lugar y pudimos estudiar los detalles de esa vieja tragedia. Sólo algunos jirones de ropa podían distinguirse, pero quedaban los restos de las botas y dentro de ellas los pies huesudos, siendo evidente que se trataba de un europeo. Un reloj de oro marca Hudson, de Nueva York, y una cadena de la cual colgaba una estilográfica yacían entre los huesos. También había una pitillera de plata con las iniciales «J. C. de A. E. S.» grabadas en la tapa. El estado del metal parecía demostrar que la tragedia había ocurrido en fecha no muy lejana.

—¿Quién puede ser? —preguntó lord John—. ¡Pobre diablo! Parecería que le hubiesen roto cada hueso de su cuerpo.

—Y las cañas de bambú han crecido a través de sus costillas destrozadas —dijo Summerlee—. Es una planta de crecimiento rápido, pero resulta completamente inconcebible que este cuerpo haya

estado aquí mientras las cañas crecían hasta tener veinte pies de largo.

—En cuanto a la identidad del hombre —dijo el profesor Challenger—, no tengo dudas sobre ese punto. Cuando hice mi viaje río arriba antes de encontrarme con ustedes en la *fazenda,* inicié pesquisas muy minuciosas acerca de Maple White. En Pará no sabían nada. Afortunadamente, yo tenía una clave muy concreta, que era el dibujo de su álbum que lo mostraba almorzando con cierto eclesiástico en Rosario. Pude hallar al sacerdote, y a pesar de que resultó ser un individuo muy afecto a la discusión, que se molestó absurdamente cuando yo le señalé los efectos corrosivos que la ciencia moderna debe ejercer sobre sus creencias, no es menos cierto que me dio algunas informaciones útiles. Maple White había pasado por Rosario hacía cuatro años, o sea, dos años antes que yo viese su cadáver. No estaba solo, por entonces, sino que tenía un amigo, un norteamericano llamado James Colver, que se quedó en el barco y no se encontró con ese sacerdote. Creo, por lo tanto, que no cabe duda de que estamos contemplando los restos de ese James Colver.

—Tampoco quedan muchas dudas de cómo halló la muerte —dijo lord John—. Cayó o fue empujado desde lo alto, y así quedó empalado. ¿Cómo pudo de otro modo resultar con todos sus huesos rotos y atravesado por esas cañas cuyas puntas han crecido tan alto por encima de nuestras cabezas?

El silencio cayó sobre todos los que rodeábamos aquellos restos destrozados al comprender la verdad que encerraban las palabras de lord Roxton. La cresta saliente del farallón se proyectaba sobre el matorral de cañas. Sin duda había caído desde arriba. Pero, *¿se había caído?* ¿Había sido un accidente? O... Alrededor de la tierra desconocida comenzaban ya a formarse posibilidades ominosas y terribles.

Nos alejamos de allí en silencio y seguimos costeando la línea de los acantilados, que proseguía tan idéntica y sin soluciones de continuidad como algunos de esos monstruosos campos de hielo de la Antártida, que había visto descritos abarcando todo el horizonte y cayendo a plomo sobre los mástiles del navío explorador. En cinco millas no vimos ni una grieta, ni una abertura. Y de pronto percibimos algo que nos llenó de nuevas esperanzas. En un hueco

de la roca protegido de la lluvia había una flecha dibujada rústica-
mente con tiza, que apuntaba hacia el oeste.

—Maple White otra vez —dijo el profesor Challenger—. Tenía
algún presentimiento de que otros dignos pasos seguirían pronto
a los suyos.

—Por lo visto llevaba tiza, ¿no es cierto?

—Una caja de tizas de colores figuraba entre los efectos que yo
encontré en su mochila. Recuerdo que la blanca estaba desgastada
hasta que apenas quedaba un resto.

—Ciertamente éstas son pruebas de peso —dijo Summerlee—.
Sólo tenemos que seguir su guía y avanzar hacia el oeste.

Habríamos recorrido otras cinco millas cuando de nuevo vimos
una flecha blanca sobre las rocas. Se hallaba en un punto donde la
superficie del farallón se plegaba por primera vez en una estrecha
grieta. Dentro de esa hendidura otra señal de guía apuntaba hacia
adelante pero con la punta algo inclinada hacia arriba, como si el
sitio indicado estuviera por encima del nivel del suelo.

Era un lugar solemne, porque las murallas eran tan gigantescas
y la hendidura de cielo azul tan estrecha y oscurecida por una doble franja de vegetación que sólo penetraba hasta el fondo una luz
confusa y sombría. Hacía muchas horas que no probábamos bocado
y estábamos agotados por la jornada a través de suelos irregulares y
pedregosos, pero nuestros nervios estaban demasiado tensos para
que nos permitiésemos un alto. Ordenamos que se instalase el campamento, sin embargo, y dejando a los indios para que dispusieran
esa tarea, nosotros cuatro, con los dos mestizos, proseguimos por la
estrecha garganta.

Su boca no tenía más de cuarenta pies de anchura, pero se iba
cerrando rápidamente hasta que concluía en un ángulo agudo, demasiado recto y liso para ascenderlo. Ciertamente no era ése el sitio
que nuestro predecesor había querido indicar. Desanduvimos nuestro camino —la garganta entera no tenía más de un cuarto de milla
de profundidad— y de improviso los veloces ojos de lord John se
posaron sobre lo que estábamos buscando. Muy alto por encima
de nuestras cabezas, entre las oscuras sombras, se vislumbraba un
círculo de tinieblas más profundas. Sólo podía tratarse de la abertura de una cueva.

La base del farallón estaba cubierta en ese lugar de piedras sueltas y por eso no fue difícil trepar hasta allí. Cuando alcanzamos el lugar descartamos toda duda. No sólo había una abertura en la roca, sino que uno de sus lados estaba marcado de nuevo con el signo de la flecha. Aquél era el lugar y ése era el medio por el cual Maple White y su desventurado compañero habían realizado su ascenso.

Estábamos demasiado excitados para retornar al campamento; debíamos iniciar nuestra primera exploración en el acto. Lord John tenía una linterna eléctrica en su mochila y ella nos serviría para alumbrarnos. Avanzó, proyectando su pequeño y claro círculo de luz amarilla por delante, mientras nosotros seguíamos sus huellas en fila india.

Era evidente que la cueva había sido perforada por las aguas, porque los costados eran lisos y el piso estaba cubierto de cantos rodados. Sus dimensiones sólo facilitaban el paso de un hombre agachado. Durante unas cincuenta yardas corría en línea casi recta dentro de la roca, y luego ascendía en ángulo de cuarenta y cinco grados. De improviso esa inclinación se hizo más empinada aún y tuvimos que trepar con manos y rodillas, por entre los pedruscos sueltos que resbalaban debajo de nosotros. De pronto brotó una exclamación de lord Roxton:

—¡Está obstruida! —dijo.

Arracimándonos detrás de él, vimos en el amarillo campo de luz de su linterna una pared de rotas piedras basálticas que se extendía hasta la bóveda.

—¡Se ha hundido el techo!

En vano arrancamos algunos de sus trozos. La única consecuencia fue que las piedras mayores se desprendieran amenazando con rodar por la pendiente y aplastarnos. Era evidente que el obstáculo era muy superior a cuantos esfuerzos hiciéramos para removerlo. El camino que Maple White había seguido en su ascenso ya no era accesible.

Demasiado descorazonados para hablar, descendimos a tropezones por el oscuro túnel y desanduvimos el camino hacia nuestro campamento.

Sin embargo, ocurrió un incidente, antes de que abandonásemos la garganta, que tiene importancia, teniendo en cuenta lo que sucedió después.

Estábamos juntos, formando un pequeño grupo al pie de aquel abismo, unos cuarenta pies por debajo de la boca de la cueva, cuando una enorme roca rodó de pronto hacia abajo y pasó junto a nosotros lanzada con tremenda fuerza. Fue una escapada casi milagrosa para todos y cada uno de nosotros. No podíamos ver de dónde había venido la roca, pero nuestros criados mestizos, que todavía estaban en la boca de la cueva, dijeron que había pasado ante ellos, y que posiblemente había caído desde la cumbre. Al mirar hacia arriba, no pudimos ver ningún signo de movimiento entre la maraña verde que coronaba la cima del risco. Sin embargo, poca duda había de que la piedra estaba asestada contra nosotros. ¡Por lo tanto, el incidente apuntaba hacia la existencia de seres humanos —seres humanos malignos— sobre la meseta!

Abandonamos rápidamente la sima con nuestras mentes invadidas por estas nuevas perspectivas y su repercusión sobre nuestros planes. La situación era ya harto difícil antes de lo sucedido; pero si a los obstáculos de la naturaleza se sumaba la deliberada oposición del hombre, nuestro caso era verdaderamente desesperado. No obstante, al mirar hacia arriba y contemplar aquella hermosa faja de verdura a unos pocos cientos de pies sobre nuestras cabezas, ni uno solo de nosotros concibió la idea de retornar a Londres hasta haber explorado sus profundidades.

Discutiendo nuestra situación, decidimos que nuestra mejor conducta sería continuar costeando la meseta con la esperanza de hallar algún otro medio de alcanzar la cumbre. La línea de farallones, que había disminuido considerablemente en altura, había empezado a torcerse desde el oeste hacia el norte, y si nosotros podíamos representarnos esto como el arco de un círculo, la circunferencia total no podía ser muy grande. En el peor de los casos, entonces, podíamos estar de regreso en nuestro punto de partida dentro de unos pocos días.

Aquel día hicimos una marcha que totalizó unas veintidós millas, sin ningún cambio en nuestras perspectivas. Debo mencionar que nuestro aneroide indicaba que en nuestro continuo ascenso en

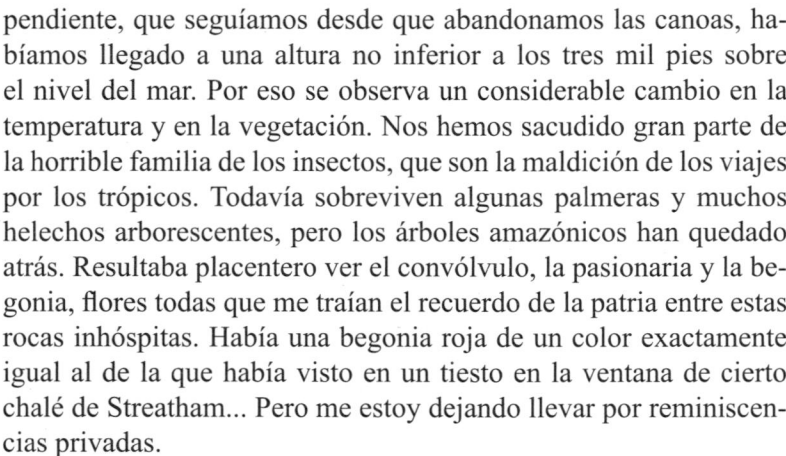

pendiente, que seguíamos desde que abandonamos las canoas, habíamos llegado a una altura no inferior a los tres mil pies sobre el nivel del mar. Por eso se observa un considerable cambio en la temperatura y en la vegetación. Nos hemos sacudido gran parte de la horrible familia de los insectos, que son la maldición de los viajes por los trópicos. Todavía sobreviven algunas palmeras y muchos helechos arborescentes, pero los árboles amazónicos han quedado atrás. Resultaba placentero ver el convólvulo, la pasionaria y la begonia, flores todas que me traían el recuerdo de la patria entre estas rocas inhóspitas. Había una begonia roja de un color exactamente igual al de la que había visto en un tiesto en la ventana de cierto chalé de Streatham... Pero me estoy dejando llevar por reminiscencias privadas.

Aquella noche —hablo todavía del primer día de nuestra circunnavegación de la meseta— nos esperaba una gran experiencia, una experiencia tal que eliminó para siempre cualquier duda que pudiéramos haber mantenido acerca de las maravillas que estaban tan cerca de nosotros.

Cuando usted lea esto, mi querido McArdle, se dará cuenta, posiblemente por vez primera, de que el periódico no me ha enviado a una empresa quimérica, y que será un reportaje inconcebiblemente atractivo el que recibirá el mundo cuando el profesor nos dé permiso para hacer uso de sus datos. Yo no me atrevería a publicar estos artículos hasta que pueda llevar mis pruebas a Inglaterra, porque, en caso contrario, sería saludado como el Münchhausen periodístico de todos los tiempos. No dudo que usted sentiría lo mismo y que no querría arriesgar todo el crédito de la *Gazette* en esta aventura mientras no podamos hacer frente al coro de censura y escepticismo que estos artículos deberán forzosamente suscitar. Por eso este extraordinario incidente, que serviría para hacer un titular soberbio de nuestro viejo periódico, deberá esperar su turno en el cajón del editor.

Y, a pesar de todo, aquello fue como un relámpago, y no hubo secuelas, salvo en nuestras propias convicciones.

Esto fue lo que ocurrió. Lord John había matado un agutí —que es un animal pequeño, parecido al cerdo— y, después de haber dado la mitad del mismo a los indios, estábamos cocinando la otra mitad

sobre nuestro fuego. La temperatura es bastante fría después de oscurecer y todos nos habíamos agrupado cerca de la hoguera. La noche era sin luna, pero brillaban algunas estrellas y era posible ver en la llanura a corta distancia. De pronto, en medio de la oscuridad, en medio de la noche, algo se precipitó zumbando como un aeroplano. Todo nuestro grupo se vio por un instante cubierto por un dosel de alas correosas, y yo tuve la visión momentánea de un cuello largo, parecido al de una serpiente, de unos ojos feroces, rojos y áridos, de un gran pico que se abría y cerraba con chasquidos y lleno, para gran sorpresa mía, de dientes pequeños y relucientes. Un instante después había desaparecido... y también nuestra cena. Una inmensa sombra negra, de veinte pies de anchura, ascendía en vuelo rasante. Las alas del monstruo borraron por un instante las estrellas y enseguida desapareció por encima de la cumbre del farallón que se alzaba sobre nosotros. Todos nos quedamos sentados en asombrado silencio alrededor del fuego, como los héroes de Virgilio cuando las Harpías descendieron sobre ellos. Summerlee fue el primero en hablar.

—Profesor Challenger —dijo con voz solemne y vibrante de emoción—, le debo a usted disculpas. Señor, estaba completamente equivocado y le ruego que olvide lo pasado.

Lo dijo generosamente, y los dos hombres se estrecharon las manos por primera vez. Hemos ganado mucho con esta clara aparición de nuestro primer pterodáctilo. Acercar a dos hombres como aquéllos bien valía el robo de una cena.

Más si la vida prehistórica existía sobre la meseta, no era demasiado abundante, porque en los próximos tres días no volvimos a vislumbrarla. Durante ese tiempo atravesamos una región árida y repugnante, en la que alternaban desiertos pedregosos y ciénagas desoladas, llenas de muchas especies de aves silvestres. Estaba situada al norte y al oeste de los pedregosos farallones. Por aquel lado, la región era realmente inaccesible, y de no ser por un reborde de terreno endurecido que corría por la base misma del precipicio, hubiésemos tenido que retroceder. Muchas veces tuvimos que avanzar metidos hasta la cintura en el limo y el légamo pegajoso de una antigua ciénaga semitropical. Para agravar las cosas, aquel lugar parecía el criadero favorito de la serpiente jaracaca, la más

venenosa y agresiva de América del Sur. Una y otra vez, aquellos horribles animales nos acometían entre retorcimientos y brincos por la superficie de aquel pútrido fangal, y sólo podíamos sentirnos a salvo de ellos teniendo nuestros fusiles siempre listos para disparar. Una depresión en forma de embudo que había en aquella ciénaga y cuyo lívido color verde se debía a algunos líquenes que crecían en ella quedará siempre en mi mente como el recuerdo de una pesadilla. Parecía que aquel lugar había sido un nido especial para aquellos bichos asquerosos; sus laderas parecían pulular de ellas, todas retorciéndose en nuestra dirección, porque una característica de la serpiente jaracaca es que ataca siempre al hombre en cuanto le ve. Eran demasiadas para que las matásemos a tiros, de modo que pusimos pies en polvorosa y corrimos hasta quedar exhaustos. Recordaré siempre que cuando mirábamos hacia atrás podíamos ver las cabezas y cuellos de nuestras horribles perseguidoras alzándose y cayendo entre las cañas. En el mapa que estamos levantando se llamará Ciénaga de las Jaracacas.

Los farallones que se sucedían por el lado más lejano habían perdido su color rojizo para adquirir un tinte castaño achocolatado; la vegetación era más raleada en la cima de los mismos y su altitud había descendido a trescientos o cuatrocientos pies. Pero por ningún lugar encontramos punto alguno que permitiese escalarlos. En verdad, resultaban más impracticables que en el primer lugar que habíamos explorado. En la fotografía que saqué del desierto pedregoso puede apreciarse su absoluto empinamiento.

—Pero, sin duda —dije yo cuando discutíamos la situación—, la lluvia debe labrarse un camino por algún lado. Debe haber alguna clase de canales por donde salga el agua en las rocas.

—Nuestro joven amigo tiene intervalos de lucidez —dijo el profesor Challenger dándome palmaditas en el hombro.

—Por algún lado tiene que pasar la lluvia —insistí.

—Se aferra con firmeza a la realidad. El único inconveniente es que hemos probado en forma concluyente con nuestro examen ocular que no hay canales de agua bajo las rocas.

—¿Entonces adónde va? —insistí.

—Creo que se puede asegurar imparcialmente que si el agua no corre hacia afuera es porque corre hacia adentro.

—Pues entonces debe haber un lago en el centro.

—Eso creo yo.

—Es más que probable que el lago sea un antiguo cráter —dijo Summerlee—. La totalidad de la formación es, por supuesto, eminentemente volcánica. Pero como quiera que sea, yo presumo que hallaremos que la superficie de la meseta forma un declive hacia el interior, con un considerable depósito de agua en el centro, que debe de desaguar por algún canal subterráneo en los pantanos de la Ciénaga de las Jaracacas.

—O quizá sea la evaporación la que mantiene el equilibrio —observó Challenger.

De inmediato, ambos sabios se extraviaron en una de sus habituales discusiones científicas, que para el profano eran tan comprensibles como el chino.

Al sexto día completamos nuestra circunvalación de los farallones, encontrándonos de vuelta en el lugar del primer campamento, junto al aislado pináculo de piedra. Constituíamos un grupo desconsolado, porque nuestra investigación no podía haber sido más minuciosa y era ya absolutamente seguro que no existía ningún punto por donde el hombre más activo pudiera tener la posibilidad de escalar el risco. El lugar que las marcas de tiza de Maple White habían señalado como su propia vía de acceso era ahora completamente intransitable.

¿Qué íbamos a hacer ahora? Nuestros depósitos de provisiones, secundados por nuestros fusiles, se mantenían bien, pero llegaría el día en que necesitarían llenarse de nuevo. La estación de las lluvias debería comenzar en un par de meses y entonces seríamos arrastrados de nuestro campamento por las aguas. La roca era más dura que el mármol, y ningún intento de labrar un sendero hasta semejante altura era posible con el tiempo y los recursos de que disponíamos. No debe extrañar que esa noche intercambiáramos miradas lúgubres y fuésemos a buscar nuestras mantas casi sin hablar. Recuerdo que cuando nos dispusimos a dormir, mi última visión fue la de Challenger, puesto en cuclillas junto al fuego, como una monstruosa rana-toro, con su enorme cabeza entre las manos, sumido aparentemente en los más profundos pensamientos y completamente absorto como para oír las «buenas noches» que le deseé.

Pero el Challenger que nos saludó en la mañana siguiente era muy distinto: era un Challenger que resplandecía de satisfacción y autocomplacencia en toda su persona. Cuando nos reunimos para desayunar se nos presentó con un aire de desaprobación y falsa modestia en sus ojos, como si dijese «yo sé que merezco todo lo que ustedes puedan decir, pero les suplico que no me hagan enrojecer de vergüenza diciéndolo». Su barba se erizaba exultante, su pecho se henchía y tenía metida su mano bajo la solapa de su chaqueta. Quizá él se represente algunas veces así en su fantasía, adornando el pedestal vacante de Trafalgar Square y aumentando con uno más los horrores de las calles de Londres.

—¡Eureka! —gritó, con sus dientes brillando a través de la barba—. Caballeros, felicítenme y felicitémonos todos. El problema está resuelto.

—¿Ha descubierto un medio para subir?

—Me atrevo a pensarlo.

—¿Por dónde?

Por toda respuesta apuntó con la mano hacia el pináculo parecido a un campanario que se elevaba a nuestra derecha. Nuestros rostros —el mío al menos— se desanimaron al examinarlo. Nuestro compañero nos daba la seguridad de que podía escalarse. Pero un horrible abismo se abría entre aquél y la meseta.

—Nunca podremos cruzarlo —dije con voz entrecortada.

—Por lo menos podemos alcanzar todos la cima del pináculo —dijo él—. Cuando estemos arriba, seré capaz de demostrarles que los recursos de una mente inventiva aún no están exhaustos.

Después de desayunar desempaquetamos el bulto en que nuestro jefe había traído sus útiles de escalador. Del mismo, Challenger extrajo un rollo de cuerda de la mayor resistencia y ligereza, de ciento cincuenta pies de largo, hierros y ganchos de alpinista y otros artefactos. Lord John era un montañista experimentado y Summerlee había cumplido en varias ocasiones escaladas rudas, de modo que yo era realmente el único novicio de la expedición en materia de alpinismo; pero mi fuerza y mi energía podían contrarrestar mi falta de experiencia.

En realidad, la empresa no era muy dura, a pesar de que hubo momentos en que se me erizaron los cabellos. La primera mitad era

completamente fácil, pero de allí hacia arriba la pared se empinaba cada vez más hasta que, en los últimos cincuenta pies, teníamos literalmente que adherirnos con los dedos de manos y pies a los estrechos rebordes y grietas de la roca. Y no habría sido capaz de lograrlo, ni tampoco Summerlee, si Challenger no hubiese ganado la cima (era extraordinario ver semejante actividad en un ser tan pesado) y fijado la cuerda alrededor del tronco del gran árbol que crecía allí. Con este apoyo fuimos capaces de trepar rápidamente por la pared mellada hasta que nos hallamos sobre la pequeña plataforma herbosa, de alrededor de veinticinco pies de anchura, que formaba la cumbre.

La primera impresión que recibí una vez recobrado el aliento fue la del extraordinario panorama del país que habíamos atravesado y que desde allí se divisaba. Toda la planicie brasileña parecía yacer a nuestros pies, extendiéndose cada vez más lejos hasta terminar en una oscura neblina azul sobre la más remota línea del horizonte. En primer plano estaba la extensa ladera sembrada de rocas y salpicada de helechos arborescentes; más allá, a media distancia, mirando por encima de la arqueada colina, podía ver la masa amarilla y verde de bambúes que habíamos atravesado; y entonces, poco a poco, la vegetación se acrecentaba hasta formar la enorme floresta que se extendía hasta perderse de vista no menos de dos mil millas más allá.

Aún estaba embebido en este maravilloso panorama cuando la pesada mano del profesor se apoyó sobre mi hombro.

—Por este lado, mi joven amigo —dijo—; *vestigia nulla retrorsum*. Nunca se vuelva a mirar atrás, sino hacia nuestra gloriosa meta.

Al darme vuelta, observé que el nivel de la meseta era exactamente igual al de la plataforma en donde nos encontrábamos, y el verde margen de arbustos, con árboles ocasionales, parecía tan cercano que resultaba difícil darse cuenta de lo inaccesible que seguía estando. A ojo de buen cubero, la sima parecía tener cuarenta pies de ancho, pero tal como estaban las cosas, era lo mismo que si tuviera cuarenta millas. Pasé un brazo alrededor del tronco del árbol y me asomé al abismo. Muy lejos, allá abajo, estaban las pequeñas figuras oscuras de nuestros servidores, que miraban hacia arriba en

nuestra dirección. La pared era totalmente vertical, exactamente igual que la que tenía enfrente.

—Es verdaderamente curioso —se oyó decir a la voz chirriante del profesor Summerlee.

Me volví, hallando que el profesor estaba examinando con gran atención el árbol en que yo me apoyaba. Aquella lisa corteza y aquellas hojas pequeñas con nervaduras parecieron familiares a mis ojos.

—¡Vaya! —exclamé—. ¡Pero si es un haya!

—Exactamente —dijo Summerlee—. Una compatriota familiar que hallamos en un país lejano.

—No sólo una compañera y compatriota, mi estimado señor —dijo Challenger—, sino también, si me permite ampliar su comparación, un aliado de valor inestimable. Esta haya va a ser nuestra salvadora.

—¡Por Dios! —exclamó lord John—. ¡Un puente!

—Exactamente, amigos míos. ¡Un puente! No en vano empleé una hora la noche pasada enfocando mi inteligencia sobre la situación. Creo recordar que dije en cierta ocasión a nuestro joven amigo aquí presente que G. E. C. llega a su mejor nivel cuando está entre la espada y la pared. Deberán admitir que anoche todos estábamos contra la pared. Pero cuando el intelecto y la voluntad van juntos, siempre se halla una salida. Era necesario hallar un puente levadizo que pudiera tenderse sobre el abismo. ¡Helo aquí!

Ciertamente era una idea brillante. El árbol tenía sus buenos sesenta pies de altura y, si caía en el lugar apropiado, cruzaría fácilmente el abismo. Challenger se había colgado al hombro el hacha del campamento cuando ascendió a la roca. Ahora me la alcanzó.

—Nuestro joven amigo tiene músculo y nervio —dijo—. Creo que será el más útil para esta tarea. Debo rogarle, sin embargo, que tenga la bondad de abstenerse de pensar por sí mismo y que haga exactamente lo que le digan.

Bajo su dirección, hice algunas incisiones en los costados del árbol para asegurar que caería en la dirección deseada. No fue cosa difícil, porque ya tenía una fuerte inclinación natural hacia la meseta. Por último, me puse a trabajar en serio sobre el tronco, turnándome de tanto en tanto con lord John. En poco más de una hora de trabajo se produjo al fin un fuerte crujido, el árbol se inclinó hacia

adelante y luego se desplomó con estruendo, sepultando sus ramas entre los arbustos del otro lado.

El tronco cortado rodó hasta el borde mismo de nuestra plataforma y durante un terrible segundo todos pensamos que iba a caer al vacío. Pero se equilibró a unas pocas pulgadas del borde y quedó así formando nuestro puente hacia lo desconocido.

Todos nosotros, sin decir una palabra, estrechamos la mano del profesor Challenger, que a su vez se quitaba el sombrero y se inclinaba profundamente ante cada uno de nosotros.

—Reclamo el honor —dijo— de ser el primero en cruzar hasta la tierra desconocida... un digno tema, sin duda, para una futura pintura histórica.

Ya estaba cerca del puente cuando lord John apoyó su mano en la chaqueta del profesor.

—Mi querido camarada, yo no puedo permitir eso.

—¿Cómo que no puede permitirlo, señor? —La cabeza se alzó hacia atrás y la barba se proyectó hacia adelante.

—Cuando se trata de asuntos científicos, como usted sabe, yo le sigo como jefe porque es su campo, es usted un hombre de ciencia. Pero a usted le toca seguirme a mí cuando se trata de asuntos que entran en mi ramo.

—¿Su ramo, señor?

—Todos tenemos nuestra profesión y la mía es la milicia. De acuerdo con lo que pienso, estamos invadiendo un nuevo país que lo mismo puede estar atestado de enemigos como no estarlo. El embarcarse ciegamente en él, por falta de un poco de sentido común y paciencia, no entra en mi concepción del mando.

Era tan razonable esta amonestación que no podía ser desatendida. Challenger movió la cabeza y se encogió de hombros.

—¿Y bien, señor, qué propone usted?

—Por todo lo que sabemos, puede haber una tribu de caníbales esperándonos para almorzar entre esos arbustos —dijo lord John mirando al otro lado del puente—. Es mejor aprender a ser cuerdos antes de meterse en un caldero de agua hirviente; de modo que nos contentaremos con esperar que no habrá problemas aguardándonos, pero al mismo tiempo obraremos como si los hubiese. Malone y yo bajaremos otra vez y traeremos los cuatro rifles. Haremos subir

también a Gómez y al otro mestizo. Luego podrá pasar un hombre mientras el resto lo cubre con los rifles, hasta que compruebe que todos los demás pueden cruzar con seguridad.

Challenger se sentó en el tronco cortado y gruñó de impaciencia; pero Summerlee y yo estuvimos de acuerdo en que lord John fuera nuestro jefe cuando se trataba de cuestiones prácticas.

El escalamiento era más sencillo ahora que la cuerda pendía en el tramo más difícil de la ascensión. En menos de una hora subimos los rifles y la escopeta. También ascendieron los dos mestizos, y bajo las órdenes de lord John habían acarreado un fardo de provisiones, para el caso de que nuestra exploración fuese prolongada. Cada uno de nosotros llevaba bandoleras de cartuchos.

—Adelante, Challenger, si insiste usted realmente en ser el primero en pasar.

—Le quedo muy agradecido por su amable autorización —dijo el iracundo profesor; por cierto, nunca hubo hombre tan refractario a toda forma de autoridad como él—. Ya que usted es tan bondadoso como para permitírmelo, ciertamente cargaré sobre mi persona la misión de actuar como explorador en esta ocasión.

Sentado a horcajadas en el tronco, con las piernas colgando sobre el abismo y el hacha sujeta a la espalda, Challenger se deslizó con pequeños enviones, apoyándose en las manos, llegando enseguida al otro lado. Trepó hasta arriba y agitó sus brazos en el aire.

—¡Al fin! —gritó—, ¡al fin!

Yo lo observaba ansiosamente, con la vaga sensación expectante de que algo terrible podría lanzarse sobre él desde la verde cortina de vegetación que se alzaba detrás de él. Pero todo estaba en calma, salvo que un extraño pájaro multicolor alzó el vuelo bajo sus pies y desapareció entre los árboles.

Summerlee fue el segundo. Semejante energía en tensión, encerrada en un armazón tan frágil, siempre resultaba maravillosa. Insistió en llevar dos rifles colgados de sus espaldas, para que de ese modo ambos profesores estuvieran armados una vez que él hubiese pasado. Enseguida pasé yo, tratando de no mirar hacia abajo, a la sima horrorosa que estaba trasponiendo. Summerlee me extendió la culata de su rifle y un instante después pude agarrarle de la mano.

En cuanto a lord John, cruzó caminando, ¡caminando y sin apoyo! Debe tener nervios de acero.

Y ya estábamos allí los cuatro, en el país de los sueños, en el mundo perdido de Maple White. A todos nos pareció que era el momento de nuestro supremo triunfo. ¿Quién iba a sospechar que era el preludio de nuestro supremo desastre? Permítame describirle en pocas palabras el golpe demoledor que cayó sobre nosotros.

Nos habíamos alejado del borde y penetrado unas cincuenta yardas en el espeso matorral cuando llegó a nuestros oídos el espantoso crujido de algo que se desgarraba. Como impulsados por un mismo movimiento, todos desanduvimos a la carrera el camino que habíamos seguido. ¡El puente había desaparecido!

Cuando me asomé a mirar por el borde vi muy lejos allá abajo, al pie del farallón, una masa revuelta de ramas y del tronco hecho astillas. Era nuestra haya. ¿Había cedido el borde de la plataforma dejándola caer? Por un instante, ésa fue la explicación que se nos ocurrió a todos. Pero un momento más tarde fue asomando lentamente del lado externo del pináculo rocoso una cara morena, la cara del mestizo Gómez. Sí, era Gómez, pero no ya el Gómez de sonrisa formal y expresión de máscara. Era una cara de ojos relampagueantes y facciones distorsionadas, una cara convulsa de odio y con la alegría demencial que revelaba una venganza satisfecha.

—¡Lord Roxton! —gritó—. ¡Lord John Roxton!

—Bien —dijo nuestro compañero—. Aquí estoy.

—¡Sí, ahí está usted y ahí se quedará, perro inglés! He esperado, he esperado mucho, pero al fin llegó mi ocasión. Subir les ha resultado difícil, pero más difícil les resultará bajar. ¡Malditos idiotas, estáis atrapados, todos, todos!

Estábamos demasiado asombrados para hablar. Sólo podíamos permanecer inmóviles, con la mirada fija y llena de asombro. Una gran rama rota, que yacía sobre la hierba, mostraba de dónde había sacado la palanca que había usado para volcar nuestro puente. La cara había desaparecido, pero volvió a emerger, aún más frenética que antes.

—Ya estuvimos a punto de mataros con una piedra desde la cueva —gritó—, pero esto es mejor. Es más lento y terrible. Vuestros huesos se blanquearán ahí arriba y nadie sabrá dónde yacen para

venir a enterrarlos. Y cuando esté agonizando, acuérdese de López, a quien mató usted en el río Putumayo hace cinco años. Yo soy hermano suyo y moriré feliz ahora, porque su memoria ha sido vengada.

Sacudió una mano furiosa hacia nosotros y luego todo quedó en silencio.

Si el mestizo hubiese consumado simplemente su venganza, para huir enseguida, quizá todo le hubiese salido bien. Fue ese impulso estúpido e irresistible del temperamento latino para actuar dramáticamente lo que provocó su propia ruina. Roxton, el hombre que había conquistado el nombre de mayal del Señor en tres países, no era alguien a quien se podía insultar impunemente. El mestizo estaba descendiendo por el lado exterior del pináculo; pero antes de que pudiese llegar al suelo lord John había corrido por el borde de la meseta hasta alcanzar un punto desde donde podía ver a su hombre. Sólo hubo un disparo de su rifle, y, aunque no veíamos nada, pudimos escuchar el alarido y luego el distante golpe sordo de un cuerpo al caer. Roxton volvió a donde estábamos nosotros y su rostro parecía de granito.

—He sido un ciego y un tonto —dijo amargamente—. Ha sido mi estupidez la que ha puesto a ustedes en esta dificultad. Debería haber recordado que estos hombres tienen una memoria que no falla cuando se trata de una deuda de sangre familiar. Debí mantenerme en guardia con más cuidado.

—¿Y qué hay del otro? Hicieron falta dos para arrastrar ese árbol por encima del borde.

—Pude haberlo matado, pero le dejé ir. Puede ser que no haya tomado parte en esto. Quizá hubiese hecho mejor en matarlo, porque es posible que haya echado una mano, como dicen ustedes.

Ahora que teníamos la clave de su acción, cada uno de nosotros hizo memoria y pudo recordar algún acto siniestro de parte del mestizo: su constante deseo de conocer nuestros planes, su detención junto a nuestra tienda cuando estaba escuchando subrepticiamente lo que hablábamos; las furtivas miradas de odio que habíamos sorprendido de tanto en tanto. Todavía estábamos discutiendo el asunto, procurando ajustar nuestras mentes a las nuevas circuns-

tancias, cuando una singular escena que se estaba produciendo allá abajo, en la llanura, atrajo nuestra atención.

Un hombre de blancas vestiduras, que no podía ser otro que el mestizo superviviente, corría como si la muerte pisara sus talones. Detrás de él, a unas pocas yardas de distancia, saltaba la enorme figura de ébano de Zambo, nuestro leal negro. Mientras estábamos mirando, dio un gran salto sobre la espalda del fugitivo y le echó los brazos al cuello. Rodaron juntos por el suelo. Un instante después Zambo se levantó, miró al hombre postrado en tierra y agitando gozosamente las manos hacia nosotros echó a correr en nuestra dirección. La figura blanca quedó inmóvil en medio de la gran planicie.

Los dos traidores habían sido destruidos..., pero el daño que habían ocasionado les sobrevivía. No podíamos regresar al pináculo por ningún medio. Habíamos sido habitantes del mundo; ahora éramos habitantes de la meseta. Ambas cosas estaban separadas y aparte. Allí estaba la llanura que conducía al lugar donde estaban las canoas. Más allá, detrás del horizonte brumoso y violeta, estaba el río que conducía de regreso a la civilización. Pero faltaba el eslabón entre ambos mundos. Ningún ingenio humano podía sugerir los medios de tender un puente sobre el abismo que abría sus fauces entre nosotros y nuestras vidas pasadas. Un solo instante había alterado todas las condiciones de nuestra existencia.

En un momento como aquél, pude comprender la fibra que templaba el carácter de mis tres compañeros. Estaban serios, es verdad, y pensativos, pero con una indomable serenidad. Por el momento no podíamos hacer nada, salvo sentarnos entre los arbustos pacientemente y esperar la llegada de Zambo. Su honesta cara negra apareció al fin sobre las rocas y su hercúlea figura emergió en la cima del pináculo.

—¿Qué hago ahora? —gritó—. Ustedes decirme y yo lo hago.

Era una pregunta más fácil de hacer que de contestar. Sólo una cosa estaba clara. Él era nuestro único vínculo seguro con el mundo exterior. Por ningún motivo debía abandonarnos.

—¡No, no! —gritó—. Yo no los abandono. Pase lo que pase, siempre me encuentran aquí. Pero no capaz de hacer quedar los indios. Ya dicen demasiado que Curupuri vive en este lugar, y que

ellos se van a casa. Entonces, si ustedes los dejan, no sé si poder hacerlos quedar.

—Hágalos esperar hasta mañana, Zambo —grité—. Así podré enviar una carta con ellos.

—¡Muy bien, *señó!* Yo prometo que ellos esperar hasta mañana —dijo el negro—. ¿Pero qué puedo hacer por ustedes ahora?

Había muchas cosas que podía hacer y el fiel compañero las hizo admirablemente. Ante todo, siguiendo nuestras instrucciones, desató la cuerda que habíamos fijado al tocón del árbol y nos lanzó un extremo a través del precipicio. No era más gruesa que las que se usan para tender ropa, pero poseía gran resistencia, y aunque no podíamos hacer un puente con ella, podía sernos de inestimable utilidad si teníamos que efectuar algún escalamiento. Luego sujetó el fardo de víveres que habíamos subido al extremo de la cuerda que había conservado y así pudimos tirar del mismo hasta alcanzarlo. Con esto teníamos medios de vida para una semana por lo menos, aun si no encontrábamos otra cosa. Por último, Zambo descendió otra vez y acarreó en su ascenso otros dos bultos con artículos diversos: una caja de municiones y otras muchas cosas, todo lo cual pudimos cruzar arrojándole la cuerda e izándola otra vez. Era ya de noche cuando Zambo descendió por última vez, asegurándonos una vez más que retendría a los indios hasta la mañana siguiente.

Y así fue como pasé casi la totalidad de aquella nuestra primera noche sobre la meseta poniendo por escrito nuestras experiencias a la luz de una linterna de una sola bujía.

Cenamos y acampamos al borde mismo del farallón, apagando nuestra sed con dos botellas de Apollinaris que había en una de las cajas. Para nosotros es vital encontrar agua, pero creo que hasta el mismo lord John halló que ya teníamos suficientes aventuras para un día, y ninguno de nosotros cayó en la tentación de hacer una primera arremetida por lo desconocido. Nos abstuvimos de encender fuego o de hacer cualquier ruido innecesario.

Mañana (o más bien hoy, porque ya está amaneciendo mientras escribo) nos aventuraremos por primera vez en esta extraña tierra. No sé cuándo podré escribir otra vez, o si tendré la ocasión de hacerlo nunca. Entretanto, puedo ver que los indios están aún en su

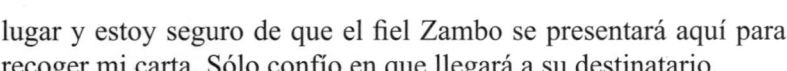

lugar y estoy seguro de que el fiel Zambo se presentará aquí para recoger mi carta. Sólo confío en que llegará a su destinatario.

P. D.: Cuanto más pienso en ello, más desesperada se me figura nuestra situación. No veo que haya esperanzas de regreso. Si hubiera un árbol alto cerca del borde de la meseta, podríamos tender a través del precipicio un puente de retorno, pero no hay ninguno a menos de cincuenta yardas. Uniendo todas nuestras fuerzas, no seríamos capaces de arrastrar un tronco que pudiera servir para nuestro objetivo. La cuerda, naturalmente, es demasiado corta para que podamos descender por ella. Nuestra situación es desesperada... ¡desesperada!

CAPÍTULO X

Han ocurrido las cosas más extraordinarias

Nos han ocurrido las cosas más portentosas y aún nos siguen ocurriendo, continuamente. Todo el papel que poseo consiste en cinco viejos cuadernos de notas y una cantidad de fragmentos, y sólo tengo un lápiz estilográfico; pero mientras esté en condiciones de mover la mano, continuaré asentando nuestras experiencias e impresiones. Ya que somos los únicos hombres de toda la raza humana en presenciar estas cosas, tiene una enorme importancia que las pueda registrar mientras aún están frescas en mi memoria, y antes que el destino, que parece estar amenazándonos constantemente, pueda alcanzarnos. Sea porque Zambo pueda llevar al fin estas cartas hasta el río, o porque yo mismo, por vía milagrosa, pueda transportarlas conmigo a mi regreso, o porque algún osado explorador, siguiendo nuestras huellas (con la ventaja, tal vez, de contar con un perfeccionado monoplano), encuentre este manojo de manuscritos, en cualquier caso, digo, tengo la impresión de que lo que estoy escribiendo está destinado a la inmortalidad como un clásico de la literatura de aventuras verídicas.

A la mañana siguiente del día en que quedamos atrapados en la meseta por obra del villano Gómez, iniciamos una nueva etapa en nuestras experiencias. El primer incidente no fue tal como para que yo formase una opinión muy favorable acerca del lugar en que estábamos extraviados. Al despertar de un breve adormecimiento, poco después del alba, mis ojos se posaron sobre un objeto muy extraño que estaba sobre mi pierna. Mi pantalón se había deslizado hacia arriba, dejando expuestas algunas pulgadas de piel por encima de mi calcetín. Sobre ese lugar descansaba un ancho racimo de color púrpura. Asombrado ante la visión, me incliné para quitármelo de encima, cuando, para horror mío, eso reventó entre mi índice y mi pulgar, chorreando sangre en todas direcciones. El grito de asco que lancé atrajo a mi lado a los dos profesores.

—Muy interesante —dijo Summerlee inclinándose sobre mi espinilla—. Una enorme garrapata, que según creo no ha sido todavía clasificada.

—El primer fruto de nuestros trabajos —dijo Challenger en su estilo pedante y bombástico—. Lo menos que podemos hacer es llamarle *Ixodes Maloni*. La insignificante incomodidad que representó su picadura, mi joven amigo, no puede compararse, estoy seguro, con el glorioso privilegio de que su nombre quede inscrito en el inmortal registro de la zoología. Infortunadamente, ha aplastado usted este bello ejemplar en el momento en que se saciaba.

—¡Asquerosa sabandija! —exclamé.

El profesor Challenger enarcó sus gruesas cejas como protesta y colocó su zarpa acariciadora sobre mi hombro.

—Debería cultivar usted la observación científica y la imparcial inteligencia de la mente lógica. Para un hombre de temperamento filosófico como yo, la garrapata, con su probóscide o trompa en forma de lanceta y su estómago dilatable, es una bella obra de la Naturaleza, como el pavo real o, para el caso, como una aurora boreal. Me duele oírle hablar en forma tan despreciativa. Sin duda, como nos apliquemos a ello, conseguiremos otro ejemplar.

—No cabe duda de eso —dijo Summerlee ceñudamente—, pues acabo de ver otra que desaparecía por el cuello de su camisa.

Challenger pegó un salto en el aire bramando como un toro, mientras se arrancaba frenéticamente la chaqueta y la camisa. Summerlee y yo empezamos a reírnos de tal modo que apenas podíamos ayudarle. Por fin dejamos al descubierto aquel monstruoso torso (cincuenta y cuatro pulgadas, medidas con cinta de sastre). Todo su cuerpo parecía un bosque de pelo negro, y en esa maraña cazamos a la garrapata errabunda antes de que le picara. Pero los arbustos que nos rodeaban estaban llenos de esta horrible peste, y era evidente que teníamos que mudar de sitio nuestro campamento.

Pero ante todo era necesario tomar nuestras providencias respectivas al fiel negro, que justamente se presentó en el pináculo con una cantidad de latas de cacao y galletas, que nos arrojó por encima del abismo. Le ordenamos que de las provisiones que quedaban abajo retuviese todo lo que necesitaba para mantenerse durante dos meses. El resto deberían recibirlo los indios, como recompensa por sus servi-

cios y en pago por llevar nuestras cartas hasta el Amazonas. Algunas horas después los vimos alejarse por la llanura en fila india, cada uno con un fardo sobre la cabeza, volviendo por el sendero que habíamos recorrido al venir. Zambo ocupó nuestra pequeña tienda en la base del pináculo, y allí permaneció, como nuestro único vínculo con el mundo de abajo.

Y ahora teníamos que decidir cuáles serían nuestros movimientos inmediatos. Trasladamos nuestras instalaciones de entre los arbustos plagados de garrapatas y nos situamos en un pequeño claro rodeado por todos lados de árboles que crecían muy tupidos. Había en el centro unas losas de piedra lisa, con un excelente manantial que surgía en las inmediaciones. Allí nos sentamos cómodamente y disfrutamos de la limpieza del lugar, mientras esbozábamos nuestros primeros planes para la invasión de este nuevo territorio. Los pájaros cantaban llamándose entre el follaje —uno, especialmente, tenía un peculiar grito ululante que era nuevo para nosotros—, pero fuera de estos sonidos no había otros signos de vida.

Nuestro primer cuidado fue confeccionar una especie de lista inventario de nuestros pertrechos, para saber con cuánto podíamos contar. Entre las cosas que nosotros mismos habíamos subido y las que Zambo nos había cruzado por medio de la cuerda, estábamos bastante bien provistos. Como lo más importante de todo, en vista de los peligros que podrían rodearnos, teníamos los cuatro rifles y mil trescientos cartuchos; también una escopeta, pero sólo ciento cincuenta cartuchos de perdigón, de tamaño medio. En materia de provisiones, teníamos lo necesario para varias semanas, tabaco suficiente y algunos pocos instrumentos científicos, incluyendo un gran telescopio y unos buenos gemelos de campo. Todas estas cosas las acondicionamos en el centro del claro y, como precaución primera, cortamos con nuestras hachas y cuchillos una cantidad de arbustos espinosos, que apilamos formando un círculo de alrededor de quince yardas de diámetro. Este sería nuestro cuartel general —y nuestro refugio en caso de repentino peligro— además de constituir nuestra caseta de guardia y depósito de pertrechos. Lo bautizamos Fuerte Challenger.

Era mediodía antes de que termináramos de instalarnos con seguridad. El calor no era opresivo y las características generales de la meseta, tanto en temperatura como en vegetación, eran más bien

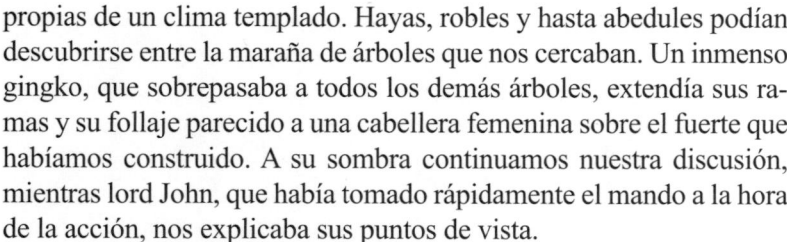
propias de un clima templado. Hayas, robles y hasta abedules podían descubrirse entre la maraña de árboles que nos cercaban. Un inmenso gingko, que sobrepasaba a todos los demás árboles, extendía sus ramas y su follaje parecido a una cabellera femenina sobre el fuerte que habíamos construido. A su sombra continuamos nuestra discusión, mientras lord John, que había tomado rápidamente el mando a la hora de la acción, nos explicaba sus puntos de vista.

—Hasta tanto los hombres y las bestias no nos hayan visto u oído, estamos seguros —dijo—. Cuando sepan que estamos aquí, nuestras dificultades comenzarán. Hasta ahora no hay señales de que nos hayan sorprendido. Por lo tanto, nuestra jugada debe ser seguramente permanecer ocultos por un tiempo y atisbar qué sucede en la comarca. Necesitamos saber cómo son nuestros vecinos antes de relacionarnos con ellos.

—Pero *usted* hizo fuego ayer —dijo Summerlee.

—¡Por todos los medios, hijo! Avanzaremos. Pero avanzaremos con sentido común. Nunca deberemos ir tan lejos como para no poder volver a nuestra base. Sobre todo, no debemos nunca, a menos que sea una cuestión de vida o muerte, hacer fuego con nuestros fusiles.

—Pero usted hizo fuego ayer —dijo Summerlee.

—Bueno, pero no había más remedio. No obstante, el viento era fuerte y soplaba hacia fuera de la meseta. No es muy probable que el sonido haya viajado mucha tierra adentro. A propósito, ¿cómo llamaremos a este lugar?

Hubo varias sugerencias más o menos felices, pero la de Challenger fue la definitiva.

—Sólo puede tener un nombre —dijo—. Debe llevar el nombre del precursor que la descubrió. O sea, la Tierra de Maple White.

Y en Tierra de Maple White se convirtió, y así se denominará en el mapa que se ha convertido en mi tarea especial. Confío en que ese mismo nombre aparecerá en los atlas del futuro.

La penetración pacífica de la Tierra de Maple White era el objetivo más urgente que teníamos por delante. Habíamos adquirido una evidencia ocular de que el lugar estaba habitado por algunos seres desconocidos; también el álbum de dibujos de Maple White era una prueba de que podrían aparecer monstruos aún más terribles y peligrosos. El esqueleto empalado en los bambúes, que no podía haber

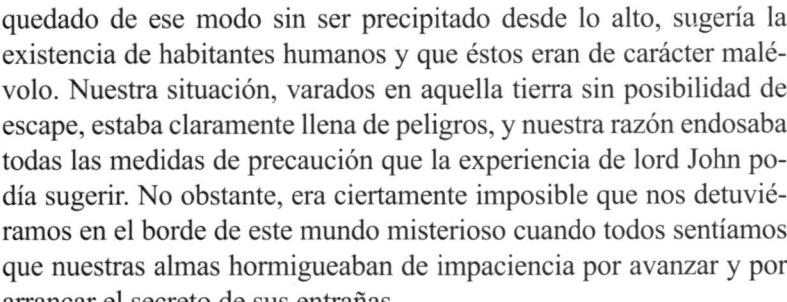

quedado de ese modo sin ser precipitado desde lo alto, sugería la existencia de habitantes humanos y que éstos eran de carácter malévolo. Nuestra situación, varados en aquella tierra sin posibilidad de escape, estaba claramente llena de peligros, y nuestra razón endosaba todas las medidas de precaución que la experiencia de lord John podía sugerir. No obstante, era ciertamente imposible que nos detuviéramos en el borde de este mundo misterioso cuando todos sentíamos que nuestras almas hormigueaban de impaciencia por avanzar y por arrancar el secreto de sus entrañas.

Por lo tanto, cerramos la entrada de nuestra *zareba* con algunos arbustos espinosos y abandonamos nuestro campamento, con sus depósitos enteramente rodeados por esta cerca protectora. Entonces penetramos lentamente y con precauciones en lo desconocido, siguiendo el curso del pequeño arroyo que fluía de nuestro manantial y que siempre podría servirnos de guía para regresar.

A poco de partir, tropezamos con señales reveladoras de que nos esperaban verdaderos portentos. Después de unos pocos centenares de yardas de bosque espeso, que contenía muchos árboles desconocidos para mí en su mayoría, pero que Summerlee, que era el botánico de la expedición, reconoció como especies de coníferas y cicadáceas (plantas desaparecidas desde hace mucho tiempo del mundo que conocemos), penetramos en una región donde el arroyo se ensanchaba y formaba un pantano bastante grande. Altas cañas de un tipo singular crecían apretadamente ante nosotros, y fueron clasificadas como equisetáceas, o cola de caballo en el lenguaje común. Los helechos arborescentes crecían diseminados entre ellas, balanceándose con el fuerte viento. Lord John, que marchaba a la cabeza, se detuvo súbitamente alzando la mano.

—¡Miren esto! —dijo—. ¡Por Dios, ésta debe ser la huella del padre de todos los pájaros!

En el lodo blando que teníamos delante se imprimía la enorme pisada de un pie con tres dedos. Aquel ser, cualquiera que fuese, había cruzado el pantano y se había introducido en el bosque. Todos nos detuvimos para examinar la monstruosa marca. Si era verdaderamente la de un pájaro —¿y qué otro animal podía haber dejado semejante impresión?—, su pie era tan grande como el de un avestruz, y sus dimensiones debían ser proporcionalmente enormes. Lord John miró

ansiosamente a su alrededor y deslizó dos cartuchos en su rifle para cazar elefantes.

—Apuesto mi prestigio de cazador a que esta huella es fresca —dijo—. No hará ni diez minutos que la bestia ha pasado por aquí. ¡Observen cómo todavía rezuma el agua en aquella marca más profunda! ¡Por Júpiter! ¡Aquí pueden ver la pisada de un ejemplar más pequeño!

Por cierto, paralelamente a las huellas grandes corrían otras más pequeñas pero que tenían una misma forma general.

—¿Y qué les parece esto? —exclamó triunfalmente el profesor Summerlee, señalando lo que parecía ser la enorme huella de una mano humana de cinco dedos, que aparecía entre las marcas de tres dedos.

—¡Wealden! —gritó Challenger extasiado—. Yo las he visto en la arcilla del Wealden. Es un animal que camina erecto sobre sus patas de tres dedos, y que a veces apoya una de sus garras delanteras de cinco dedos en el suelo. No es un pájaro, mi querido Roxton... no es un pájaro.

—¿Es un animal cuadrúpedo?

—No; es un reptil... un dinosaurio. Ningún otro ser podría haber dejado semejantes huellas. Huellas como éstas dejaron estupefacto a un digno doctor de Sussex hace noventa años; ¿pero cómo nadie en el mundo podía esperar... esperar... que vería señales como éstas?

Sus últimas palabras murieron en un susurro y todos nos quedamos paralizados por el asombro. Siguiendo las huellas habíamos abandonado la ciénaga y cruzado a través de una cortina de arbustos y árboles. Detrás había un claro despejado y en él cinco de los animales más extraordinarios que yo haya visto nunca. Agazapados entre los arbustos, los observamos a voluntad.

Había, como he dicho, cinco de ellos: dos adultos y tres más jóvenes. Su tamaño era enorme. Incluso los pequeños eran grandes como elefantes, mientras los mayores sobrepasaban a cualquier ser que yo hubiera visto. Su piel era de color pizarra, con escamas como las de un lagarto, que brillaban cuando reflejaban el sol. Los cinco estaban sentados, balanceándose sobre sus anchas y poderosas colas y sus enormes patas traseras de tres dedos, mientras con sus pequeñas patas delanteras de cinco dedos atraían hacia abajo las ramas que ramonea-

ban. No se me ocurre cómo describir mejor a usted su apariencia que diciendo que se asemejaban a monstruosos canguros, de veinte pies de largo y con una piel similar a la de los cocodrilos negros.

No sé decir cuánto tiempo estuvimos inmóviles contemplando aquel maravilloso espectáculo. Un fuerte viento soplaba hacia nosotros y estábamos bien ocultos, de modo que no podían descubrirnos. De vez en cuando los pequeños jugaban alrededor de sus padres con pesadas cabriolas; las grandes bestias saltaban en el aire y caían a tierra con sordos golpes. La fuerza de los padres parecía ilimitada, pues uno de ellos, al tener cierta dificultad en alcanzar un manojo de follaje que crecía en un árbol de gran altura, abrazó el tronco con sus patas delanteras y lo arrancó como si fuese un renuevo. Aquella acción, según creo, parecía demostrar no sólo el gran desarrollo de sus músculos sino también el pequeño desarrollo de sus cerebros, porque todo el peso del árbol le cayó encima con estrépito, con lo cual prorrumpió en una serie de agudos gañidos, que revelaron que, a pesar de lo grande que era su capacidad de resistencia, tenía un límite. Aparentemente, el suceso le hizo pensar que la vecindad era peligrosa, porque se alejó cabeceando lentamente por el bosque, seguido por su pareja y sus tres enormes infantes. Vimos el destello brillante de su piel pizarrosa entre los troncos de los árboles y sus cabezas que ondulaban muy por encima de los arbustos. Luego desaparecieron de nuestra vista.

Observé a mis camaradas. Lord John permanecía al acecho, con el dedo en el gatillo de su rifle para la caza de elefantes, con su ávida alma de cazador brillando en sus ojos fieros. ¡Qué no hubiese dado por colocar una cabeza como aquella entre los dos remos cruzados encima de la repisa de su chimenea en el cómodo aposento del Albany! Con todo, su razón lo refrenó, porque toda nuestra exploración de las maravillas de esta tierra desconocida dependía de que nuestra presencia permaneciese ignorada por sus habitantes. Los dos profesores estaban sumidos en un silencioso éxtasis. En medio de su excitación, se habían cogido inconscientemente de la mano y permanecían como dos niños pequeños en presencia de un prodigio. Las mejillas de Challenger se henchían con una sonrisa seráfica, y la cara sardónica se suavizaba momentáneamente en una actitud de asombro y reverencia.

—*Nunc dimittis!* —exclamó al fin—. ¿Qué dirán de esto en Inglaterra?

—Mi querido Summerlee, yo le diré con toda seguridad lo que dirán exactamente en Inglaterra —dijo Challenger—. Dirán que usted es un infernal embustero y un charlatán científico, lo mismo que usted y otros dijeron de mí.

—¿Puestos ante las fotografías?

—¡Trucadas, Summerlee! ¡Torpemente trucadas!

—¿Aun mostrándoles ejemplares?

—¡Ah, ahí sí que podemos atraparlos! Malone y toda su pandilla de Fleet Street pueden todavía vociferar en alabanza nuestra. Veintiocho de agosto: el día en que vimos cinco iguanodontes vivos en un claro de la tierra de Maple White. Asiéntelo en su diario, mi joven amigo, y envíeselo a su pasquín.

—Y prepárese a recibir un puntapié de la bota del editorialista de turno —dijo lord John—. Las cosas son algo diferentes vistas desde la latitud de Londres, compañerito-camarada. Hay muchos hombres que no cuentan jamás sus aventuras porque no esperan que les crean. ¿Quién podría censurarles por ello? A nosotros mismos esto nos parecerá algo soñado, dentro de un mes o dos. ¿Qué dijo usted que eran?

—Iguanodontes —dijo Summerlee—. Puede usted encontrar sus huellas por todas las arenas de Hastings, en Kent y en Sussex. Pululaban en el sur de Inglaterra cuando allí abundaban las sabrosas sustancias vegetales que les permitían alimentarse. Cuando las condiciones cambiaron, las bestias no pudieron sobrevivir. Al parecer, aquí no han cambiado esas condiciones y estas bestias siguen viviendo.

—Si alguna vez logramos salir vivos de aquí, me gustaría llevar conmigo una cabeza —dijo lord John—. ¡Por Dios! ¡Si vieran esto algunos de los muchachos de Somalilandia y Uganda se pondrían verdes! No sé lo que ustedes piensan, camaradas, pero yo me huelo algo extraño, como si estuviéramos todo el tiempo sobre una capa de hielo a punto de quebrarse.

Yo tenía la misma sensación de misterio y peligro, que parecía rodearnos por todas partes. Entre las tinieblas de la arboleda se cernía una constante amenaza, y cuando mirábamos su sombrío follaje, vagos terrores se insinuaban en nuestros corazones. Es cierto que aquellos monstruosos seres que habíamos visto eran bestias inofensivas y

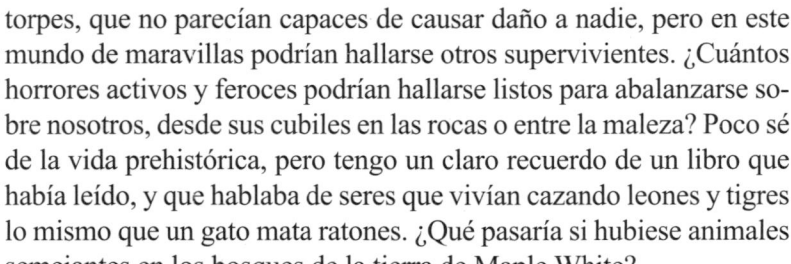

torpes, que no parecían capaces de causar daño a nadie, pero en este mundo de maravillas podrían hallarse otros supervivientes. ¿Cuántos horrores activos y feroces podrían hallarse listos para abalanzarse sobre nosotros, desde sus cubiles en las rocas o entre la maleza? Poco sé de la vida prehistórica, pero tengo un claro recuerdo de un libro que había leído, y que hablaba de seres que vivían cazando leones y tigres lo mismo que un gato mata ratones. ¿Qué pasaría si hubiese animales semejantes en los bosques de la tierra de Maple White?

Aquella misma mañana —la primera que pasábamos en el nuevo país— parecía predestinada a que descubriéramos los extraños riesgos que nos rodeaban. Fue una aventura aborrecible, que aún me resulta odioso recordar. Si, como decía lord John, el claro de los iguanodontes persistirá en nuestra memoria como un sueño, no menos cierto es que el pantano de los pterodáctilos será para siempre nuestra pesadilla. Voy a relatar con exactitud lo que ocurrió.

Avanzábamos muy lentamente por los bosques, en parte porque lord John actuaba como explorador antes de dejarnos proseguir, y en parte porque a cada paso uno u otro de nuestros profesores se detenía estático y lanzaba una exclamación de asombro ante alguna flor o insecto que se le presentaba como de una nueva especie. Habríamos andado dos o tres millas en total, manteniéndonos junto a la orilla derecha del arroyo, cuando llegamos a un claro bastante grande que se abría entre los árboles. Un cinturón de maleza ascendía hasta una confusa masa de rocas: toda la meseta estaba sembrada de cantos rodados. Caminábamos lentamente hacia esas rocas, entre arbustos que nos llegaban a la cintura, cuando advertimos un extraño y profundo sonido formado por graznidos y silbidos que llenaban los aires con una constante algarabía que parecía provenir de algún lugar situado muy cerca y frente a nosotros. Lord John levantó su mano en señal de que nos detuviéramos y se abrió camino velozmente, deteniéndose y corriendo, hasta la línea de rocas. Vimos cómo espiaba por encima de ellas y hacía un gesto de asombro. Luego se quedó inmóvil, como si se hubiese olvidado de nosotros, tan fascinado estaba por lo que veía. Por último nos hizo señas para que nos acercásemos, pero mantuvo su mano en alto, como señal de precaución. Toda su actitud me hizo comprender que algo asombroso pero lleno de peligros se presentaría ante nosotros.

Nos arrastramos hasta su vera y miramos por encima de las rocas. El lugar que contemplábamos era un pozo, que quizá en un pasado remoto había sido uno de los pequeños cráteres volcánicos de la meseta. Tenía la forma de un tazón y en el fondo, a unos centenares de yardas de donde nosotros estábamos, había charcos de agua estancada con espuma verdosa, flanqueados por juncales.

El sitio en sí ya era fantasmagórico, pero sus ocupantes lo transformaban en un escenario de los Siete Círculos de Dante. El lugar era un nido de pterodáctilos. Había centenares de ellos, congregados ante nuestra vista. Toda el área del fondo alrededor de la orilla del agua pululaba con los jóvenes pterodáctilos y sus hediondas madres, que estaban empollando sus huevos amarillentos y correosos. De esta masa de obscena vida de reptiles que se arrastraba y aleteaba surgía el espantoso clamoreo que llenaba los aires y el horrible, mefítico y rancio hedor que nos daba náuseas. Pero arriba, cada uno posado en su propia roca, altos, grises, macilentos, más parecidos a ejemplares muertos y disecados que a seres llenos de vida, estaban los horribles machos, absolutamente inmóviles salvo por el rodar de sus ojos rojos o cuando ocasionalmente hacían chasquear sus picos semejantes a ratoneras para coger a alguna libélula que pasaba junto a ellos. Tenían cerradas sus enormes alas membranosas por medio de sus antebrazos plegados, de modo que parecían gigantescas viejas sentadas, rebozadas en hediondos mantones de color tela de araña, de los que emergían sus cabezas feroces.

Entre grandes y pequeños, no menos de un millar de esos repugnantes animales descansaban en aquella hondonada ante nosotros.

Nuestros profesores hubieran permanecido allí de buena gana todo el día, tan extasiados estaban ante esta oportunidad de estudiar la vida de un período prehistórico. Señalaban los pájaros y peces muertos que yacían entre las rocas como prueba de los hábitos alimentarios de aquellos seres; les escuché felicitarse mutuamente por haber podido aclarar el motivo de que se hallasen en número tan grande los huesos de este dragón volador en ciertas áreas bien definidas, como por ejemplo en las arenas de Cambridge Green, pues ahora veían que éstos, como los pingüinos, vivían en forma gregaria.

Challenger, al fin, empeñado en probar un detalle que Summerlee había cuestionado, asomó ostensiblemente su cabeza por encima de

las rocas, y con ello estuvo a punto de provocar la destrucción de todos nosotros. Instantáneamente, el macho más cercano lanzó un grito agudo y sibilante y desplegó los veinte pies de envergadura de sus correosas alas al remontarse por los aires.

Las hembras y las crías se apiñaron junto al agua, mientras todo el círculo de centinelas se elevaba uno tras otro, tomando altura hacia el cielo. Era un cuadro maravilloso el ver a no menos de un centenar de aquellos animales de enorme tamaño y repelente aspecto volando como golondrinas sobre nuestras cabezas, con aleteos veloces y cortantes; pero pronto comprobamos que no era un cuadro en el cual podíamos demorarnos sin perjuicio. Al principio, las grandes bestias volaron describiendo un inmenso círculo, como si quisieran asegurarse de la exacta extensión que el peligro podía tener. Luego, el vuelo se fue haciendo más bajo y el círculo más estrecho, hasta que las sentíamos zumbar en torno a nosotros, cada vez más cerca. El seco y crujiente aleteo de sus enormes alas de color pizarra llenaba el aire con un ruido tan intenso que me hizo recordar el aeródromo de Hendon en un día de carreras aéreas.

—Hacia el bosque todos juntos —gritó Roxton enarbolando su rifle como un garrote—. Esas bestias tienen malas intenciones.

En el momento en que tratábamos de retirarnos, el círculo se cerró a nuestro alrededor, hasta que las puntas de las alas de los que estaban más próximos casi tocaban nuestros rostros. Los golpeamos con las culatas de nuestros rifles, pero no hallábamos nada sólido o vulnerable para herirlos. Entonces, súbitamente, asomó de entre el círculo sibilante y de color pizarra un largo cuello y un pico feroz que nos acometió. Le siguieron otro, y otro más. Summerlee lanzó un grito y se llevó la mano al rostro, del cual empezó a manar sangre. Yo sentí una punzada en el cuello y quedé aturdido con el golpe. Challenger cayó y cuando me detuve para levantarle recibí otro golpe por detrás, cayendo entonces encima de él. En ese instante oí el disparo del rifle para elefantes de lord John y al levantar la vista observé a una de las bestias que se agitaba en el suelo con un ala rota, escupiendo y gorgoteando hacia nosotros, con el pico muy abierto y los ojos desorbitados e inyectados en sangre, como un demonio de pintura medieval. Sus camaradas comenzaron a volar más alto ante el súbito estampido y trazaban círculos sobre nuestras cabezas.

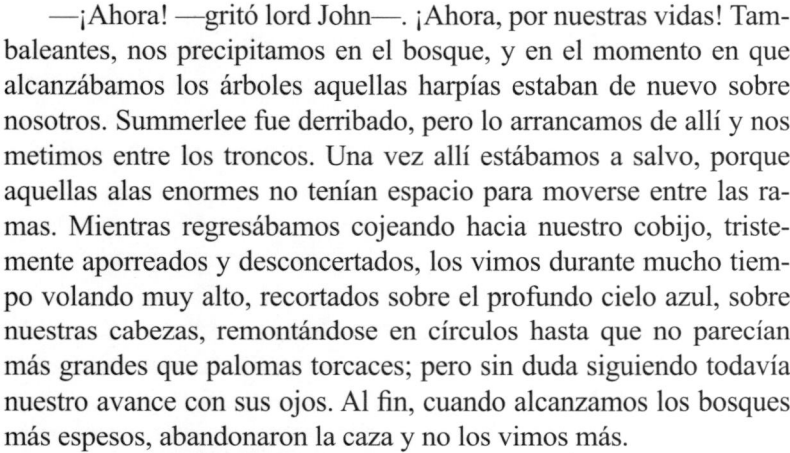

—¡Ahora! —gritó lord John—. ¡Ahora, por nuestras vidas! Tambaleantes, nos precipitamos en el bosque, y en el momento en que alcanzábamos los árboles aquellas harpías estaban de nuevo sobre nosotros. Summerlee fue derribado, pero lo arrancamos de allí y nos metimos entre los troncos. Una vez allí estábamos a salvo, porque aquellas alas enormes no tenían espacio para moverse entre las ramas. Mientras regresábamos cojeando hacia nuestro cobijo, tristemente aporreados y desconcertados, los vimos durante mucho tiempo volando muy alto, recortados sobre el profundo cielo azul, sobre nuestras cabezas, remontándose en círculos hasta que no parecían más grandes que palomas torcaces; pero sin duda siguiendo todavía nuestro avance con sus ojos. Al fin, cuando alcanzamos los bosques más espesos, abandonaron la caza y no los vimos más.

—Una experiencia de lo más interesante y convincente —dijo Challenger cuando hicimos un alto junto al arroyo y él bañaba su rodilla hinchada—. Ahora estamos excepcionalmente bien informados sobre las costumbres del pterodáctilo enfurecido.

Summerlee estaba restañando la sangre que manaba de un corte que tenía en la frente, mientras yo trataba de obstruir una fea puñalada en el músculo del cuello. Lord John tenía un desgarrón en el hombro de su chaqueta, pero sin que los dientes del pajarraco hubieran podido hacer otra cosa que rozar la carne.

—Resulta digno de anotarse —continuó Challenger— que nuestro joven amigo ha recibido una indiscutible puñalada, mientras que la chaqueta de lord John sólo ha sido desgarrada por un mordisco. En mi propio caso, fui golpeado por sus alas en torno a la cabeza. De modo que hemos tenido una notable exhibición de sus diversos métodos de ataque.

—Hemos salvado la vida por un pelo —dijo lord John seriamente—, y no puedo imaginar una forma de morir más hedionda que la de ser despachados por esas asquerosas alimañas. Lamento haber tenido que disparar mi rifle, pero, ¡por Júpiter!, no había mucho que elegir.

—Si usted no lo hubiese hecho no estaríamos aquí —dije convencido.

—Tal vez no nos perjudique —dijo él—. En estos bosques deben producirse muchos estallidos fuertes al rajarse o desplomarse los ár-

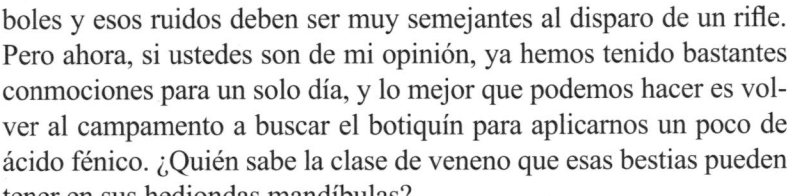

boles y esos ruidos deben ser muy semejantes al disparo de un rifle. Pero ahora, si ustedes son de mi opinión, ya hemos tenido bastantes conmociones para un solo día, y lo mejor que podemos hacer es volver al campamento a buscar el botiquín para aplicarnos un poco de ácido fénico. ¿Quién sabe la clase de veneno que esas bestias pueden tener en sus hediondas mandíbulas?

Parece indudable que ningún hombre, desde que el mundo es mundo, ha pasado un día semejante. Todavía se nos guardaba una sorpresa inédita. Cuando, siguiendo el curso de nuestro arroyo, alcanzamos finalmente nuestro claro y vimos la cerca espinosa de nuestro campamento, pensamos que nuestras aventuras tocaban a su fin. Pero antes de que pudiésemos descansar, nos aguardaban otras cosas en que pensar. La puerta del Fuerte Challenger estaba intacta, las paredes no tenían roturas y, sin embargo, alguna poderosa y extraña criatura había visitado el lugar durante nuestra ausencia. Ninguna huella de pies revelaba trazas de su naturaleza, y sólo la rama colgante del enorme árbol gingko sugería cómo podía haber entrado y salido; pero el estado en que hallamos nuestras reservas nos ofrecía una amplia evidencia de su fuerza maligna. Estaban dispersas al azar por el suelo de todo el campamento y una lata de carne había sido destrozada para extraer su contenido. Una caja de cartuchos estaba hecha astillas y una de las cápsulas metálicas había sido desmenuzada. Otra vez la sensación de vago terror invadió nuestras almas y lanzamos miradas asustadas a nuestro alrededor, hacia las negras sombras que se cernían a nuestro lado por todas partes y en cada una de las cuales podía estar en acecho alguna forma temible. Qué magnífico fue oír el saludo de la voz de Zambo; cuando nos acercamos al borde de la meseta, lo vimos sentado, gesticulando, en la cumbre del pináculo que teníamos frente a nosotros.

—¡Todo bien, *massa* Challenger, todo bien! —gritó—. Yo quedar aquí. No miedo. Ustedes siempre encontrarme aquí cuando necesitan.

Su honesta cara negra y el inmenso panorama que se desplegaba ante nosotros y que nos hacía alcanzar con la vista medio camino hasta el afluente del Amazonas nos ayudaron a recordar que estábamos de verdad en el siglo XX, sobre esta tierra nuestra, y que no habíamos sido trasladados, por arte de magia, a algún tosco planeta en las primeras y más salvajes etapas de su desarrollo. ¡Qué difícil

era comprender que la línea violácea que señalaba el borde del lejano horizonte estaba muy cerca del gran río surcado por los enormes navíos de vapor, en los cuales la gente hablaba de sus pequeños problemas cotidianos, mientras nosotros, abandonados entre los seres de una edad lejana, sólo podíamos lanzar nuestras miradas hacia allá y suspirar por todo lo que involucraba!

Otro recuerdo queda en mí de aquel día maravilloso y con él deseo cerrar esta carta. Con su temperamento quisquilloso aún más irritable por las heridas recibidas, los dos profesores se querellaron acerca de la naturaleza de nuestros atacantes: que si era el género pterodáctilo o el dimorphodon. Acabaron intercambiando gruesos epítetos. Para evitar sus reyertas, me aparté un corto trecho. Estaba sentado sobre el tronco de un árbol caído, fumando, cuando se me acercó lord John con aire de paseante.

—Hola, Malone —dijo—. ¿Recuerda el lugar donde estaban aquellas bestias?

—Como si lo estuviera viendo.

—Era una especie de pozo volcánico, ¿no es cierto?

—Exactamente —dije.

—¿Se fijó en el terreno?

—Rocas.

—Pero alrededor del agua... donde crecían las cañas.

—Era una tierra azulada, que parecía arcilla.

—Exacto. Un embudo volcánico relleno de arcilla azul.

—¿Y qué hay con eso? —pregunté.

—Oh, nada, nada —dijo, y reanudó su paseo, esta vez regresando hacia donde las voces de los dos polémicos hombres de ciencia surgían en un prolongado dúo, donde se alzaba la aguda y estridente nota de Summerlee y descendía el sonoro grave, de bajo, que emitía Challenger. No habría pensado más en las preguntas de lord John si no fuese porque aquella noche le oí murmurar para sus adentros:

—Arcilla azul... ¡arcilla en un embudo volcánico!

Fue lo último que oí antes de hundirme en un sueño fatigado.

CAPÍTULO XI
Por una vez fui el héroe

Lord John Roxton tenía razón al pensar que alguna específica cualidad tóxica podía estar vinculada a la mordedura de aquellos horribles animales que nos habían atacado. A la mañana siguiente, después de nuestra primera aventura sobre la meseta, tanto Summerlee como yo experimentamos grandes dolores y fiebre, mientras la rodilla de Challenger estaba tan magullada que apenas podía caminar cojeando. Por lo tanto permanecimos todo el día en nuestro campamento. Lord John estuvo ocupado, con nuestra ayuda en lo que pudimos, en elevar la altura y el espesor de la pared espinosa que constituía nuestra única defensa. Recuerdo que durante todo el día estuve perturbado por la sensación de que éramos estrechamente vigilados, aunque no pudiera sospechar quién era y dónde se ocultaba.

La impresión era tan fuerte que se la comuniqué al profesor Challenger, quien opinó que sólo era un efecto de la excitación cerebral causada por la fiebre. Una y otra vez me di vuelta rápidamente para mirar a mi alrededor, con la convicción de que iba a ver algo, pero sólo me hallé con la oscura maraña de nuestra cerca o la solemne y cavernosa tiniebla de los grandes árboles que formaban un arco sobre nuestras cabezas. Y, sin embargo, la sensación se fue haciendo cada vez más fuerte en mi mente: algo nos observaba y ese algo era malévolo y estaba a nuestra vera. Pensé en la superstición india de Curupuri —el espantoso y acechante espíritu de los bosques— y llegué a imaginar que su terrible presencia perseguía a los que habían invadido su más remoto y secreto refugio.

Aquella noche (la tercera en la Tierra de Maple White) tuvimos una experiencia que dejó una sobrecogedora impresión en nuestro ánimo y nos hizo agradecer que lord John hubiese trabajado tan duro para hacer inexpugnable nuestro refugio. Dormíamos to-

dos alrededor de nuestra mortecina hoguera cuando nos despertó
—o mejor dicho nos arrancó de nuestro adormecimiento— una sucesión de los más espantables gritos y alaridos que jamás había escuchado. No conozco ningún sonido al que pueda comparar ese tumulto asombroso, que parecía venir de algún lugar situado a pocos
centenares de yardas de nuestro campamento. Desgarraba los oídos
como el silbido de una locomotora; pero en tanto el silbato tiene una
sonoridad clara, aguda y mecánica, este otro era vibrante y mucho
más profundo en volumen, con la máxima tensión de la agonía y
el horror. Nos tapamos los oídos con las manos para no escuchar
aquel grito que destrozaba los nervios. Un sudor frío brotó en todo
mi cuerpo y mi corazón se llenó de angustia ante tanta desgracia.
Todas las angustias de una vida torturada, toda la tremenda acusación a los altos cielos y sus innumerables pesares parecían centrarse
y condensarse en aquel único grito de agonía y espanto. Y entonces, por debajo de aquel sonido agudísimo y vibrante se oyó otro,
más intermitente, una risa apagada y profunda, un gorgoteo gutural,
un gruñido regocijado que formaba un grotesco acompañamiento
al chillido con el que se mezclaba. Durante tres o cuatro minutos
continuó el espantoso dúo, mientras todo el follaje crepitaba con
el aleteo sobresaltado de los pájaros. Entonces, todo se acalló tan
súbitamente como había empezado. Durante un largo rato permanecimos en un horrorizado silencio. Luego, lord John arrojó un manojo de ramillas al fuego, y su rojo resplandor iluminó los rostros
atentos de mis compañeros y fluctuó sobre las grandes ramas que se
extendían sobre nuestras cabezas.

—¿Qué ha sido eso? —susurré.

—Lo sabremos por la mañana —dijo lord John—. Fue muy cerca de aquí... no más allá del claro.

—Hemos tenido el privilegio de escuchar por casualidad una
tragedia prehistórica, la especie de drama que ocurría entre los cañaverales de las orillas de algún lago del Jurásico, cuando el dragón
más grande sujetaba al más pequeño en el limo —dijo Challenger
con una solemnidad que jamás habíamos escuchado en su voz—.
Sin duda fue mejor que el hombre llegara tarde en el proceso de la
creación. En aquellos días tempranos había poderes desencadena-
dos a los cuales no habría podido enfrentarse ni con el coraje ni con

ningún mecanismo. ¿De qué le habrían valido su honda, su lanza o sus flechas contra fuerzas como las que esta noche han andado sueltas? Incluso con un rifle moderno, la ventaja hubiera estado de parte del monstruo.

—Pues yo pienso que podría confiar en este amiguito mío —dijo lord John acariciando su Express—. Aunque la bestia habría tenido también sus buenas oportunidades deportivas.

Summerlee alzó su mano.

—¡Silencio! —exclamó—. Seguro que he oído algo.

Del absoluto silencio emergió un profundo y regular pisoteo. Eran las pisadas de algún animal... el ritmo de unas patas blandas pero pesadas apoyándose cautelosamente en el suelo. Se deslizaron con lentitud alrededor del campamento y luego hicieron alto cerca de nuestra puerta. Se oyó un jadeo bajo y sibilante, que subía y bajaba... la respiración de la bestia. Sólo nuestra débil empalizada nos separaba de este horror nocturno. Cada uno de nosotros había empuñado un rifle y lord John había apartado un pequeño arbusto para hacer una tronera en la cerca.

—¡Por Dios! —susurró—. ¡Creo que lo veo!

Me incliné y espié por encima de su hombro a través del hueco. Sí, yo también pude verlo. En medio de la profunda sombra de los árboles había una sombra aún más profunda, negra, informe, confusa... una forma agazapada llena de salvaje vigor y amenaza. No era más alta que un caballo, pero sus confusos contornos sugerían una inmensa fuerza y corpulencia. Aquel jadeo siseante, tan regular y potente como el escape de un motor, hablaba de un organismo monstruoso. Una vez, cuando se movió, me pareció ver el reflejo de dos terribles ojos verdosos. Se produjo un pesado crujido, como si aquello se arrastrase lentamente hacia adelante.

—Creo que va a saltar —dije amartillando mi rifle.

—¡No dispare! ¡No dispare! —susurró lord John—. El estampido de un rifle en esta noche silenciosa se oiría a millas de distancia. Resérvelo como su última carta.

—Si pasa por encima de la cerca estamos perdidos —dijo Summerlee, y su voz se quebró en una risa nerviosa al hablar.

—No, no debe pasar —exclamó lord John—; pero retengan sus disparos hasta el último momento. Quizá pueda hacer algo con este fulano. De todos modos lo intentaré.

Fue un acto tan valeroso como jamás vi hacer a otro hombre. Se inclinó sobre la hoguera, levantó una rama ardiente y se deslizó rápidamente por un resquicio que había hecho en nuestra entrada. La *cosa* avanzó con un gruñido espantoso. Lord John no vaciló: corrió hacia ella con paso rápido y ligero y estrelló el madero llameante en el hocico de la bestia. Tuve la visión momentánea de una máscara horrenda, parecida a un sapo gigantesco, de piel arrugada y leprosa, de una boca desencajada y baboseante de sangre fresca. Enseguida, se oyó crujir la maleza y nuestro espantoso visitante desapareció.

—Me imaginé que no haría frente al fuego —dijo lord John riendo, mientras volvía a entrar y arrojaba su rama entre las demás que ardían en la hoguera.

—¡No debió usted arriesgarse de ese modo! —exclamamos todos.

—No se podía hacer otra cosa. Si se hubiese metido entre nosotros, nos habríamos herido los unos a los otros tratando de darle a él. Por otra parte, si hubiésemos hecho fuego a través de la cerca y lográbamos herirle, no habría tardado en superarnos... sin hablar de que así revelábamos nuestra presencia. Pero en general, creo que hemos salido bonitamente del paso. ¿Y a propósito, qué era eso?

Nuestros hombres sabios se miraron entre sí con cierta duda.

—Por mi parte, no me siento capaz de clasificar a ese ser con alguna certeza —dijo Summerlee encendiendo su pipa en el fuego.

—Al no pronunciarse en forma concluyente ha demostrado usted una prudencia apropiadamente científica —dijo Challenger con su demoledora condescendencia—. Yo, por mi parte, no me siento capaz de ir más allá, salvo aventurar, en términos generales, que esta noche hemos estado en contacto, probablemente, con alguna clase de dinosaurio carnívoro. Antes he manifestado mi opinión de que algo así podría existir en esta meseta.

—Debemos tener en cuenta —subrayó Summerlee— que hay muchas especies prehistóricas que nunca han llegado hasta nosotros. Sería imprudente suponer que podemos identificar a todos los seres que pudiéramos encontrar.

—Exacto. Lo mejor que podemos intentar es una clasificación preliminar. Tal vez mañana hallemos una evidencia más amplia que nos ayude a identificar a la bestia. Mientras tanto, lo único que podemos hacer es reanudar nuestro sueño interrumpido.

—Pero no sin colocar un centinela —dijo lord John con firmeza—. No podemos correr albures en un país como éste. Desde ahora nos turnaremos cada dos horas.

—Entonces comenzaré el primer turno mientras termino de fumar mi pipa —dijo el profesor Summerlee; y desde ese momento ya no volvimos a descansar sin vigilancia.

No tardamos en descubrir, a la mañana siguiente, la causa de los horrendos rugidos que nos habían despertado en medio de la noche. El calvero de los iguanodontes había sido el escenario de una horrible carnicería. Imaginamos al principio, ante los charcos de sangre y los enormes trozos de carne esparcidos en todas direcciones sobre la verde hierba, que una cantidad de animales habían hallado la muerte, pero al examinar más de cerca los restos, descubrimos que toda aquella matanza tenía como único protagonista a uno de aquellos pesados monstruos, que había sido literalmente hecho pedazos por algún otro animal, quizá no más grande que él pero muchísimo más feroz.

Nuestros dos profesores se sentaron a discutir, absortos, mientras examinaban, uno tras otro, aquellos trozos, que mostraban las huellas de salvajes dientes y garras enormes.

—Todavía debemos mantener en suspenso nuestro dictamen —dijo el profesor Challenger, que tenía sobre sus rodillas una enorme loncha de carne blancuzca—. Los indicios parecen corresponder a la presencia de un tigre dientes de sable, como los que aún se encuentran en las brechas de nuestras cavernas; pero el ser que hemos visto era sin duda más grande y de un carácter más afín a la especie de los reptiles. Personalmente, me declararía en favor del allosaurus.

—O un megalosaurus —observó Summerlee.

—Exactamente. Para el caso sería lo mismo cualquiera de los grandes dinosaurios carnívoros. Entre ellos se pueden encontrar los más terribles tipos de vida animal que alguna vez fueron la maldición de la tierra o que constituyen la bendición de un museo.

Rio sonoramente ante su propia fantasía, porque aunque tenía un escaso sentido del humor, la más tosca chuscada de sus labios le suscitaba siempre rugidos laudatorios.

—Cuanto menos ruido, mejor —dijo lord John brevemente—. No sabemos qué o a quién tenemos en nuestra cercanía. Si el fulano aquel vuelve para desayunar y nos coge aquí, no tendremos mucho de qué reírnos. A propósito, ¿qué es esa señal que hay en el pellejo del iguanodonte?

Sobre la piel opaca, escamosa y de color pizarra, en la parte superior del brazuelo, había un extraño círculo negro de alguna sustancia que se asemejaba al asfalto. Ninguno de nosotros pudo sugerir qué significaba, aunque Summerlee fue de opinión coincidente: dos días antes había visto algo similar en uno de los iguanodontes jóvenes. Challenger no dijo nada, pero adoptó una pose pomposa y campanuda, de alguien que podría, si quisiese, dar una explicación. Por eso, lord John terminó por pedirle directamente su opinión.

—Si su señoría se digna graciosamente darme permiso para abrir la boca, me sentiré muy feliz de poder expresar mis sentimientos —dijo con elaborado sarcasmo—. No tengo costumbre de que me señalen tareas del modo que parece habitual en su señoría. No sabía que era necesario pedirle permiso para sonreírme ante una broma inofensiva.

Hasta que no recibió sus disculpas, nuestro susceptible amigo no quiso calmarse. Cuando al fin sus irritados sentimientos se desahogaron, se dirigió a nosotros con cierta extensión, desde su asiento en un árbol caído, hablando según su costumbre como si estuviera impartiendo la más valiosa información a una clase de mil alumnos.

—Respecto a esas marcas —dijo—, me inclino a concordar con mi amigo y colega el profesor Summerlee en que son manchas de asfalto. Como toda esta meseta es, por naturaleza propia, sumamente volcánica, y como el asfalto es una sustancia que asociamos con las fuerzas plutónicas, no dudo que exista en estado líquido, libre, y que esos animales deben haberse puesto en contacto con el mismo. Mucho más importante es el problema de la existencia del monstruo carnívoro que ha dejado sus huellas en este claro del bosque. Sabemos aproximadamente que la extensión de esta meseta no es mucho

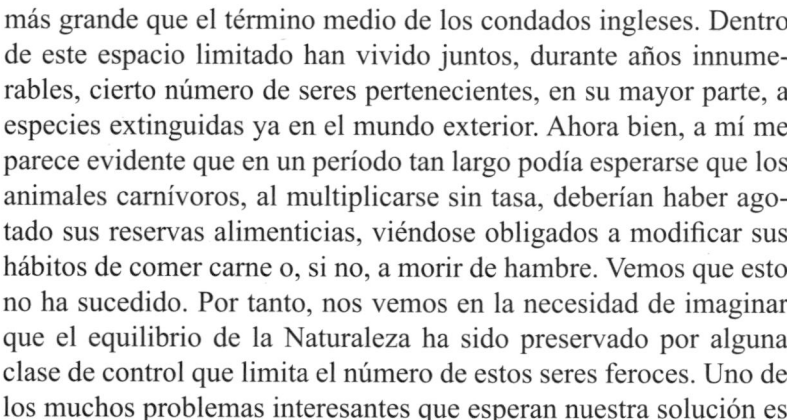

más grande que el término medio de los condados ingleses. Dentro de este espacio limitado han vivido juntos, durante años innumerables, cierto número de seres pertenecientes, en su mayor parte, a especies extinguidas ya en el mundo exterior. Ahora bien, a mí me parece evidente que en un período tan largo podía esperarse que los animales carnívoros, al multiplicarse sin tasa, deberían haber agotado sus reservas alimenticias, viéndose obligados a modificar sus hábitos de comer carne o, si no, a morir de hambre. Vemos que esto no ha sucedido. Por tanto, nos vemos en la necesidad de imaginar que el equilibrio de la Naturaleza ha sido preservado por alguna clase de control que limita el número de estos seres feroces. Uno de los muchos problemas interesantes que esperan nuestra solución es por lo tanto el descubrir cuál puede ser ese control y de qué manera opera. Me aventuro a creer que tendremos alguna oportunidad en el futuro para estudiar más de cerca a los dinosaurios carnívoros.

—Y yo me aventuro a creer que no tendremos esa oportunidad —observé.

El profesor sólo frunció sus gruesas cejas, como hace el maestro ante la observación irrelevante de un niño travieso.

—Quizá el profesor Summerlee tenga algún comentario que hacer —dijo, y los dos *savants* ascendieron juntos por una atmósfera científica enrarecida, donde sopesaron las posibilidades de una modificación de la escala de natalidad frente a la declinación del suministro de alimentos como un freno en la lucha por la existencia.

Aquella mañana exploramos una pequeña porción de la meseta, evitando el pantano de los pterodáctilos y manteniéndonos al este de nuestro arroyo, en lugar de avanzar hacia el oeste. En esa dirección, la comarca era todavía muy boscosa, con tanta cantidad de maleza que nuestro avance era muy lento.

Hasta ahora me he ocupado de los terrenos de la Tierra de Maple White; pero había otra cara de la cuestión, porque toda aquella mañana nos estuvimos paseando entre atractivas flores... la mayoría de las cuales, observé, eran de color blanco o amarillo. Y esto era así, según nuestros profesores, porque ésas eran las tonalidades primitivas de las flores. En muchos lugares, ellas cubrían totalmente el suelo y, cuando caminábamos hundiéndonos hasta los tobillos en aquella alfombra mullida y maravillosa, el perfume era casi intoxicante en su dulzura e intensidad. La abeja inglesa doméstica zumbaba por todas partes a nuestro alrededor. Pasábamos bajo muchos árboles cuyas ramas se doblaban bajo el peso de sus frutos, algunos de los cuales pertenecían a especies que conocíamos, pero otras eran variedades nuevas para nosotros. Observando cuáles de ellos eran picoteados por los pájaros evitamos todo peligro de envenenamiento y añadimos una deliciosa diversificación a nuestras reservas alimenticias. En la jungla que atravesamos había numerosas sendas trilladas hechas por bestias feroces, y en los lugares más cenagosos vimos una profusión de extrañas huellas de pisadas, entre ellas muchas pertenecientes a iguanodontes.

Una vez observamos paciendo en un bosquecillo a unas cuantas de estas grandes bestias. Lord John, con ayuda de sus binoculares, pudo informar que también tenían las manchas de asfalto, pero situadas en lugar diferente del que habíamos examinado por la mañana. No lográbamos imaginar el significado de este fenómeno.

Vimos muchos animales pequeños, como puercoespines, un oso hormiguero con escamas y un cerdo salvaje variopinto de color y con largos colmillos curvos. Una vez, vimos a través de una brecha entre los árboles la lometa despejada de una verde colina, bastante lejana. Por ella cruzaba a considerable velocidad un corpulento animal de color castaño oscuro. Pasó tan velozmente que no pudimos decir qué era; pero si efectivamente era un ciervo, como aseguraba lord John, debería ser tan grande como aquellos monstruosos alces irlandeses que aún se desentierran, de tiempo en tiempo, en los pantanos de mi tierra natal.

Desde la misteriosa visita hecha a nuestro campamento, siempre retornábamos al mismo con cierta desconfianza. Sin embargo, en esta ocasión hallamos todo en orden. Aquella noche tuvimos una gran discusión acerca de nuestra situación actual y nuestros futuros proyectos. Debo describirla con cierta amplitud, porque nos condujo a un nuevo punto de partida, que nos permitió lograr un conocimiento más completo de la Tierra de Maple White que el que hubiésemos alcanzado en muchas semanas de exploración. Summerlee fue quien abrió el debate. Durante todo el día había estado de humor quejicoso, y ahora, ante alguna observación de lord John

acerca de lo que habríamos de hacer al día siguiente, toda su amargura se desbordó.

—Lo que deberíamos hacer hoy, mañana y todo el tiempo —dijo— es buscar alguna manera de salir de la trampa en que hemos caído. Ustedes sólo estrujan sus cerebros para tratar de penetrar en este país. Yo digo que deberíamos urdir la manera de salir de él.

—Me sorprende, señor —bramó Challenger mesando su majestática barba—, que un hombre de ciencia pueda comprometerse en sentimientos tan ignominiosos. Usted se halla en una tierra que ofrece tales alicientes a un naturalista ambicioso como jamás se los brindó ninguna otra desde el principio de la creación; y usted sugiere abandonarla antes de que hayamos adquirido siquiera un conocimiento superficial de lo que contiene. Esperaba algo mejor de usted, profesor Summerlee.

—Usted debe recordar —dijo Summerlee agriamente— que yo tengo en Londres una clase numerosa que en estos momentos está a merced de un *locum tenen* sumamente ineficaz. Esto hace que mi situación sea diferente de la suya, profesor Challenger, puesto que a usted nunca se le encomendaron, que yo sepa, tareas educativas de responsabilidad.

—Justamente —dijo Challenger—. Siempre creí que era un sacrilegio que un cerebro con capacidad para la más elevada investigación original fuera desviado hacia objetivos menores. Por eso me he opuesto con firmeza a los compromisos escolásticos que se me han ofrecido.

—¿Por ejemplo? —preguntó Summerlee con sorna; pero lord John se apresuró a cambiar de conversación.

—Debo decir —interrumpió— que pienso haría muy mala figura volviendo a Londres antes de averiguar muchas más cosas sobre este lugar de las que sé en este momento.

—Yo nunca me atrevería a pisar otra vez la redacción de mi periódico y presentarme ante el viejo McArdle —dije—. (Usted disculpará la franqueza de este relato, ¿verdad, señor?) Él nunca me perdonaría que abandonase un reportaje semejante que aún tiene inagotables posibilidades. Además, por lo visto, es inútil discutir esto, pues no podemos bajar aunque quisiésemos.

—Nuestro joven amigo compensa muchas de sus obvias lagunas mentales porque posee en cierta medida un sentido común primitivo —señaló Challenger—. Los intereses de su deplorable profesión carecen de importancia para nosotros; pero, como ha señalado, no podemos bajar de ninguna manera. Por lo tanto, discutir el asunto es una pérdida de energía.

—Es una pérdida de energía hacer cualquier otra cosa —rezongó Summerlee detrás de su pipa—. Permítanme que les recuerde que vinimos aquí con una misión perfectamente definida, que nos fue confiada en una asamblea del Instituto Zoológico de Londres. Esa misión tenía como objetivo verificar las afirmaciones del profesor Challenger. Debo admitir que ahora estamos en condiciones de respaldar esas afirmaciones. Por lo tanto, nuestra ostensible tarea ha sido cumplida. En cuanto a todos los detalles que restan por investigar en esta meseta, el trabajo es tan enorme que sólo una expedición muy grande, con un equipamiento muy especial, podría hacer frente a todas sus necesidades. Si intentásemos hacerlo por nuestra cuenta, el único resultado posible será que nunca retornaríamos con la importante contribución para la ciencia que ya hemos obtenido. El profesor Challenger creó los medios para ascender a esta meseta, que parecía inaccesible. Creo que ahora debemos pedirle que haga uso de un ingenio igual para devolvernos al mundo del que hemos venido.

Confieso que tal como Summerlee expuso su tesis, me impresionó como algo enteramente razonable. Hasta Challenger quedó afectado por la consideración de que sus enemigos jamás serían refutados si la confirmación de sus aseveraciones nunca llegaba a quienes habían dudado de él.

—A primera vista, el problema del descenso es formidable —dijo—, pero no dudo, sin embargo, que el intelecto es capaz de resolverlo. Estoy dispuesto a concordar con mi colega en que no es actualmente aconsejable una estancia prolongada en la Tierra de Maple White, y que la cuestión del regreso tendrá que ser afrontada en breve. Sin embargo, me opongo terminantemente a abandonarla hasta que hayamos realizado por lo menos un examen superficial de esta comarca, y hasta que seamos capaces de llevar con nosotros algo semejante a un mapa.

El profesor Summerlee lanzó un gruñido de impaciencia.

—Hemos pasado dos días largos dedicados a la exploración —dijo— y no estamos más enterados de la geografía real de este lugar que cuando empezamos. Es innegable que todo está cubierto de espesos bosques y que llevaría meses penetrarlos y enterarnos de las relaciones entre cada una de sus partes. Sería diferente si hubiese un pico central, pero, hasta donde podemos ver, todo desciende en declive hacia adentro. Cuanto más lejos vayamos, menos probable será que obtengamos una visión de conjunto.

Ése fue el momento en que tuve mi inspiración. Mis ojos se alzaron por casualidad hacia el tronco nudoso del árbol gingko que desplegaba sobre nosotros sus enormes ramas. Ciertamente, si su tronco era mayor que todos los demás, lo mismo sucedería con su altura. Si el margen de la meseta era verdaderamente su parte más elevada, ¿por qué este árbol gigantesco no habría de constituir una verdadera torre vigía que dominase todo el país? Y bien: desde mis correrías salvajes de mozalbete, allá en Irlanda, fui un osado y hábil trepador de árboles. Mis camaradas podrían ser mis maestros escalando rocas, pero yo sabía que era insuperable entre las ramas. Si lograba colocar mis piernas en el más bajo de estos gigantescos vástagos, sería verdaderamente raro que no pudiese abrirme camino hasta la copa. Mis camaradas quedaron encantados con mi idea.

—Nuestro joven amigo —dijo Challenger inflando las rojas manzanas de sus carrillos— es capaz de ejercicios acrobáticos que serían imposibles para un hombre de más sólida y posiblemente más dominante apariencia. Aplaudo su determinación.

—¡Por Dios, compañerito, ha dado usted en el clavo! —dijo lord John dándome palmadas en la espalda—. ¡No puedo entender cómo no pensamos antes en eso! Sólo nos queda una hora de luz, pero si lleva su libro de notas quizá pueda ser capaz de hacer un boceto preliminar del lugar. Si ponemos estas tres cajas de municiones debajo de la rama, yo puedo fácilmente alzarlo hasta ella.

Se puso de pie sobre las cajas mientras yo me colocaba de frente al tronco. Ya estaba levantándome suavemente cuando Challenger saltó hacia adelante y me dio tal empujón con su enorme mano que prácticamente me proyectó dentro del árbol. Me abracé con ambas manos a la rama y bregué fuerte con mis pies hasta que logré apoyar

encima de ella primero mi cuerpo y después mis rodillas. Había tres excelentes vástagos que nacían del tronco, por encima de mi cabeza, que parecían tres anchos peldaños de escalera, y más allá una maraña de ramas convenientemente situadas, de modo que pude trepar hacia arriba con tal rapidez que pronto perdí de vista el suelo y no vi más que follaje debajo de mí. Aquí y allá encontraba un impedimento, y una vez tuve que trepar por una enredadera hasta nueve o diez pies, pero hice excelentes progresos y la voz retumbante de Challenger parecía llegar hasta mí desde una gran distancia hacia abajo. De todos modos, el árbol era enorme, y mirando hacia arriba no pude apreciar ningún claro entre las hojas por encima de mi cabeza. Sobre una de estas ramas por la cual me estaba arrastrando había una especie de mata tupida, parecida a un arbusto aéreo parásito. Apoyé la cabeza por su costado para ver qué había detrás y estuve a punto de caer del árbol de la sorpresa y el horror que me produjo lo que contemplé.

Una cara me miraba con fijeza... a una distancia de uno o dos pies solamente. El ser al cual pertenecía estaba agazapado detrás de la mata parásita y se había puesto a mirar alrededor al mismo tiempo que yo. Era un rostro humano... o por lo menos era mucho más humano que el de cualquier mono que yo hubiera visto. Era largo, blancuzco y cubierto de granos, con la nariz achatada y la mandíbula inferior protuberante, con una pelambre tosca y cerdosa alrededor de la barbilla. Los ojos, bajo unas cejas espesas y gruesas, eran bestiales y feroces, y cuando abrió la boca para gruñirme algo que sonaba como una maldición, observé que tenía dientes caninos, curvos y afilados. Por un instante leí el odio y la amenaza en aquellos ojos malignos. Luego, con la rapidez de un relámpago, se llenaron de una expresión de temor abrumador. Hubo un crujido de ramas rotas cuando se sumergió desatinadamente en la maraña del follaje. Vislumbré el reflejo de un cuerpo peludo semejante al de un cardo rojizo y luego desapareció entre un torbellino de hojas y ramas.

—¿Qué sucede? —gritó Roxton desde abajo—. ¿Le ocurre algo malo?

—¿No lo vieron ustedes? —exclamé con mis brazos aferrados a la rama y todos mis nervios trepidando.

—Hemos oído un estrépito, como si su pie hubiese resbalado. ¿Qué fue?

Estaba tan conmovido por la súbita y extraña aparición de ese mono-hombre que dudé ante la posibilidad de bajar otra vez y narrar la experiencia a mis compañeros. Pero había llegado tan alto por el gran árbol que me pareció humillante volver sin haber llevado a cabo mi misión.

Hice una larga pausa, no obstante, para recobrar mi aliento y mi valor, y luego continué mi ascenso. Una vez apoyé todo mi peso sobre una rama podrida y quedé columpiándome por unos instantes con las manos, pero en lo principal fue una escalada muy fácil. Poco a poco el follaje se fue aclarando a mi alrededor y comprendí, al sentir el viento sobre mi rostro, que ya había sobrepasado a todos los árboles del bosque. Pero estaba decidido, sin embargo, a no mirar a mi alrededor hasta alcanzar el punto más alto; de modo que seguí trepando hasta que la rama extrema de la copa se curvó bajo mi peso. Entonces me afirmé en una horqueta conveniente y, balanceándome con seguridad, me hallé contemplando el más maravilloso panorama del extraño país en que nos encontrábamos.

El sol estaba justamente rozando la línea del horizonte por el oeste, y el atardecer era especialmente brillante y claro, de modo que toda la extensión de la meseta se ofrecía ante mi vista. Vista desde esa altura, se presentaba como un óvalo de unas treinta millas de largo por unas veinte de ancho. Su conformación general era la de un embudo poco profundo, que descendía en declive por todos sus lados hasta un lago bastante grande que había en su centro. El lago debía de tener unas diez millas de circunferencia y se extendía muy verde y hermoso a la luz del atardecer, con una espesa orla de cañaverales en sus orillas y su superficie quebrada por algunos amarillos bancos de arena que brillaban como el oro al suave resplandor del sol. En los bordes de aquellas manchas arenosas se veían cantidades de objetos largos y oscuros, demasiado gruesos para ser caimanes y demasiado largos para ser canoas. Con mis gemelos pude ver claramente que estaban vivos, pero no pude imaginar cuál podría ser su naturaleza.

Desde el lado de la meseta en que estábamos descendían las tierras boscosas, con ocasionales claros que se desplegaban hacia

el lago central en una extensión de cinco o seis millas. Pude ver a mis mismos pies el calvero de los iguanodontes y, más lejos, una abertura redonda entre los árboles señalaba la ciénaga de los pterodáctilos. Sin embargo, por la parte que quedaba frente a mí, la meseta presentaba un aspecto muy diferente. Allí, los riscos basálticos del exterior se reproducían por el interior, formando una escarpa de unos doscientos pies de altura, con una pendiente boscosa por debajo. A lo largo de la base de estos riscos rojizos, a cierta altura sobre el suelo, pude ver con ayuda de mis prismáticos una cantidad de agujeros negros, que debían ser las bocas de cuevas, según conjeturé. En la entrada de una de ellas resaltaba débilmente algo blanco, pero no pude descubrir qué era. Me puse a dibujar el mapa de la comarca hasta que el sol se puso y estuvo demasiado oscuro para distinguir los detalles. Luego descendí hasta donde me esperaban ansiosamente mis compañeros, al pie del gran árbol. Por una vez fui el héroe de la expedición. Sólo a mí se me había ocurrido la idea y yo solo la había llevado a cabo; y aquí estaba el mapa que podía salvarnos de un mes de ciegos tanteos entre peligros desconocidos. Cada uno de ellos me estrechó solemnemente la mano. Pero antes de que discutieran los detalles de mi mapa tenía que contarles mi encuentro con el mono-hombre entre el ramaje.

—Ha estado ahí todo el tiempo —dije.

—¿Cómo lo sabe usted? —preguntó lord John.

—Porque en ningún momento me abandonó la sensación de que algo maligno estaba observándonos. Se lo mencioné a usted, profesor Challenger.

—En efecto, nuestro joven amigo me dijo algo por el estilo. Además, él es el único de nosotros que posee ese temperamento celta que puede hacerlo sensible a tales impresiones.

—Toda la teoría de la telepatía... —comenzó a decir Summerlee mientras llenaba su pipa.

—Es demasiado vasta para que la discutamos ahora —dijo Challenger con decisión—. Y ahora dígame —añadió con el aire de un obispo dirigiéndose a los alumnos de una escuela dominical—. ¿Pudo observar si esa criatura podía cruzar su pulgar sobre la palma de la mano?

—No, verdaderamente.

—¿Tenía cola?

—No.

—¿Los pies eran prensiles?

—No creo que pudiera huir tan rápidamente por entre las ramas si no se pudiese agarrar a ellas con los pies.

—Hay en Sudamérica, si mi memoria no falla (usted puede controlar mi observación, profesor Summerlee), unas treinta y seis especies de monos, pero el mono antropoide es desconocido. Está claro, sin embargo, que existe en esta región y que no es la varisdad velluda del gorila, que nunca se ha observado fuera de África y Oriente —yo, mientras lo miraba, me sentía inclinado a añadir que había visto a un primo hermano suyo en el zoo de Kensington—. Este es un tipo barbado y descolorido, y esta última característica apunta al hecho de que pasa sus días en una reclusión arbórea. La cuestión que debemos afrontar es la de si se aproxima más al mono o al hombre. En este último caso, podría aproximarse a lo que el vulgo ha llamado «el eslabón perdido». La solución de este problema es nuestro deber más inmediato.

—Nada de eso —dijo Summerlee abruptamente—. Ahora que, gracias a la inteligencia y actividad del señor Malone (no tengo más remedio que citar sus palabras), hemos conseguido nuestro mapa, nuestro deber único e inmediato es salir sanos y salvos de este espantoso lugar.

—Los efectos debilitadores de la civilización —gruñó Challenger.

—Los efectos de la tinta de imprenta de la civilización, señor. Nuestra tarea debe ser la de dejar constancia de lo que hemos visto, y dejar a otros una exploración más amplia. Todos ustedes estuvieron de acuerdo con esto antes de que el señor Malone nos trajera el mapa.

—Bien —dijo Challenger—. Admito que mi ánimo estará más a gusto cuando esté seguro de que el resultado de nuestra expedición ha sido comunicado a nuestros amigos. En cuanto a cómo lograremos bajar de este lugar, no tengo aún la menor idea. Sin embargo, jamás me enfrenté hasta ahora con ningún problema que mi inventiva no haya sido capaz de resolver, y les prometo que mañana volcaré mi atención al problema de nuestro descenso.

Y así quedó el asunto por el momento. Pero aquella noche, a la luz de la hoguera y de una única bujía, quedó elaborado el primer mapa del mundo perdido. Cada detalle de los que había anotado someramente desde mi torre de vigía fue dibujado en su lugar aproximado. El lápiz de Challenger quedó en suspenso sobre la gran mancha vacía que señalaba el lago.

—¿Cómo lo llamaremos? —preguntó.

—¿Por qué no aprovecha la oportunidad de perpetuar su propio nombre? —dijo Summerlee con su habitual toque de acritud.

—Confío, señor, en que mi nombre será reclamado por la posteridad debido a otras y más personales razones —dijo Challenger severamente—. Cualquier ignorante puede inmortalizar su insignificante recuerdo colocando su nombre a una montaña o a un río. Yo no necesito un monumento semejante.

Summerlee, con una retorcida sonrisa, estaba a punto de asaltarlo con una nueva agresión cuando lord John se apresuró a intervenir.

—A usted le toca, compañerito, bautizar el lago —dijo—. Usted lo vio primero, y por Dios que si elige llamarlo «Lago Malone», nadie con mayores derechos para hacerlo.

—Sin duda. Dejemos que sea nuestro joven amigo quien le ponga un nombre —dijo Challenger.

—Pues entonces —dije sonrojándome, pero me atreví a decirlo— bauticémoslo Lago Gladys.

—¿No cree que Lago Central sería un nombre más descriptivo? —señaló Summerlee.

—Yo preferiría Lago Gladys.

Challenger me miró con simpatía y sacudió su gran cabeza con burlona desaprobación:

—Los muchachos serán siempre muchachos —dijo—. Sea pues Lago Gladys.

CAPÍTULO XII

Todo era espanto en el bosque

He dicho ya —o quizá no lo he dicho, porque la memoria me ha hecho bromas pesadas durante estos días— que resplandecía de orgullo cuando hombres de la talla de mis tres camaradas me agradecían por haber salvado —o por lo menos aliviado en parte— la situación. Como el más joven del grupo, no solamente en años sino también en experiencia, carácter, conocimientos y todo aquello que contribuye a forjar un hombre, había quedado desde el principio en un cono de sombra. Y ahora era la mía. La idea me enfervorizó. ¡Ay, que siempre el orgullo anticipa la caída! Esa cálida sensación de confianza en mí mismo, a la que se añadía una medida de autosatisfacción, iban a arrastrarme, esa misma noche, a la más espantosa experiencia de mi vida, a una conmoción que aún me pone enfermo cada vez que la recuerdo.

Sucedió de este modo. La aventura del árbol me había producido una desmedida excitación y me hacía el sueño imposible. Summerlee estaba haciendo la guardia, encorvado junto a nuestra pequeña hoguera; una figura sutilmente arcaica en su angulosidad, con el rifle sobre las rodillas y su puntiaguda barba de chivo oscilando cada vez que cabeceaba de fatiga. Lord John estaba acostado en silencio, arrebujado en el poncho sudamericano que usaba, mientras Challenger roncaba con retumbos y rechinamientos que resonaban en todo el bosque. Brillaba esplendorosamente la luna llena y el aire era de un frescor vigorizante. ¡Qué noche para un paseo! Y entonces, de pronto, se me ocurrió la idea: ¿por qué no? Supongamos que me marcho a hurtadillas, silenciosamente, supongamos que camino hasta el lago central y que regreso a tiempo para el desayuno con algunas informaciones sobre el lugar... ¿no sería contemplado, en tal caso, como un asociado aún más digno de mención? Entonces, si Summerlee ganaba la partida y descubríamos algún medio para escapar, retornaríamos a Londres con información de primera mano acerca del misterio central de la meseta, en el cual yo solo, entre todos los hombres, habría penetrado. Pensé en Gladys y en su «estamos rodeados de heroísmos». Me parecía oír su voz al decir esas palabras. Recordé también a McArdle. ¡Qué artículo a tres columnas para el periódico! ¡Qué base para una carrera! Entonces podría estar a mi alcance una corresponsalía en la próxima guerra mundial. Empuñé un arma —mis bolsillos estaban llenos de cartuchos— y, apartando los arbustos espinosos de la puerta de nuestra *zareba,* me deslicé con rapidez hacia afuera. Mi última mirada me mostró al inconsciente Summerlee, el más inútil de los centinelas, todavía cabeceando como un estrafalario juguete mecánico frente a los rescoldos de la hoguera.

No había recorrido aún un centenar de yardas cuando me arrepentí profundamente de mi imprudencia. Creo haber dicho en alguna parte de esta crónica que soy excesivamente imaginativo para ser un hombre auténticamente valeroso, pero que tengo un temor invencible a parecer miedoso. Esta era la fuerza que ahora me empujaba hacia adelante. Aun si mis camaradas no hubiesen notado mi ausencia y no llegasen jamás a saber de mi flaqueza, todavía quedaría en mi alma una intolerable vergüenza interior. Y, sin embargo, me estremecía ante la situación en que me hallaba y habría dado todo cuanto poseía en aquel momento por obtener una salida honrosa a aquel asunto.

La selva estaba preñada de espantos. Los árboles crecían tan juntos y su follaje se expandía tan profusamente que nada me llegaba de la luz de la luna, salvo que aquí y allá las altas ramas formaban una filigrana enmarañada contra el cielo estrellado. A medida que mis ojos se fueron acostumbrando a la oscuridad, aprendieron a distinguir distintos grados de tinieblas entre los árboles... Algunos eran confusamente visibles, en tanto que entre ellos había parches de oscuridad, negros como el carbón, semejantes a bocas de cavernas, de los que me apartaba horrorizado cuando pasaba. Recordé el alarido desesperado del iguanodonte martirizado... aquel grito espantoso que había despertado los ecos del bosque. Recordé también la imagen fugaz de un hocico abotagado, verrugoso y babeante de sangre visto a la luz de la antorcha de lord John. Y ahora estaba

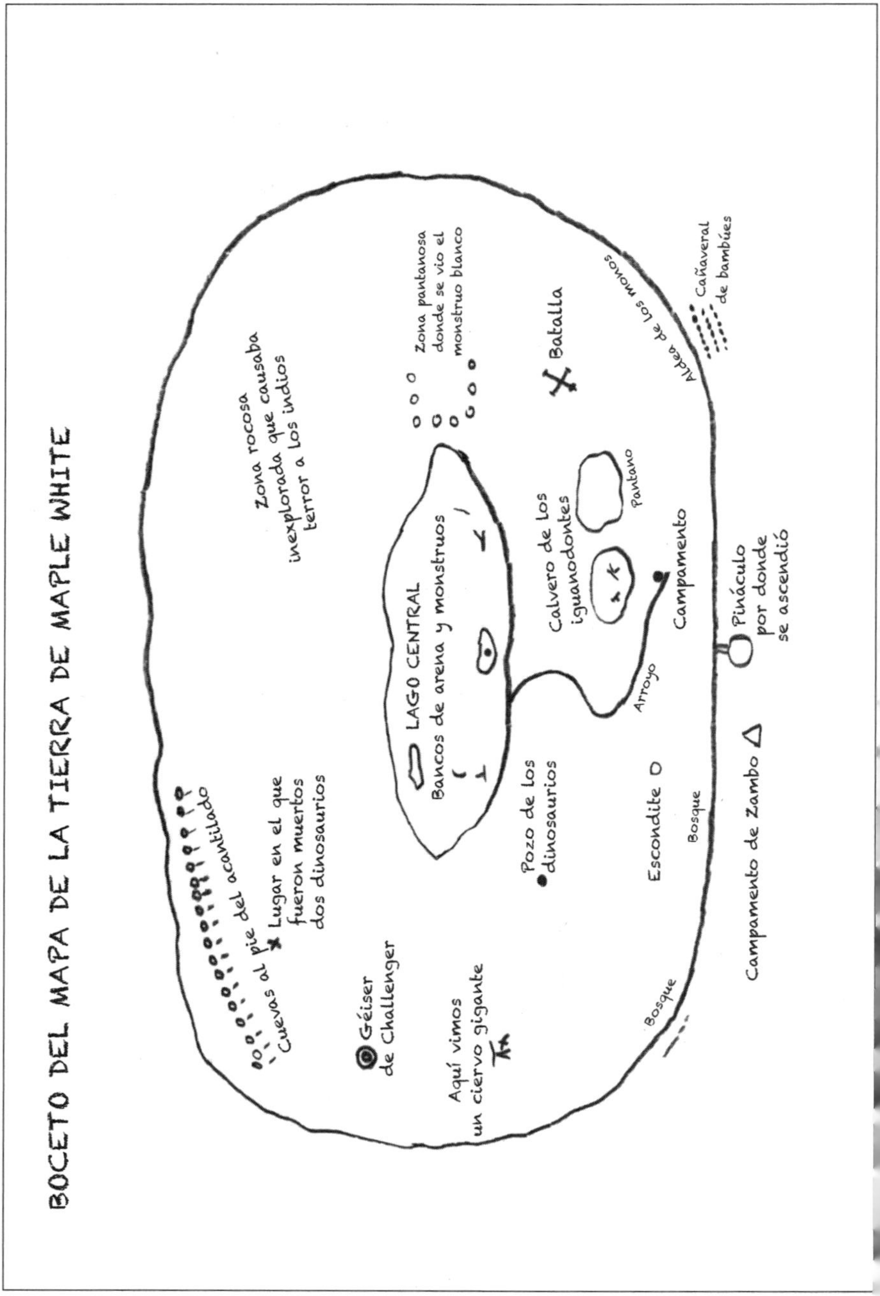

BOCETO DEL MAPA DE LA TIERRA DE MAPLE WHITE

Zona rocosa inexplorada que causaba terror a los indios

Zona pantanosa donde se vio el monstruo blanco

Aldea de los monos

Cañaveral de bambúes

Batalla

LAGO CENTRAL

Bancos de arena y monstruos

Calvero de los iguanodontes

Pantano

Campamento

Arroyo

Pináculo por donde se ascendió

Cuevas al pie del acantilado

Lugar en el que fueron muertos dos dinosaurios

Géiser de Challenger

Aquí vimos un ciervo gigante

Pozo de los dinosaurios

Escondite

Bosque

Campamento de Zambo

Bosque

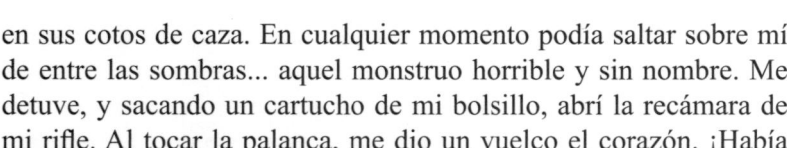

en sus cotos de caza. En cualquier momento podía saltar sobre mí de entre las sombras... aquel monstruo horrible y sin nombre. Me detuve, y sacando un cartucho de mi bolsillo, abrí la recámara de mi rifle. Al tocar la palanca, me dio un vuelco el corazón. ¡Había cogido la escopeta en lugar del rifle!

Otra vez me arrastró el impulso de volver. Aquí tenía la mejor de las razones para justificar mi fracaso: una razón por la cual nadie podría pensar mal de mí. Y una vez más el estúpido orgullo luchó hasta con la misma palabra fracaso. No podía —no debía— fracasar. Después de todo mi rifle habría resultado tan inútil como la escopeta contra los peligros que pudiera encontrar. Si volvía al campamento para cambiar el arma, difícilmente podía esperar que mi entrada y mi nueva salida pasaran inadvertidas. En tal caso tendría que dar explicaciones y mi intento ya no sería totalmente mío. Tras una pequeña duda, aguijoneé mi valor y proseguí mi camino, con la inútil escopeta bajo el brazo.

La oscuridad de la selva había sido alarmante, pero aún peor era la blanca y desbordante luz de la luna en el abierto claro de los iguanodontes. Escondido entre los arbustos, lo observé con precaución. Ninguna de aquellas grandes bestias estaba a la vista. Tal vez la tragedia acaecida a uno de ellos los había apartado de sus campos de pastoreo. En la noche brumosa y argentada no pude advertir signo alguno de seres vivientes. Por tanto, tomando coraje, lo crucé deslizándome rápidamente, y por entre la maleza del lado opuesto, alcancé de nuevo el arroyo que me servía de guía. Era un acompañante jovial, que fluía entre murmullos y gorgoteos, igual que mi querido y viejo arroyo truchero de West Country donde había pescado de noche durante mi infancia. Mientras siguiese su corriente aguas abajo tenía que llegar necesariamente al lago, y también me guiaría hacia el campamento mientras lo acompañase en sentido opuesto. A menudo lo perdí de vista a causa de la enmarañada maleza, pero siempre tenía al alcance del oído su cristalino chapoteo.

Al tiempo que descendía la pendiente los bosques iban raleando, y los arbustos, con algunos árboles altos, ocupaban el lugar de la selva. Pude hacer, por lo tanto, excelentes progresos y podía ver sin ser visto. Pasé por las cercanías del pantano de los pterodáctilos y, cuando lo hacía, uno de esos grandes animales —tendría por lo

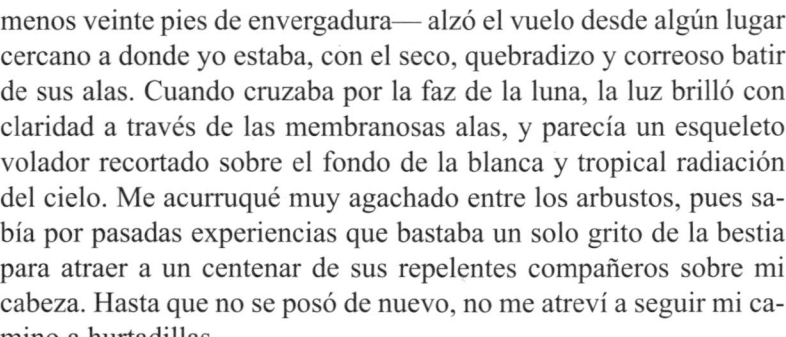

menos veinte pies de envergadura— alzó el vuelo desde algún lugar cercano a donde yo estaba, con el seco, quebradizo y correoso batir de sus alas. Cuando cruzaba por la faz de la luna, la luz brilló con claridad a través de las membranosas alas, y parecía un esqueleto volador recortado sobre el fondo de la blanca y tropical radiación del cielo. Me acurruqué muy agachado entre los arbustos, pues sabía por pasadas experiencias que bastaba un solo grito de la bestia para atraer a un centenar de sus repelentes compañeros sobre mi cabeza. Hasta que no se posó de nuevo, no me atreví a seguir mi camino a hurtadillas.

La noche había sido excepcionalmente callada, pero a medida que avanzaba comencé a prestar atención a un ruido sordo y retumbante, un murmullo continuo que venía de alguna parte frente a mí. A medida que yo proseguía mi camino el ruido crecía en volumen, hasta brotar, sin duda, muy cerca de mí. Cuando me detuve, el sonido seguía con igual intensidad, de modo que parecía provenir de una fuente estacionaria. Se parecía al hervor de una olla o al burbujear de un gran caldero. Pronto descubrí su origen, porque en el centro de un pequeño claro hallé un lago —o más bien un lagunajo, pues no era mayor que el tazón de la fuente de Trafalgar Square—, de alguna materia negra, parecida a la brea, cuya superficie subía y bajaba formando grandes ampollas de gas que reventaban. Por encima el aire tremolaba por el calor y el suelo a su alrededor estaba tan caldeado que apenas podía soportar mi mano apoyada en el mismo. Era claro que la gran erupción volcánica que había levantado aquella extraña meseta hacía tantos años aún no había extinguido totalmente sus fuerzas. Ya había visto rocas ennegrecidas y montículos de lava diseminados por todas partes, asomando entre la lujuriante vegetación que los revestía, pero aquella alberca de asfalto en medio de la maleza era el primer indicio que teníamos de la actividad actual en las laderas del antiguo cráter. No tenía tiempo de examinar con mayor amplitud aquello, porque tenía necesidad de darme prisa para regresar al campamento en la mañana.

Fue un paseo espantoso y que me acompañará en tanto conserve la memoria. En los grandes calveros del bosque que iluminaba la luna me escurría por entre las sombras de sus márgenes. Avanzaba arrastrándome entre los matorrales, deteniéndome con el corazón palpitante cada vez que oía (como sucedió a menudo) el crujido de ramas rotas por el paso de algún animal salvaje. De vez en cuando asomaban por un instante grandes sombras que desaparecían enseguida... grandes, silenciosas sombras que parecían rondar con patas almohadilladas. Cuán a menudo me detuve con la intención de volver... Pero otras tantas veces mi orgullo pudo vencer mi temor y me empujó de nuevo en pos del objetivo que deseaba alcanzar.

Al fin (mi reloj señalaba la una de la madrugada) vi el resplandor del agua entre los claros de la maleza y diez minutos después me hallaba entre las cañas, en las orillas del lago central. Estaba muerto de sed: me tendí en el borde y bebí un largo sorbo de sus aguas, que eran puras y frescas. En aquel sitio se abría un ancho sendero donde se veían muchas huellas de pisadas; era con seguridad uno de los abrevaderos de los animales. Junto a la orilla del agua había un enorme y aislado bloque de lava. Trepé por él y me tendí en su cima, desde donde obtenía una excelente vista en todas direcciones.

Lo primero que observé me llenó de sorpresa. Cuando describí el panorama que se vislumbraba desde la copa del gran árbol, dije que en el risco más alejado pude ver un cierto número de manchas negras que parecían bocas de cuevas. Ahora, al alzar la mirada hacia el mismo risco, vi discos de luz en todas direcciones: manchas rojizas claramente definidas que se parecían a los ojos de buey de un transatlántico en medio de la oscuridad. En el primer momento pensé que podrían ser los resplandores de la lava producida por alguna erupción volcánica; pero esto era imposible. La actividad volcánica se desarrolla en el fondo de las cavidades y no en lo alto de las rocas. ¿Entonces, cuál podría ser la alternativa? Era insólito, pero, sin embargo, tenía que ser así. Las manchas rojizas tenían que ser reflejos de hogueras encendidas en el interior de las cuevas... hogueras que sólo la mano del hombre podía haber encendido. Había, pues, seres humanos en la meseta. ¡Qué gloriosa justificación cobraba mi exploración! ¡Esta sí era una noticia que merecía llevarse de regreso a Londres!

Durante mucho tiempo permanecí echado sobre la roca y observando aquellas rojas y palpitantes manchas de luz. Estimo que estarían a unas diez millas de donde yo las observaba, pero aun desde esa distancia era posible advertir cómo, de tanto en tanto, centellea-

ban o se oscurecían cuando alguien pasaba delante de ellas. ¡Qué no hubiera dado por trepar hasta allá arriba, atisbar lo que sucedía adentro y llevar a mis camaradas alguna información sobre el aspecto y las características de la raza que vivía en un lugar tan extraño! Por el momento aquello estaba fuera de la cuestión, aunque por cierto ya era imposible que abandonásemos la meseta sin haber logrado algún conocimiento preciso sobre aquel punto.

El Lago Gladys —mi propio lago— se extendía ante mí como una lámina de azogue, con la luna reflejándose llena de luminosidad en su centro. Era poco profundo, pues en muchos lugares vi asomar bajos blancos de arena sobre las aguas. Por todas partes, sobre la quieta superficie, pude advertir señales de vida: a veces eran simples círculos y arrugas en el agua; otras, la espalda arqueada y de color pizarroso de algún monstruo que pasaba. Una vez, sobre un amarillo banco de arena, vi un ser que se parecía a un enorme cisne, con un cuerpo desmañado y un largo y flexible cuello, que se arrastraba por la orilla. De pronto se zambulló y durante algunos momentos pude ver el curvado cuello y la cabeza lanceolada ondulando sobre las aguas. Luego se sumergió y no volví a verlo.

Pronto tuve que arrancar mi atención de aquellas imágenes distantes para devolverla a lo que estaba sucediendo a mis propios pies. Dos animales semejantes a grandes armadillos habían bajado hasta el abrevadero y estaban agazapados al borde del lago, con sus largas y flexibles lenguas parecidas a cintas rojas que se hundían y retiraban lamiendo el agua. Un gigantesco ciervo de ramificados cuernos, un magnífico animal con presencia de rey, bajó con la hembra y dos cervatillos y se puso a beber entre los dos armadillos. No hay ciervos como éste en ninguna parte del mundo actual, porque los alces o antas que he visto apenas le llegarían a los cuartos delanteros. Luego, lanzó un resoplido de advertencia y se alejó con su familia por entre las cañas, en tanto los armadillos también se aprestaban a correr en busca de refugio. Un recién llegado, el más monstruoso de los animales, venía bajando por el sendero.

Por un instante me pregunté dónde había podido ver aquel cuerpo desmañado, aquella espalda arqueada con una orla de flecos triangulares y esa extraña cabeza de pájaro que se mantenía cerca del suelo. Y entonces recordé. ¡Era el estegosaurio... el mismo animal

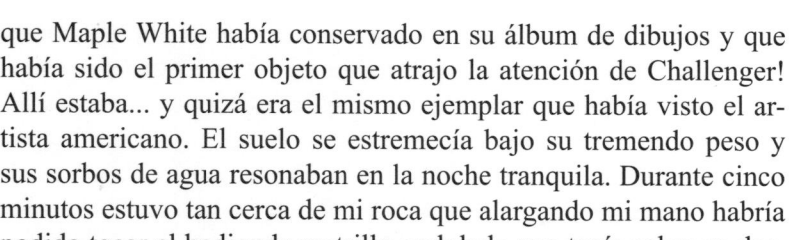
que Maple White había conservado en su álbum de dibujos y que había sido el primer objeto que atrajo la atención de Challenger! Allí estaba... y quizá era el mismo ejemplar que había visto el artista americano. El suelo se estremecía bajo su tremendo peso y sus sorbos de agua resonaban en la noche tranquila. Durante cinco minutos estuvo tan cerca de mi roca que alargando mi mano habría podido tocar el hediondo rastrillo ondulado que tenía sobre su dorso. Después se alejó pesadamente y se perdió entre los pedruscos del camino.

Al mirar mi reloj vi que eran las dos y media, o sea, que ya era tiempo sobrado para que iniciase el viaje de regreso. No había dificultades en cuanto a la dirección que debía tomar para volver, porque a lo largo del viaje de ida había tenido el arroyuelo a mi izquierda, y éste desembocaba en el lago a un tiro de piedra del peñasco sobre el cual había estado tendido. Partí, pues, alegremente, porque sentía que había hecho un buen trabajo y llevaba a mis compañeros una excelente colección de noticias. Por encima de todas, naturalmente, la obtenida ante la vista de las cuevas con sus fuegos, y la certeza de que alguna raza troglodítica las habitaba. Pero también podía hablar de las experiencias recogidas en el lago central. Podía probar que estaba lleno de extraños seres y que había visto algunas formas terrestres de vida primitiva que no habíamos hallado anteriormente. Mientras caminaba iba reflexionando acerca de que pocos hombres en el mundo podrían haber pasado una noche más extraña o que hubiera añadido tantas cosas al conocimiento humano durante su transcurso.

Trajinaba pendiente arriba dando vueltas en mi mente a estos pensamientos y había alcanzado ya un punto que debía estar a medio camino de nuestro campamento cuando un ruido extraño a mis espaldas me trajo de vuelta a la conciencia de mi propia posición. Era algo que parecía mitad ronquido y mitad gruñido, profundo, sordo y extremadamente amenazador. Evidentemente, alguna extraña criatura andaba cerca de mí, pero nada se veía y por lo tanto seguí mi camino con mayor rapidez. Llevaría avanzada media milla poco más o menos cuando de pronto se repitió el ruido, siempre detrás de mí, pero más fuerte y más amenazador que antes. Mi corazón pareció detenerse cuando me asaltó de golpe la idea: aquella bestia,

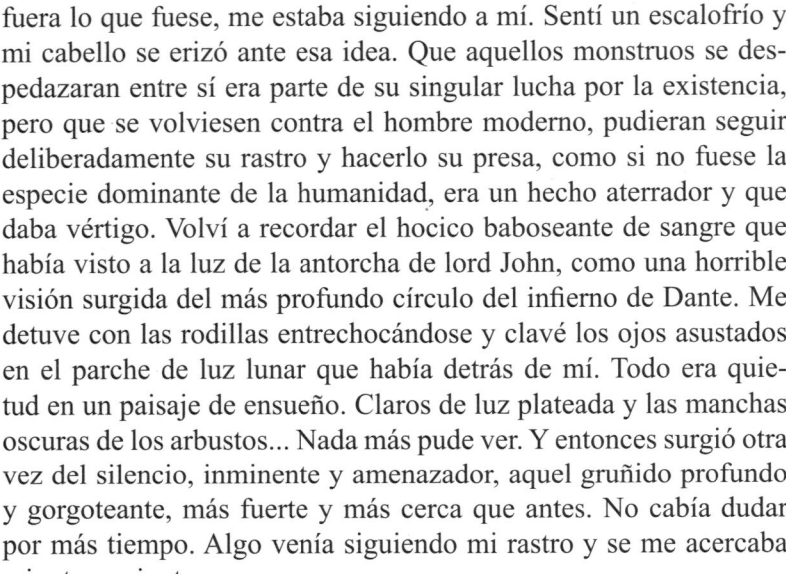

fuera lo que fuese, me estaba siguiendo a mí. Sentí un escalofrío y mi cabello se erizó ante esa idea. Que aquellos monstruos se despedazaran entre sí era parte de su singular lucha por la existencia, pero que se volviesen contra el hombre moderno, pudieran seguir deliberadamente su rastro y hacerlo su presa, como si no fuese la especie dominante de la humanidad, era un hecho aterrador y que daba vértigo. Volví a recordar el hocico baboseante de sangre que había visto a la luz de la antorcha de lord John, como una horrible visión surgida del más profundo círculo del infierno de Dante. Me detuve con las rodillas entrechocándose y clavé los ojos asustados en el parche de luz lunar que había detrás de mí. Todo era quietud en un paisaje de ensueño. Claros de luz plateada y las manchas oscuras de los arbustos... Nada más pude ver. Y entonces surgió otra vez del silencio, inminente y amenazador, aquel gruñido profundo y gorgoteante, más fuerte y más cerca que antes. No cabía dudar por más tiempo. Algo venía siguiendo mi rastro y se me acercaba minuto a minuto.

Me quedé inmóvil, como un hombre paralizado, mirando todavía con fijeza el terreno que había atravesado. Y entonces, de pronto, lo vi. Hubo un movimiento entre los arbustos, en el extremo más distante del calvero que acababa de cruzar. Una gran sombra oscura se desprendió de las demás sombras y saltó en medio del claro lunar. Dije «saltó» deliberadamente, porque la bestia se movía como un canguro, saltando en posición erecta sobre sus poderosas patas traseras, mientras mantenía dobladas las delanteras. Era de un tamaño y una fuerza enormes, parecía un elefante erguido en posición erecta, pero sus movimientos, a pesar de su corpulencia, eran sumamente activos. Por un momento, al ver su figura, confié en que fuera un iguanodonte, que conocía como un animal inofensivo, pero a pesar de mi ignorancia no tardé en advertir que ésta era una bestia muy diferente. En lugar de la bondadosa cabeza parecida a la de un ciervo, característica del gran animal de patas de tres dedos que comía hojas, esta fiera tenía un hocico ancho, aplastado, semejante al de un sapo, como el de aquel que nos había alarmado en nuestro campamento. Tanto su grito feroz como la horrible energía que ponía en su persecución me persuadieron de que era seguramente uno de los grandes dinosaurios carnívoros, o sea, una de las bestias más

terribles que habían pisado la faz de la tierra. Cuando el enorme bruto saltaba, se dejaba caer sobre sus patas delanteras y acercaba su nariz al suelo cada veinte yardas o cosa así. Estaba husmeando mi rastro. A veces, por un instante, lo perdía, pero volvía a encontrarlo enseguida y avanzaba saltando rápidamente por el sendero que yo había tomado.

Todavía hoy, cuando pienso en esa pesadilla, mi frente se cubre de sudor. ¿Qué podía hacer? Llevaba en la mano mi inútil escopeta. ¿Qué ayuda podía proporcionarme? Miré desesperadamente a mi alrededor en busca de una roca o de un árbol, pero estaba en un monte bajo donde no había nada más alto que un retoño de árbol joven; pero yo sabía que la fiera que venía tras de mí podía derribar un árbol adulto como si fuese una caña. Mi única posibilidad era la fuga. No podía moverme con rapidez en aquel terreno áspero y quebrado, pero al mirar a mi alrededor con desesperación vi una senda bien marcada y apisonada que cruzaba frente a mí. Durante nuestras exploraciones habíamos visto varias de la misma clase, labradas por el paso de los animales salvajes. Por ello podría quizá defenderme, porque era un corredor veloz y estaba en excelentes condiciones. Arrojando mi inútil escopeta, me lancé a una carrera de media milla como nunca la había hecho antes ni la he vuelto a hacer después. Me dolían las piernas, mi pecho jadeaba y sentía que mi garganta iba a estallar por falta de aire, pero, con aquel horror detrás de mí, corría, corría y corría. Al fin hice un alto, porque apenas me podía mover. Por un momento creí que me lo había sacado de encima. Todo estaba quieto en el sendero. Pero de pronto, con un crujido y unos desgarramientos, con un blando y pesado andar de pies gigantescos y un jadeo de pulmones monstruosos, la fiera estaba otra vez sobre mis pasos. Venía pisándome los talones. Estaba perdido.

¡Qué insensato había sido al demorarme tanto en huir! Hasta entonces me había seguido por el olfato y sus movimientos eran lentos. Pero cuando eché a correr me había visto. De allí en adelante me perseguía con los ojos, porque el sendero le mostraba por dónde iba. Ahora, al torcer por una curva, corría a grandes saltos. El resplandor de la luna brillaba en sus ojos enormes y protuberantes, en la fila de enormes dientes de sus abiertas fauces y en la bruñida guarnición de sus garras, sobre sus cortas y poderosas patas delan-

teras. Con un alarido de terror, me di vuelta y corrí locamente por el sendero. Detrás de mí, la respiración espesa y jadeante de la bestia sonaba cada vez más fuerte. Sus pesados pasos ya se apoyaban a mi lado. A cada instante esperaba sentir que me apresaba por la espalda. Y de pronto sentí un estrépito... Estaba cayendo en el vacío y todo lo demás fue silencio y oscuridad.

Cuando emergí de mi desmayo —que supongo no pudo durar más de unos pocos minutos— advertí un olor espantoso y penetrante. Tanteando con la mano en la oscuridad, tropecé con algo que parecía un enorme trozo de carne, mientras mi otra mano tocaba un hueso muy grande. Muy arriba, sobre mí, había un círculo de cielo estrellado, que me demostró que estaba en el fondo de un profundo pozo. Lentamente y tambaleándome, me puse de pie y fui tanteando todo mi cuerpo. Me sentía embotado y dolorido de la cabeza a los pies, pero no había miembro que no se moviese ni articulación que no pudiera doblar. Según iban retornando a mi cerebro confuso las circunstancias de mi caída, alcé la vista aterrorizado, esperando ver la espantosa cabeza recortada sobre el cielo que palidecía. Pero no había señales del monstruo, sin embargo, ni tampoco pude oír ruido alguno que llegara de arriba. Comencé a caminar lentamente alrededor, tanteando en todas direcciones para averiguar en qué extraño lugar me había precipitado tan oportunamente.

Era, como he dicho ya, un pozo, con las paredes sumamente empinadas y el fondo raso de unos veinte pies de anchura. Este fondo estaba sembrado de grandes trozos de carne, la mayor parte de los cuales estaba en el más avanzado estado de descomposición. La atmósfera era ponzoñosa y horrible. Después de tropezar y tambalearme al pisar sobre aquellos montones de podredumbre, di de pronto con algo duro y descubrí que era un poste recto, firmemente empotrado en el centro del hueco. Era tan alto que no pude alcanzar su extremo con la mano. Parecía estar cubierto de grasa.

De pronto recordé que tenía una caja de hojalata con cerillas de cera en mi bolsillo. Al encender una de ellas pude al fin formarme una opinión acerca del lugar en que había caído. No cabían interrogantes sobre su naturaleza. Era una trampa... hecha por la mano del hombre. El poste en el centro, de unos nueve pies de largo, estaba aguzado en el extremo superior y ennegrecido por la sangre coagu-

lada de los seres que habían quedado empalados allí. Los restos desperdigados por el suelo eran fragmentos de las víctimas, que habían sido cortados para dejar libre la estaca para los que consumaran el desatino de caer a su vez. Recordé que Challenger había dicho que el hombre no podía sobrevivir en la meseta, puesto que sus débiles armas no le permitirían afrontar a los monstruos que erraban por ella. Ahora resultaba evidente que ello era posible. En sus cuevas de bocas estrechas, los nativos de esta tierra, quienes quiera que fuesen, tenían refugios donde los enormes saurios no podían penetrar; en tanto eran capaces, con sus desarrollados cerebros, de preparar unas trampas como aquéllas, cubiertas de ramas y dispuestas en los senderos transitados por los animales, y que podían destruirlos a pesar de su fuerza y agilidad. El hombre era siempre el amo.

No era difícil, para un hombre activo, el escalamiento de las empinadas paredes del pozo, pero titubeé mucho tiempo antes de arriesgarme a quedar al alcance de aquella espantosa bestia que había estado a punto de destruirme. ¿Cómo podía saber yo si no estaba emboscado en el matorral de arbustos más próximo esperando mi reaparición? Cobré aliento al recordar una conversación entre Challenger y Summerlee a propósito de las costumbres de los grandes saurios. Ambos estaban de acuerdo en que estos monstruos carecían prácticamente de cerebro, que en sus menudas cavidades craneanas no había lugar para la razón y que si habían desaparecido del resto del mundo era debido seguramente a su propia estupidez, que les había hecho imposible la adaptación a circunstancias cambiantes.

Si aquella bestia hubiera permanecido esperándome esto significaría que comprendía lo que me había ocurrido, ya su vez probaría que poseía cierta capacidad para unir causa y efecto. Pero con seguridad era más probable que un ser sin cerebro actuando únicamente en función de un confuso instinto rapaz hubiese abandonado la caza cuando desaparecí, y que, después de una pausa asombrada, se hubiera alejado en busca de alguna otra presa. Trepé hasta el borde del pozo y miré a mi alrededor. Las estrellas palidecían, el cielo adquiría una tonalidad blanquecina y el frío viento matinal soplaba agradablemente sobre mi rostro. No pude ver ni oír nada que tuviera que ver con mi enemigo. Lentamente, ascendí hasta salir fuera del pozo y me senté por un rato en el suelo, dispuesto a saltar otra vez

dentro de mi refugio si surgía algún peligro. Luego, tranquilizado por la absoluta quietud que reinaba y por la creciente claridad, hice acopio de todo mi valor y me encaminé furtivamente por el sendero que había tomado para venir. Un trecho más adelante recogí mi escopeta y poco después topé con el arroyo que constituía mi guía. Luego, lanzando muchas miradas temerosas hacia atrás, emprendí el regreso al campamento.

Y de pronto sucedió algo que me hizo recordar a mis ausentes compañeros. En el aire quieto y puro del amanecer resonó lejanamente la nota cortante y seca de un disparo de rifle. Me detuve y escuché, pero no hubo nada más. Por un instante me conmovió la idea de que algún repentino peligro podía haber caído sobre ellos. Pero enseguida se me ocurrió una explicación más simple y natural. La claridad diurna era ya completa. Habrían imaginado que yo estaba perdido en los bosques y habían disparado para guiarme hacia el campamento. Es cierto que habíamos tomado la resolución estricta de no hacer fuego, pero si estimaban que yo podría estar en peligro no vacilarían. A mí me tocaba ahora apresurarme todo lo posible para tranquilizarlos.

Como estaba rendido y sin fuerzas, no pude avanzar con tanta rapidez como hubiera deseado; pero al fin entré en unos parajes conocidos. Allí estaba la ciénaga de los pterodáctilos, a mi izquierda; más allá, frente a mí, el claro de los iguanodontes. Ahora, ya estaba en el último cinturón de árboles que me separaba del Fuerte Challenger. Alcé mi voz en un grito jubiloso para alejar sus temores. Se me encogió el corazón ante aquel ominoso silencio. Apreté el paso hasta la carrera. La *zareba* se alzaba ante mí tal como la había dejado, pero la puerta estaba abierta. Me precipité en el recinto. Un espantoso panorama se presentó ante mis ojos, en la fría luz de la mañana. Nuestros efectos estaban esparcidos por el suelo en salvaje confusión; mis camaradas habían desaparecido y junto a las humeantes cenizas de nuestra hoguera la hierba estaba teñida de escarlata por un espantoso charco de sangre.

Tan aturdido quedé por este golpe repentino que durante unos instantes debo haber estado a punto de perder la razón. Tengo un vago recuerdo, tal como se rememora un mal sueño, de haber echado a correr a través de los bosques que rodeaban el campamento vacío, llamando desesperadamente a mis compañeros. Ninguna respuesta llegó desde las silenciosas sombras. El horrible pensamiento de que quizá nunca volvería a verlos, de que yo mismo quedaría abandonado y completamente solo en aquel espantoso lugar, sin una vía posible para descender al mundo de abajo y que tal vez tendría que vivir y morir en aquel país de pesadilla, me llevaba a la desesperación. Debo haberme arrancado los cabellos y golpeado la cabeza en mi desconsuelo. Sólo ahora comprendía la forma en que había aprendido a apoyarme en mis compañeros; en la serena confianza en sí mismo de Challenger y en la sangre fría llena de dominio y humor que poseía lord Roxton. Sin ellos era como un niño en la oscuridad, desvalido e impotente. No sabía qué camino tomar ni qué hacer primero.

Después de un período de tiempo en que permanecí sentado en pleno azoramiento, traté de descubrir qué inopinada catástrofe podía haber sobrevenido a mis compañeros. El desorden que reinaba en todo el campamento demostraba que había sufrido alguna clase de ataque, y el disparo de rifle señalaba, sin duda, el momento en que había ocurrido. El que sólo hubiera habido un disparo indicaba que todo había terminado en un instante. Los rifles aún yacían sobre el suelo, y uno de ellos, el de lord John, tenía un cartucho vacío en la recámara. Las mantas de Challenger y Summerlee, junto al fuego, sugerían que ambos estaban durmiendo en el momento en que ocurrieron los hechos. Las cajas de municiones y de alimentos estaban esparcidas en salvaje desorden, junto con nuestras infortunadas cámaras fotográficas y portaplacas, pero no faltaba ninguna. Por otra parte, todas las provisiones no envasadas —y recordé que había una considerable cantidad— habían desaparecido. Por lo visto habían sido animales y no indígenas los autores de la incursión, porque seguramente estos últimos no habrían dejado nada.

Pero si habían sido animales, o un solo y terrible animal, ¿qué había sido de mis camaradas? Probablemente una bestia feroz los había despedazado y abandonado allí sus restos. Es cierto que el espantoso charco de sangre hablaba de violencia. Un monstruo tal como el que me había perseguido a mí durante la noche hubiese podido llevarse una víctima con tanta facilidad como un gato apresa un ratón. En ese caso, los demás habrían salido en su persecución.

Pero seguramente se habrían llevado consigo sus rifles. Cuanto más trataba de pensar en ello con mi confuso y fatigado cerebro, menos conseguía hallar una explicación plausible. Exploré los alrededores de la floresta, pero no pude hallar rastros que pudieran ayudarme a llegar a una conclusión. Me extravié una vez, y sólo la buena suerte, después de una hora de vagabundeo, me ayudó a encontrar de nuevo el campamento.

De pronto concebí una idea que trajo un pequeño consuelo a mi corazón. No estaba absolutamente solo en el mundo. Abajo, al pie del farallón y al alcance de mis llamadas, estaba esperando el fiel Zambo. Fui hasta el borde de la meseta y miré hacia abajo. Por cierto, estaba en cuclillas entre sus mantas, junto al fuego de su pequeño campamento. Pero, para mi sorpresa, otro hombre estaba sentado frente a él. Por un instante mi corazón saltó de alegría, porque pensé que uno de mis camaradas había logrado descender con éxito. Pero una segunda mirada disipó la esperanza. La luz del sol naciente brilló rojiza sobre la piel de ese hombre. Era un indio. Grité a plena voz y agité mi pañuelo. Entonces Zambo miró hacia arriba, hizo señas con la mano y se dirigió hacia el pináculo para ascenderlo. En poco tiempo llegó arriba y se situó cerca de mí, escuchando con profunda pena la historia que le relataba.

—El diablo se los llevó seguramente, *massa* Malone —dijo—. Ustedes entrar en el país del diablo, *señó,* y los llevará a todos con él. Hágame caso, *massa* Malone, y baje pronto, si no se lleva a usted también.

—¿Pero cómo podré bajar, Zambo?

—Coja lianas trepadoras de los árboles, *massa* Malone. Tírelas hasta aquí. Yo las sujeto al tocón del árbol y usted tiene puente.

—Ya pensamos en eso. Aquí no hay lianas trepadoras que puedan sostenernos.

—Mande buscar cuerdas, *massa* Malone.

—¿A quién puedo mandar a buscarlas y adónde?

—A la aldea india, *señó.* La aldea india llena de cuerdas de cuero. El indio está abajo. Envíelo a él.

—¿Quién es él?

—Uno de nuestros indios. Los otros le pegaron y quitaron la paga. Volvió con nosotros. Pronto para llevar carta, traer cuerda... cualquier cosa.

¡Llevar una carta! ¿Por qué no? Quizá podría regresar con ayuda, pero en todo caso podría asegurar que nuestras vidas no se han sacrificado en vano y que las noticias de todo lo que hemos conquistado para la ciencia llegarían a nuestros amigos de la patria. Ya tenía terminadas dos cartas completas. Ocuparía todo el día escribiendo una tercera, que daría cuenta de todas mis experiencias hasta estos momentos. El indio podría llevarlas de regreso al mundo. Ordené a Zambo, por lo tanto, que regresara por la tarde, y pasé toda mi solitaria y miserable jornada registrando todas mis aventuras de la noche pasada. También redacté una nota, que deberá ser entregada a cualquier mercader blanco o al capitán de un vapor que los indios puedan encontrar, rogándoles que se ocupen de que nos sean enviadas las cuerdas, porque de ellos dependen en gran parte nuestras vidas. Arrojaré estos documentos a Zambo cuando llegue al atardecer, y también mi portamonedas, que contiene tres soberanos ingleses. Estos serán entregados al indio, con la promesa de doblar esa cantidad si regresa con las cuerdas.

De este modo comprenderá usted, mi querido McArdle, de qué modo llega a sus manos esta comunicación y conocerá también la verdad, en caso de que nunca más vuelva a saber de su infortunado corresponsal. Esta noche estoy demasiado fatigado y demasiado deprimido para hacer proyectos. Mañana reflexionaré sobre los medios para mantenerme en contacto con este campamento y además para buscar por todas partes alguna traza de mis infelices amigos.

CAPÍTULO XIII

Una escena que no olvidaré jamás

Cuando el sol se ponía y comenzaba aquella melancólica noche, vi la solitaria figura del indio en la vasta planicie que se abría allá abajo ante mí, y lo contemplé, como a una débil esperanza de salvación, hasta que desapareció entre las nieblas del atardecer, que se elevaban teñidas de rosa por el sol poniente entre el río distante y yo.

Estaba ya muy oscuro cuando regresé al fin a nuestro devastado campamento, y mi última visión al irme fue el rojo resplandor de la hoguera de Zambo, único punto de luz en el ancho mundo de abajo, como lo era su presencia leal en mi propia alma ensombrecida. Y, sin embargo, me sentía más contento ahora, como no me había sentido después de aquel golpe aplastante que había caído sobre mí: porque era bueno pensar que el mundo sabría lo que habíamos hecho, de modo que en el peor de los casos nuestros nombres no perecerían con nuestros cuerpos, sino que pasarían a la posteridad asociados al resultado de nuestros trabajos.

Era algo aterrador dormir en aquel fatídico campamento; pero aún era más enervante hacerlo en la maraña de la jungla. Pero no había otra alternativa. Por un lado, la prudencia me avisaba de que me mantuviese en guardia, pero, por el otro, mi exhausta naturaleza me impelía a no hacer nada de esta clase. Trepé a una rama del gran árbol gingko, pero su redonda superficie no me ofrecía una sustentación estable, y seguramente me vendría abajo rompiéndome el cuello en el momento en que me adormeciera. Por lo tanto bajé de nuevo y me puse a meditar sobre lo que debería hacer. Por último, cerré la puerta de la *zareba,* encendí tres fuegos separados en triángulo. Después de haber ingerido una cena reconfortante, me sumí en un profundo sueño, que tuvo un despertar tan sorprendente como bienvenido. Al amanecer, justo cuando despuntaba el día,

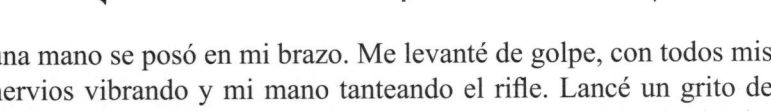
una mano se posó en mi brazo. Me levanté de golpe, con todos mis nervios vibrando y mi mano tanteando el rifle. Lancé un grito de alegría cuando, en la fría y gris luz de la mañana, vi a lord John arrodillado junto a mí.

Era él... y, con todo, no era él. Cuando lo había dejado era una persona de talante sereno, maneras correctas y pulcritud en el vestir. Ahora estaba pálido, con ojos extraviados, respirando a boqueadas, como si hubiera corrido rápido y muy lejos. Su rostro delgado estaba ensangrentado y arañado, su ropa le colgaba en andrajos y había perdido el sombrero. Lo contemplé asombrado, pero él no me dio oportunidad para hacer preguntas. Al mismo tiempo que hablaba iba cogiendo cosas de entre nuestros depósitos.

—¡Rápido, compañerito! ¡Rápido! —exclamó—. Ahora cada momento cuenta. Agarre los rifles... los dos. Yo tengo los otros dos. Y ahora todos los cartuchos que pueda reunir. Llene sus bolsillos. Ahora, algo de comida. Media docena de latas será suficiente. ¡Ya está bien! No se demore en hablar ni en pensar. ¡Dése prisa o estamos perdidos!

Aún semidormido e incapaz de imaginar el significado de todo aquello, me vi corriendo alocadamente por el bosque detrás de lord John, llevando un rifle bajo cada brazo y un montón de alimentos en las manos.

Corría escabulléndose por entre lo más espeso del monte bajo, hasta que llegó a una densa mata de arbustos. Se arrojó dentro, sin cuidarse de las espinas, y se echó en el corazón del matorral, empujándome para que me colocase a su lado.

—¡Eso es! —jadeó—. Creo que aquí estamos a salvo. Tan seguro como el destino que ellos van a ganar el campamento. Va a ser su primera idea. Pero lo que hemos hecho los confundirá.

—¿Qué significa todo esto? —pregunté cuando hube recobrado el aliento—. ¿Dónde están los profesores? ¿Y quién nos persigue?

—Los monos-hombres —exclamó—. ¡Por Dios, qué bestias! No levante la voz porque tienen el oído muy aguzado... y la vista muy penetrante, también, pero su olfato es muy débil, hasta donde pude juzgar. Por eso, no creo que puedan descubrirnos husmeando. ¿Dónde estuvo usted, compañerito? ¡De buena se salvó!

En pocas frases y con voz susurrante le conté lo que había hecho.

—Eso es bastante malo —dijo cuando oyó lo del dinosaurio y el pozo—. No es un sitio muy apropiado para una cura de reposo, ¿eh? Pero yo no tenía idea de sus posibilidades hasta que esos demonios se apoderaron de nosotros. Una vez caí en manos de los caníbales papúas, pero ellos son unos caballeros comparados con esta caterva.

—¿Y cómo sucedieron las cosas? —pregunté.

—Fue a la mañana temprano. Nuestros doctos amigos empezaban a moverse. Ni siquiera habían comenzado a discutir. De pronto, empezaron a llover monos. Caían tan abundantes como las manzanas de un árbol. Supongo que se habían ido reuniendo en la oscuridad hasta que el gran árbol que se extendía sobre nuestras cabezas estuvo repleto de ellos. Yo le disparé a uno de ellos en la barriga, pero antes de que supiéramos dónde estábamos nos habían puesto de espaldas en el suelo, con los brazos abiertos. Yo los llamo monos, pero llevaban garrotes y piedras en las manos y farfullaban entre ellos en alguna jerigonza. Por fin nos ataron las manos con lianas trepadoras, y por ende están mucho más adelantados que cualquier animal que yo haya visto en mis andanzas. Monos-hombres, eso es lo que son: «Eslabones perdidos»; y ojalá que siguieran perdidos. Se llevaron a su camarada herido, que sangraba como un cerdo, y se sentaron a nuestro alrededor. Y si alguna vez he visto en una cara la fría determinación de matar, fue en las suyas. Eran fulanos muy grandes, grandes como un hombre y mucho más fuertes. Tienen unos extraños ojos grises y cristalinos, bajo unas cejas peludas y rojizas. Permanecieron sentados, así, deleitándose, deleitándose con su caza. Challenger no es un gallina, pero hasta él se sentía acobardado. Se las arregló para ponerse de pie y les dijo a gritos que acabaran con aquello y se fueran. Creo que lo inesperado de todo esto le había hecho perder un poco la cabeza, porque los insultaba y maldecía como un lunático. No les hubiera dicho tantas palabrotas ni si se tratase de un grupo de esos periodistas que suelen ser sus favoritos.

—Bien, ¿y qué hicieron ellos?

Yo escuchaba con el ánimo en suspenso la extraña historia que mi compañero me susurraba al oído, mientras durante todo el tiempo sus ojos agudos vigilaban en todas direcciones y su mano mantenía empuñado su rifle amartillado.

—Pensé que había llegado el fin para todos nosotros, pero en lugar de matarnos pareció que aquel discurso les había hecho variar sus intenciones. Todos ellos farfullaban y charlaban entre sí. Entonces, uno de ellos se puso de pie junto a Challenger. Sonríase si quiere, compañerito, pero palabra de honor que parecían parientes. Nunca lo habría creído si no lo hubiese visto con mis propios ojos. Este viejo mono-hombre, que era el jefe, parecía una especie de Challenger rojizo, con todos y cada uno de los rasgos peculiares de belleza que adornan a nuestro amigo, sólo que un poco más destacados.

Tenía el cuerpo breve, los hombros anchos, el pecho abombado, sin cuello, la gran chorrera rojiza que formaba la barba, las cejas muy pobladas, la mirada de «¡qué quieres, maldita sea!» en sus ojos: en fin, todo el catálogo. Cuando el mono-hombre se colocó al lado de Challenger y le puso su manaza en el hombro, la impresión era completa. Summerlee estaba un poquito histérico y se puso a reír hasta las lágrimas. Los monos-hombres rieron también (o por lo menos charlaron en su endemoniado cacareo) y luego se dispusieron a conducirnos a través del bosque. No quisieron tocar nuestras armas y las cosas (supongo que las consideraron peligrosas), pero se llevaron todos los víveres sueltos. Summerlee y yo fuimos tratados con rudeza durante la jornada (mis ropas y mi piel lo demuestran), porque nos hicieron caminar en línea recta a través de los matorrales; su propia piel no era afectada, ya que está curtida como el cuero. Pero Challenger estaba muy bien. Cuatro de ellos lo transportaban sobre sus hombros, e iba como un emperador romano. ¿Qué es eso?

Se oía a la distancia un extraño ruido tintineante parecido a unas castañuelas.

—¡Allí van! —dijo mi compañero, poniendo cartuchos en el segundo de sus rifles Express de dos cañones—. ¡Cargue todos los suyos, compañerito-camarada, porque no nos vamos a dejar prender con vida, y no lo piense más! Ese es el bochinche que hacen cuando están excitados. ¡Por Dios! Van a tener algo con qué excitarse si nos descubren. No será como en *La última resistencia de los Grey*. Como cantaba cierto cabezota: «Aferrando sus rifles en sus rígidas

manos, en medio de un círculo de muertos y moribundos». ¿Puede oírlos ahora?

—Muy alejados.

—Esa pequeña banda no logrará nada, pero supongo que sus partidas de búsqueda están por todo el bosque. Bien: le estaba contando la historia de nuestras desgracias. Rápidamente nos llevaron a su poblado, que tiene alrededor de mil chozas de ramas y hojas, en una gran arboleda cercana al borde del farallón. Está a tres o cuatro millas de aquí. Las asquerosas bestias me palparon por todo el cuerpo, y me siento como si nunca más pudiera estar limpio otra vez. Nos ataron (el fulano que me manipulaba sabía atar como un marinero) y allí quedamos tendidos boca arriba cerca de un árbol, mientras un gran bruto armado de un garrote montaba guardia junto a nosotros. Cuando digo «nosotros» quiero decir Summerlee y yo. El viejo Challenger estaba subido a un árbol, comiendo piñas y pasándolo estupendamente. Tengo el deber de reconocer que se las ingenió para conseguirnos algunas frutas, y con sus propias manos aflojó nuestras ligaduras. Si usted lo hubiese visto sentado en lo alto de aquel árbol, en plena intimidad con su hermano gemelo... y cantando con su retumbante voz de bajo *Repicad, locas campanas* (porque cualquier clase de música los pone de buen humor), habría sonreído. Pero como usted comprenderá, nosotros no estábamos muy predispuestos a la risa. Dentro de ciertos límites, ellos se inclinaban a dejarle hacer lo que quisiese, pero a nosotros nos tenían con la rienda corta. Era un gran consuelo para todos nosotros el saber que usted andaba suelto y que tenía bien guardados nuestros archivos.

»Y ahora, compañerito, le diré algo que lo va a sorprender. Dice usted que ha visto señales de vida humana, fuegos, trampas y todo lo demás. Y bien: nosotros hemos visto a los indígenas en persona. Eran unos pobres diablos, unos hombrecitos con cara de abatimiento, que tenían hartos motivos para estar así. Al parecer los seres humanos ocupan un lado de la meseta, allá enfrente, donde usted vio las cuevas, y los monos-hombres dominan este lado. Entre todos ellos hay una guerra sangrienta y constante. Esta es la situación, hasta donde pude entenderla. Bueno, ayer los monos-hombres se apoderaron de una docena de humanos y los trajeron prisioneros. En su vida oirá usted una cháchara y un griterío semejantes. Los

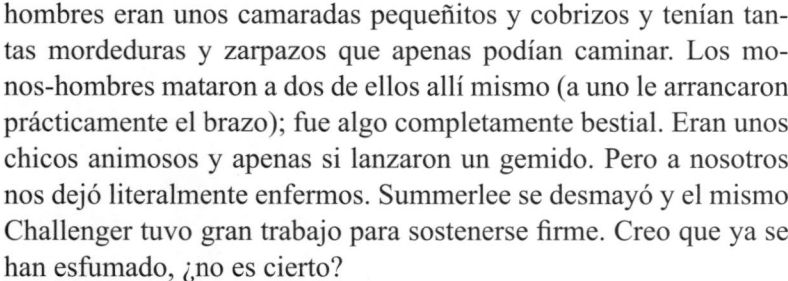

hombres eran unos camaradas pequeñitos y cobrizos y tenían tantas mordeduras y zarpazos que apenas podían caminar. Los monos-hombres mataron a dos de ellos allí mismo (a uno le arrancaron prácticamente el brazo); fue algo completamente bestial. Eran unos chicos animosos y apenas si lanzaron un gemido. Pero a nosotros nos dejó literalmente enfermos. Summerlee se desmayó y el mismo Challenger tuvo gran trabajo para sostenerse firme. Creo que ya se han esfumado, ¿no es cierto?

Escuchamos atentamente, pero sólo las llamadas de los pájaros turbaban la profunda paz de la selva. Lord John volvió a su relato.

—Creo que se ha escapado usted de milagro, compañerito-camarada. Probablemente la captura de esos indios les hizo borrar de la memoria la presencia de *usted,* porque de otro modo hubieran vuelto al campamento, fatalmente, y le habrían cogido allí. Naturalmente, como usted dijo, nos habían estado vigilando desde el principio encaramados en aquel árbol y sabían perfectamente que faltaba uno de nosotros. No obstante, sólo podían pensar en su última redada; por eso fui yo y no una pandilla de monos quien le despertó esta mañana. Bueno, después tuvimos otro asunto horripilante. ¡Dios mío! ¡Qué pesadilla fue todo aquello! ¿Recuerda aquella gran franja de cañas aguzadas, allá abajo, donde encontramos el esqueleto del norteamericano? Bien: está exactamente debajo del poblado de los monos-hombres y por allí hacen saltar a sus prisioneros. Creo que si buscamos encontraremos montones de esqueletos en ese lugar. Tienen una especie de campo de desfiles en la cima y el despeñamiento se hace con las ceremonias apropiadas. Uno a uno, los pobres diablos tienen que saltar, y el juego consiste en ver si sencillamente se hacen pedazos contra el suelo o si quedan ensartados en las cañas. Nos llevaron a ver la ceremonia y toda la tribu se alineó en el borde. Cuatro indios saltaron y las cañas los atravesaron como agujas de coser a un pedazo de mantequilla. No es raro que hayamos encontrado el esqueleto del pobre yanqui con las cañas creciendo entre sus costillas. Era horrible... más diabólicamente interesante. Todos mirábamos fascinados a los que daban la zambullida, aun cuando pensásemos que el próximo podía ser nuestro turno en el trampolín.

»Pero no nos tocó el turno. Guardaron a seis de los indios para hoy (eso al menos me pareció entender), pero sospecho que íbamos a ser nosotros los astros protagonistas de la función. Puede que Challenger quedase fuera, pero Summerlee y yo estábamos en la lista. Su lenguaje incluye muchas señas, y no era difícil seguirlo. Por eso, me pareció que era tiempo de arruinarles la función. Yo había estado maquinando el asunto y tenía dos o tres cosas claras en mi cabeza. Todo recaería sobre mí, porque Summerlee estaba inutilizado y Challenger no podía mucho más. La única vez que pudieron acercarse el uno al otro, comenzaron a hablar en su jerga, porque no podían ponerse de acuerdo en la clasificación de aquellos demonios de cabeza pelirroja que nos habían atrapado. Uno decía que eran driopitecos de Java y el otro aseguraba que se trataba del pitecántropo. Locura llamo yo a eso, tonterías, o ambas cosas. Pero, como digo, yo había pensado en una o dos cosas que podían ser de provecho. Una era que aquellos brutos no podían correr tan rápido como un hombre en terreno abierto. Tienen las piernas cortas y combadas, ve usted, y cuerpos pesados. El mismo Challenger podría dar unas yardas de ventaja en una distancia de cien al mejor de ellos, y usted o yo seríamos unos perfectos campeones a su lado. La otra cosa era que no sabían nada acerca de las armas de fuego. Creo que nunca llegaron a comprender cómo se había herido el fulano aquel que derribé de un balazo. Si lográbamos apoderarnos de nuestros rifles, nadie podría decir lo que éramos capaces de hacer.

»Por eso me escapé esta mañana temprano; le di una patada a mi guardián en la barriga que le dejó fuera de combate y me lancé a la carrera hacia el campamento. Allí lo encontré a usted y a los rifles. Y ahora aquí estamos.

—¡Pero los profesores! —exclamé consternado.

—Bueno, debemos volver para buscarlos y sacarlos de allí. Yo no pude traerlos. Challenger seguía subido en el árbol y Summerlee no estaba en condiciones de soportar el esfuerzo. La única probabilidad era venir a buscar las armas y tratar de rescatarlos. Claro que podría ser que los arrojaran de inmediato por los imbornales para vengarse. No creo que se animen a tocar a Challenger, pero no respondería de Summerlee. De todos modos, hubieran vuelto a cogerlo. De eso estoy seguro. Por lo tanto, las cosas no han empeo-

rado con mi fuga. Pero es para nosotros un punto de honor volver allí, liberarlos o seguir con ellos hasta el final. De modo, compañerito-camarada, que arriba los corazones, porque antes de amanecer se habrá resuelto el asunto de un modo u otro.

He tratado de imitar aquí la jerga cortante de lord Roxton, sus breves y vigorosas frases, el tono a medias burlón y a medias temerario que recorría su conversación. Pero era un jefe nato. Cuando el peligro arreciaba, sus modales garbosos se incrementaban, su conversación se hacía más chispeante, sus ojos fríos centelleaban de vida ardiente y sus bigotes de Don Quijote se erizaban con jubilosa excitación. Su amor al peligro, su intensa apreciación del sentido dramático de una aventura —tanto más intensa cuanto más estrechamente metido estaba en ella—, su firme visión de que cada peligro es en la vida una forma de deporte, un juego feroz entre uno mismo y el Destino, con la Muerte como prenda, hacían de él un compañero maravilloso en momentos como aquéllos. De no haber sido por los temores que nos inspiraba la suerte de nuestros compañeros, hubiera sido una auténtica alegría el lanzarme a una aventura como aquélla con un hombre como éste. Nos estábamos levantando de nuestro escondite en la maleza cuando de pronto sentí el apretón de su mano sobre mi brazo.

—¡Por Dios! —susurró—. ¡Aquí vienen!

Desde donde nos encontrábamos tendidos podíamos entrever una nave parda, abovedada por los arcos verdes de las ramas y los troncos. Una partida de monos-hombres cruzaba por allí. Iban en fila india, con sus piernas arqueadas y sus espaldas encorvadas, tocando a veces el suelo con las manos y volviendo las cabezas a derecha e izquierda, mientras avanzaban al trote. Su postura agazapada hacía que parecieran más bajos, pero yo les calculé unos cinco pies de estatura. Tenían largos los brazos y su pecho era enorme. Muchos de ellos llevaban garrotes y a la distancia se parecían a una fila de hombres muy peludos y deformes. Durante unos instantes tuve esta clara imagen de ellos; luego desaparecieron entre los arbustos.

—Esta vez no será —dijo lord John, que había empuñado su rifle—. Nuestra mejor oportunidad está en permanecer quietos hasta que hayan abandonado la búsqueda. Luego veremos cuándo pode-

mos volver a su poblado y golpearlos donde más les duela. Démosles una hora y luego partiremos.

Llenamos la espera abriendo una de nuestras latas de comida y asegurándonos el desayuno. Lord Roxton sólo había probado algo de fruta desde la mañana anterior, y devoró como un hombre hambriento. Luego, por fin, con nuestros bolsillos atestados de cartuchos y un rifle en cada mano, nos dirigimos a nuestra misión de rescate. Antes de abandonar nuestro escondite entre la maleza señalamos cuidadosamente su posición y su orientación respecto al Fuerte Challenger, para poder hallarlo de nuevo en caso de necesidad. Nos escurrimos silenciosamente por entre los arbustos hasta que llegamos al mismo borde del farallón, cerca del viejo campamento. Allí hicimos alto y lord John me adelantó algo de sus planes.

—Mientras estemos dentro de la espesura del bosque, estos cerdos dominan la situación. Pueden vernos y nosotros no. Pero en el espacio abierto la cosa es diferente. Allí podemos movernos más rápido que ellos. Por lo tanto, debemos permanecer en el campo abierto todo lo que podamos. El borde de la meseta está menos poblada de árboles grandes que la tierra interior. Ésta será, entonces, nuestra línea de avance. Camine despacio, mantenga los ojos abiertos y su rifle preparado. Sobre todo, no deje que lo hagan prisionero mientras le quede un cartucho... ¡Éste es mi último mensaje, compañerito!

Cuando llegamos al borde del risco, miré hacia abajo y vi a nuestro buen negro Zambo sentado sobre una roca situada debajo de nosotros y fumando. Me hubiese gustado saludarlo con un grito y contarle cómo estábamos, pero era demasiado peligroso, ya que podían oírnos. Los bosques parecían estar llenos de monos-hombres; una y otra vez oímos su curioso parloteo tintineante. En tales ocasiones nos sumergíamos en el macizo de arbustos más próximo y nos quedábamos quietos hasta que el ruido se alejaba. Nuestro avance, por lo tanto, era muy lento, y habrían transcurrido por lo menos dos horas cuando advertí, ante la cautela de los movimientos de lord John, que deberíamos estar muy cerca de nuestro destino. Me hizo señas de que permaneciera inmóvil y se adelantó arrastrándose. Un minuto después estaba de vuelta, con su rostro temblando de ansiedad.

—¡Venga! —dijo—. ¡Venga rápido! ¡Quiera Dios que no sea demasiado tarde!

Cuando me arrastré hacia adelante para colocarme a su lado, estaba temblando de excitación nerviosa; atisbando entre los arbustos, pude ver el claro que se abría ante nosotros.

Era una escena que no olvidaré jamás hasta el día de mi muerte... Tan fantástico, tan imposible, que no sé cómo voy a conseguir que usted lo crea, o cómo podré yo mismo tenerlo por cierto si vivo lo suficiente para sentarme otra vez en un diván del Savage Club y observar desde allí la solidez pardusca del Embankment. Sé que entonces me parecerá una pesadilla salvaje, un delirio febril. Por eso quiero ponerlo por escrito, cuando todavía está fresco en mi memoria; alguien, al menos el hombre que está tendido a mi lado sobre la hierba húmeda, sabrá si he mentido.

Un espacio amplio y abierto se extendía ante nosotros —tendría unos centenares de yardas de ancho— cubierto de césped verde y arbustos bajos hasta el mismo filo del precipicio. Rodeando este claro, crecía un semicírculo de árboles que tenían unas curiosas chozas edificadas con follaje y apiladas unas encima de las otras entre las ramas. Se parecía a un roquedal donde anidan las aves marinas, y cada nido era una pequeña casa. Las entradas de estas casas y las ramas de los árboles estaban atestadas de una densa muchedumbre de monos-hombres, de cuya estatura deduje que eran las hembras y los niños de la tribu. Ellos formaban el fondo del cuadro y todos estaban mirando con ansiedad la misma escena que nos fascinaba y azoraba a nosotros.

En aquel espacio abierto y cerca del borde del farallón estaba reunido un grupo de más de un centenar de aquellos seres velludos, de pelo rojizo, muchos de ellos de enorme talla y todos de horrible apariencia. Reinaba cierta disciplina entre ellos, porque ninguno intentaba romper la línea que habían formado. Frente a ellos se hallaba un pequeño grupo de indios: eran unos individuos pequeños, bien formados, de piel rojiza que brillaba como cobre pulimentado bajo la fuerte luz del sol. Junto a ellos estaba de pie un hombre blanco, alto y delgado, con los brazos cruzados y la cabeza inclinada, expresando con toda su actitud el horror y la congoja. No había error posible: era la angulosa figura del profesor Summerlee.

Delante y alrededor del abatido grupo de prisioneros había algunos monos-hombres, que los vigilaban estrechamente y hacían

la huida imposible. Después, separadas de todos los demás y cerca del borde del precipicio, estaban dos figuras tan extrañas y (en otras circunstancias) tan cómicas que absorbieron toda mi atención. Una de ellas pertenecía a nuestro camarada, el profesor Challenger. Los restos de su chaqueta aún colgaban de sus hombros, pero su camisa estaba completamente desgarrada y su gran barba se mezclaba con la negra maraña que cubría su poderoso pecho. Había perdido su sombrero, y su cabello, que había crecido mucho durante nuestros vagabundeos, revoloteaba en salvaje desorden. Un solo día había bastado para convertir al más elevado producto de la civilización moderna en el más desesperanzado salvaje de Sudamérica. Junto a él estaba su «amo», el rey de los monos-hombres. En todo, tal como había dicho lord John, era la imagen exacta de nuestro profesor, salvo que la coloración de su pelo era rojiza en lugar de negra. La misma figura corta y ancha, los mismos hombros vigorosos, la misma inclinación de los brazos hacia adelante, la misma barba hirsuta que se confundía con el velludo pecho. Solamente la parte superior de las cejas, donde la frente inclinada y estrecha terminaba enseguida en el cráneo bajo y curvo del mono-hombre, contrastaba agudamente con el cráneo amplio y magnífico del europeo, y podía verse alguna diferencia marcada. En todo lo demás, el rey era una absurda parodia del profesor.

Todo esto, que me llevó tanto espacio describir, se me quedó estampado en pocos segundos. Entonces teníamos cosas muy distintas en que pensar, porque un drama curioso se estaba desarrollando. Dos de los monos-hombres habían sacado a uno de los indios de en medio del grupo y lo arrastraban al borde del precipicio. El rey levantó una mano a manera de señal. Agarraron al indio por sus brazos y piernas y lo balancearon tres veces, atrás y adelante, con una tremenda violencia. Luego, con un espantoso envión, dispararon al infeliz por encima del precipicio. Lo lanzaron con tanta fuerza que describió una elevada curva en el aire antes de comenzar su descenso. Cuando desapareció de la vista, toda la concurrencia, con excepción de los guardias, se precipitaron hacia el borde del precipicio, y hubo una larga pausa de silencio absoluto, rota por un loco alarido de placer. Empezaron a dar saltos, agitando sus brazos largos y velludos en el aire y aullando con regocijo. Luego se

apartaron del borde, volviendo a formar en fila, para esperar a la próxima víctima.

Esta vez le tocaba a Summerlee. Dos de sus guardias lo cogieron por las muñecas y lo empujaron brutalmente hacia el frente. Su delgada figura y sus largos miembros lucharon y se estremecieron como los de una gallina arrancada de la jaula. Challenger se había vuelto hacia el rey y movía frenéticamente sus manos ante él. Estaba rogando, alegando, implorando por la vida de su camarada. El mono-hombre lo apartó con rudeza y sacudió la cabeza. Era el último movimiento consciente que iba a hacer sobre la tierra. Resonó el estampido del rifle de lord John y el rey se desplomó, quedando en el suelo como una revuelta maraña rojiza.

—¡Dispare hacia donde están más apiñados! ¡Fuego, hijo, fuego! —gritó mi compañero.

Hasta el hombre más vulgar esconde en el alma extraños abismos sanguinarios. Yo soy por naturaleza de corazón tierno y más de una vez se me han humedecido los ojos ante los aullidos de una liebre herida. Sin embargo, ahora me invadía la sed de sangre. Me vi en pie, vaciando uno de los cargadores y luego el otro, abriendo la recámara para recargarla, cerrándola con fuerza otra vez, dando vítores y alaridos mientras hacía eso, con la pura ferocidad y el júbilo de la matanza. Nosotros dos, con los cuatro rifles, hicimos unos terribles estragos. Los dos guardias que conducían a Summerlee habían caído y aquél se tambaleaba como un borracho en medio de su sorpresa, incapaz de comprender que era un hombre libre. La densa banda de los monos-hombres corría aturdida de un lado a otro, atónita ante este huracán mortífero cuyo origen y significado no podían comprender. Se agitaban, gesticulaban, chillaban y saltaban por encima de los que habían caído. Luego, con un súbito impulso, se lanzaron como una masa vociferante buscando refugio en los árboles, dejando tras de sí el suelo sembrado de camaradas heridos. Los prisioneros fueron abandonados de momento, de pie en el centro del claro.

El rápido cerebro de Challenger entendió enseguida la situación. Cogió del brazo al azorado Summerlee y ambos corrieron hacia nosotros. Dos de sus guardianes saltaron hacia ellos, pero fueron derribados por dos balazos de lord John. Corrimos hacia el claro para unirnos a nuestros camaradas y pusimos un rifle cargado en la mano

de cada uno de ellos. Pero Summerlee estaba exhausto y apenas si podía moverse, tambaleándose sobre sus pies. Ya los monos-hombres se estaban recobrando de su pánico. Avanzaban a través de los matorrales amenazando con cortarnos el paso. Challenger y yo hicimos correr a Summerlee a la par nuestra, llevándolo cogido de los codos, mientras lord John cubría nuestra retirada disparando una y otra vez cuando la cabeza de algún salvaje asomaba gruñendo entre los arbustos. Aquellas bestias parlanchinas nos pisaron los talones durante una milla o más. Luego, la persecución se fue debilitando, porque comprendieron nuestro poder y ya no querían hacer frente a los infalibles rifles. Cuando por fin alcanzamos el campamento, miramos hacia atrás y nos encontramos solos.

Eso nos pareció; pero estábamos equivocados, sin embargo. Apenas habíamos cerrado la puerta de espinos de nuestra *zareba,* cambiado un apretón de manos y arrojados al suelo jadeantes, cerca de nuestro manantial, cuando oímos un ruido de pasos y luego unos gemidos suaves e implorantes en el exterior de nuestro portal. Lord Roxton se lanzó hacia allí, rifle en mano, y abrió la puerta de par en par. Allí, prosternados hasta tocar el suelo con la frente, estaban tendidas las pequeñas figuras cobrizas de los cuatro indios supervivientes, temblando de miedo ante nuestra presencia pero, sin embargo, implorando nuestra ayuda. Con un expresivo ademán uno de ellos señaló los bosques que los rodeaban, queriendo significar que estaban llenos de peligros. De inmediato, se precipitó hacia adelante y rodeando con los brazos las piernas de lord John apoyó su cara contra ellas.

—¡Por Dios! —exclamó lord John atusando su bigote con gran perplejidad—. ¿Qué vamos a hacer con esta gente, digo yo? Levántese, muchacho, y aparte su cara de mis botas.

Summerlee se estaba incorporando y estaba cargando su vieja pipa de escaramujo.

—Debemos ponerlos a salvo —dijo—. Usted nos ha arrancado a todos de las fauces de la muerte. ¡Palabra que ha sido una obra bien hecha!

—¡Admirable! —exclamó Challenger—. ¡Admirable! No sólo nosotros como individuos, sino toda la ciencia europea colectivamente, estamos obligados a usted por una profunda deuda de grati-

tud ante lo que ha hecho. No vacilo en declarar que la desaparición del profesor Summerlee y la mía propia habrían dejado un sensible vacío en la historia moderna de la zoología. Nuestro joven amigo aquí presente y usted han hecho un trabajo estupendo.

Nos brindó la resplandeciente sonrisa paternal de siempre. Pero la ciencia europea se habría sentido algo sorprendida si hubiera podido ver a su hijo dilecto, esperanza del futuro, con su cabeza enmarañada y desaseada, su pecho desnudo y sus ropas hechas jirones. Tenía una de las latas de carne entre sus rodillas y sostenía entre sus dedos un voluminoso trozo de carnero australiano en conserva. El indio levantó la vista hacia él y luego, con un gañido, se prosternó en el suelo agarrándose a la pierna de lord John.

—No te asustes, jovencito —dijo lord John palmeando la desgreñada cabeza que tenía delante—. Challenger, su aspecto lo ha confundido. ¡Y, por Dios, que no me extraña! Bueno, bueno, mocito, él es un ser humano, nada más, igual que todos nosotros.

—¡Verdaderamente, señor! —exclamó el profesor.

—Bueno, Challenger, ha sido una suerte para usted que usted se salga un poco de lo ordinario. De no ser por su gran parecido con el rey...

—A fe mía, lord Roxton, que usted va demasiado lejos.

—Bueno, es un hecho.

—Le ruego, señor, que cambie de tema. Sus observaciones son irrelevantes e ininteligibles. El problema que se nos presenta es: ¿qué vamos a hacer con estos indios? Resulta obvio que deberíamos escoltarlos hasta sus hogares, si supiéramos dónde viven.

—Sobre eso no hay dificultad alguna —dije—. Viven en las cuevas que hay al otro lado del lago central.

—Nuestro joven amigo aquí presente sabe dónde viven. Sospecho que será bastante lejos.

—Unas veinte millas largas —dije.

Summerlee lanzó un gruñido.

—Yo, por mi parte, no podré llegar hasta allí. Todavía estoy escuchando los aullidos de esas bestias siguiendo nuestro rastro. Mientras hablaba, oímos venir desde muy lejos, desde los oscuros recovecos del bosque, el agudo chillido de los monos-hombres. Los indios, de nuevo, lanzaron un débil lamento de temor.

—¡Tenemos que irnos, e irnos rápidamente! —dijo lord John—. Usted ayude a Summerlee, compañerito. Estos indios pueden cargar con nuestras provisiones. Vamos, pues, antes de que puedan vernos.

En menos de media hora habíamos alcanzado nuestro refugio en la maleza y nos habíamos ocultado dentro. Durante todo el día escuchamos las llamadas agitadas de los hombres-monos en dirección de nuestro antiguo campamento, pero ninguno de ellos vino hacia donde estábamos, de modo que los cansados fugitivos, rojos y blancos, gozaron de un largo y profundo sueño. Me hallaba yo adormecido, al anochecer, cuando alguien me tiró de la manga y advertí que Challenger estaba arrodillado junto a mí.

—Señor Malone, usted lleva un diario de todos estos acontecimientos y espera eventualmente publicarlos —dijo solemnemente.

—Estoy aquí solamente como un corresponsal de prensa —contesté.

—Exactamente. Quizá haya escuchado usted algunas fatuas observaciones de lord John Roxton, de las que parecía deducirse que había cierta... cierta semejanza...

—Sí, he escuchado.

—No necesito decirle que cualquier publicidad que se diera a semejante idea, cualquier ligereza en su narración acerca de lo que ocurrió, resultaría altamente ofensiva para mí.

—Me mantendré dentro de los límites de la verdad.

—Las observaciones de lord John son frecuentemente fantasiosas en exceso, y es capaz de atribuir las razones más absurdas al respeto que siempre demuestran hasta las razas más subdesarrolladas hacia la dignidad y el carácter. ¿Sigue usted mi razonamiento?

—Por entero.

—Dejo el asunto a su libre discreción.

Y añadió después de una larga pausa:

—En realidad, el rey de los monos-hombres era un ser de gran distinción, una personalidad de notable belleza e inteligencia. ¿No le impresionó así a usted?

—Un ser extraordinario —dije.

Y el profesor, que pareció haberse quitado una gran preocupación, se acostó de nuevo a dormir.

CAPÍTULO XIV
Éstas fueron las verdaderas conquistas

Habíamos imaginado que nuestros perseguidores, los monos-hombres, ignoraban por completo nuestro escondrijo de la maleza, pero pronto salimos de nuestro error. No se oía el menor ruido en los bosques..., no se movía una sola hoja de los árboles y todo era paz a nuestro alrededor... Pero nuestra experiencia anterior nos debería haber puesto sobre aviso para advertir con cuánta astucia y paciencia estos seres podían vigilar y esperar hasta que llegaba su oportunidad. No sé qué destino me espera en la vida, pero estoy muy seguro de que nunca estaré tan cerca de la muerte como lo estuve aquella mañana. Pero voy a contárselo en su debido orden.

Todos despertamos exhaustos, después de las terribles emociones y la insuficiente comida del día anterior. Summerlee se hallaba todavía tan débil que tenía que esforzarse para tenerse de pie; pero el viejo estaba lleno de ese áspero coraje que nunca admite la derrota. Celebramos consejo y se acordó que esperaríamos calladamente durante una hora o dos en el lugar donde estábamos, y que luego emprenderíamos el camino cruzando la meseta y contorneando el lago central hasta llegar a las cuevas donde, según mis observaciones, vivían los indios. Confiábamos en el hecho de que podríamos contar con las palabras favorables de los que habíamos rescatado y que ello aseguraría una cálida acogida de parte de sus compañeros. Luego, con nuestra misión cumplida y en posesión de un conocimiento más completo de los secretos de la Tierra de Maple White, volcaríamos todos nuestros pensamientos en el problema vital de nuestro escape y nuestro retorno. Hasta Challenger estaba dispuesto a admitir que para entonces habríamos hecho todo aquello que nos habíamos propuesto al llegar y que nuestro primer deber, desde ese momento en adelante, era volver a la civilización llevando los sorprendentes descubrimientos realizados.

Ahora podíamos observar con más comodidad a los indios que habíamos rescatado. Eran hombres pequeños, nervudos, ágiles y bien conformados, de lacio cabello negro atado en manojo detrás de la cabeza con una tira de cuero, siendo también de cuero sus taparrabos. Sus caras eran lampiñas, bien formadas y cordiales. Los lóbulos de sus orejas, colgando ensangrentados y rasgados, demostraban que habían sido perforados para colocar adornos que sus captores habían arrancado de un tirón. Su conversación, si bien incomprensible para nosotros, era fluida entre ellos, y cuando señalándose unos a otros pronunciaban muchas veces la palabra «Accala», colegimos que ése era el nombre de su nación. A veces, con sus rostros convulsionados por el miedo y el odio, blandían sus puños cerrados hacia los bosques que nos rodeaban y gritaban: «¡Doda, Doda!», que era seguramente su denominación de los enemigos.

—¿Qué opina usted de ellos, Challenger? —preguntó lord John—. Para mí hay algo que está muy claro, y es que ese hombrecito con la parte delantera de su cabeza afeitada es uno de sus jefes.

Era patente que aquel hombre se mantenía apartado de los demás y que éstos nunca se atrevían a dirigirse a él sin dar muestras de profundo respeto. Parecía el más joven de todos, y, sin embargo, su ánimo era tan altivo y orgulloso que en cierta ocasión que Challenger le puso su manaza sobre la cabeza saltó como un caballo espoleado y se apartó del profesor con un rápido relampagueo de sus ojos oscuros. Luego se llevó la mano al pecho y manteniéndose firme con gran dignidad pronunció la palabra «Maretas» varias veces. El profesor, sin inmutarse, agarró del hombro al indio que tenía más cerca y comenzó a dar una conferencia sobre él, como si fuese un ejemplar conservado en su clase.

—El tipo de este pueblo —dijo a su manera retumbante—, ya sea juzgado por su capacidad craneana, por su ángulo facial o por cualquier otra prueba, no puede ser considerado en un bajo nivel; por el contrario, debemos colocarlo a considerable altura en la escala, por encima de otras tribus sudamericanas que podría mencionar. Ninguna hipótesis puede explicarnos la evolución de una raza semejante en este lugar. Por ejemplo, es tan grande el abismo que separa estos monos-hombres de los animales primitivos que han

sobrevivido en esta meseta que es inadmisible pensar que pueden haberse desarrollado donde los hemos encontrado.

—Entonces, ¿de dónde demonios cayeron? —preguntó lord John.

—Ésa es una pregunta que sin duda será vehementemente discutida en todas las sociedades científicas de Europa y América —contestó el profesor—. Mi propia interpretación del asunto, cualquiera sea su mérito —al decir estas palabras hinchó enormemente el pecho y miró con insolencia a su alrededor—, es que la evolución ha avanzado, bajo las peculiares condiciones de este país, hasta la etapa de los vertebrados, mientras sobreviven los tipos primitivos que viven en compañía de los recién llegados. Por eso hallamos animales tan modernos como el tapir, un animal que tiene un árbol genealógico muy largo, con el gran ciervo y el oso hormiguero, en unión con las formas de reptiles del tipo jurásico. Hasta ahí está muy claro. Y ahora aparecen los monos-hombres y los indios. ¿Qué puede pensar una mente científica de su presencia? Yo sólo puedo dar razón de ello a través de una invasión desde el exterior. Es posible que existiera en Sudamérica un mono antropoide, que en épocas remotas haya encontrado el camino a este lugar y que haya desarrollado aquí un tipo de animales como los que hemos visto, algunos de los cuales —aquí me miró fijamente— eran de un aspecto y una conformación que, si hubieran estado acompañados de la correspondiente inteligencia, hubieran dado prestigio, no tengo dudas, a cualquier raza viviente. En cuanto a los indios, no me cabe duda de que son inmigrantes más recientes del mundo de abajo. Acosados por el hambre o por invasiones de conquista, hallaron un camino para subir hasta aquí. Enfrentados a unos seres feroces que nunca habían visto antes, buscaron refugio en las cuevas que nuestro joven amigo ha descrito. Empero, deben haber tenido que luchar ásperamente para sostenerse contra las bestias feroces y en especial contra los monos-hombres, que los mirarían como intrusos y les harían la guerra sin piedad, con una astucia de que carecen las bestias más grandes. De ahí que su número parezca ser limitado. Bien, caballeros, ¿creen que les he descifrado satisfactoriamente el enigma o hay algún otro punto que desean que les aclare?

El profesor Summerlee estaba demasiado deprimido para argüir, pese a que sacudía violentamente la cabeza como muestra de un desacuerdo general. Lord John sólo se rascó las ralas guedejas de su cabello, señalando que no podía sostener una lucha porque no peleaba en el mismo peso o categoría. Por mi parte, desempeñé mi habitual *róle* de llevar las cosas a un nivel estrictamente prosaico y útil, señalando que faltaba uno de los indios.

—Fue a recoger agua —dijo lord Roxton—. Le proveímos de una lata vacía de carne y se fue.

—¿Al viejo campamento? —pregunté.

—No, al arroyo. Está allí, entre los árboles. No deben ser más de un par de centenares de yardas. Pero ese vagabundo se está tomando su tiempo, por cierto.

—Iré a ver si lo encuentro —dije.

Cogí mi rifle y me fui caminando despaciosamente en dirección al arroyo dejando a mis amigos que se esforzasen en preparar el escaso desayuno. Opinará usted que fue una imprudencia abandonar el refugio de nuestro amigable bosquecillo, aun para recorrer una distancia tan corta, pero debe recordar que estábamos a muchas millas del Pueblo de los Monos, y por lo que sabíamos hasta entonces las bestias no habían descubierto nuestro asilo. En todo caso, con un rifle en mis manos no les tenía miedo. Aún no sabía a cuánto llegaban su astucia y su vigor.

Alcanzaba a oír el murmullo de nuestro arroyo en algún lugar por delante de mí, pero entre él y yo había una maraña de árboles y maleza. Cruzaba entonces por esta parte, que quedaba fuera de la vista de mis compañeros, cuando debajo de uno de los árboles divisé una cosa cobriza acurrucada entre los arbustos. Al aproximarme quedé espantado al ver que era el cuerpo muerto del indio desaparecido. Yacía sobre un costado, con sus miembros estirados hacia arriba y su cabeza retorcida en un ángulo completamente forzado, hasta dar la impresión de que estaba mirando en línea recta por encima del hombro. Lancé un grito para avisar a mis amigos de que algo malo ocurría y corrí hasta que me incliné sobre el cuerpo. Seguramente mi ángel guardián estaba en ese instante muy cerca de mí, porque ya fuese a causa de algún temor instintivo o porque hubo un apagado roce de hojas, lancé una mirada hacia arriba. De entre el espeso follaje verde que colgaba a poca altura sobre mi cabeza dos brazos largos y musculosos, cubiertos de vello rojizo, descendían lentamente. Un instante más y aquellas grandes manos cautelosas me habrían rodeado el cuello. Di un salto hacia atrás, pero a pesar de mi rapidez aquellas manos fueron aún más rápidas. A causa de mi súbito brinco, erraron el apretón fatal, pero una de ellas me agarró por la nuca y la otra por mi cara. Levanté las manos para proteger mi garganta y un momento después la enorme zarpa se deslizó por mi rostro y se cerró por encima de ellas. Me alzaron del suelo fácilmente y sentí una presión intolerable que forzaba mi cabeza más y más hacia atrás, hasta que el dolor sobre mi columna cervical fue mayor del que podía soportar. Comencé a perder el sentido, pero aún trataba de separar la mano de mi barbilla forzándola hacia afuera. Al mirar hacia arriba vi una cara horrenda, con unos fríos e inexorables ojos de color celeste que se fijaban en los míos. Había algo de hipnótico en estos ojos terribles. Ya no podía luchar por más tiempo. Cuando la bestia sintió que se debilitaba mi resistencia a su apretón, dos blancos caninos brillaron por un instante a cada lado de su boca soez y aumentó aún más la presión de su garra sobre mi barbilla, mientras continuaba empujándola arriba y hacia atrás. Una niebla tenue y opalescente se formó ante mis ojos y resonaban en mis oídos pequeñas campanillas de plata. Muy lejos y apagado llegó a mis oídos el estampido de un rifle y sentí débilmente el golpe que recibí al caer a tierra, donde quedé sin sentido ni movimiento.

Cuando desperté, me hallé tendido de espaldas sobre la hierba en nuestro cubil entre la espesura. Alguien había traído agua del arroyo y lord John me rociaba la cabeza con ella, mientras Challenger y Summerlee me sostenían erguido, con la ansiedad pintada en sus rostros. Por un instante vislumbré un temple humano detrás de sus máscaras científicas. Era en verdad el golpe, más que cualquier herida, lo que me tenía postrado; y en media hora, a pesar de la cabeza dolorida y el cuello envarado, me había incorporado y me sentía dispuesto a todo.

—¡De buena se ha escapado usted, compañerito-camarada!
—dijo lord John—. Cuando oí su grito y corrí hacia allí, vi su cabeza doblada casi en dos y sus calzas pataleando en el aire, y pensé que ya éramos uno menos. Con la prisa erré el tiro, pero la bestia lo

soltó igualmente y huyó como un relámpago. ¡Por Dios! Me gustaría tener cincuenta hombres armados con rifles. Echaría a toda esa pandilla infernal hasta dejar a este país un poco más limpio de lo que lo hemos encontrado.

Ahora resultaba evidente que los monos-hombres habían hallado, la manera de ubicarnos y nos vigilaban por todas partes. No teníamos mucho que temer de ellos durante el día, pero eran muy capaces de caer sobre nosotros durante la noche. Por eso, cuanto antes nos alejásemos de su vecindad, era mejor. Por tres lados nos rodeaba una selva tupida y de allí podía venirnos una emboscada. Pero sobre el cuarto lado —el que descendía en pendiente hacia el lago— sólo se extendía un monte bajo, con árboles dispersos y algunos claros poco frecuentes. Era, de hecho, el camino que yo mismo había seguido en mi viaje solitario y nos conducía directamente a las cuevas de los indios. Por toda clase de razones, aquél debía ser nuestro camino.

Sentimos un gran pesar y era el de abandonar nuestro antiguo campamento. No sólo a causa de los pertrechos que allí quedaban, sino, en mayor medida, porque perdíamos contacto con Zambo, que era nuestro vínculo con el mundo exterior. De todos modos, poseíamos una amplia provisión de cartuchos y todas nuestras armas de fuego, de modo que por un tiempo al menos podíamos defendernos. Además, confiábamos en que tendríamos una oportunidad de retornar y de restablecer las comunicaciones con nuestro negro. Este había prometido firmemente que permanecería donde estaba, y no teníamos dudas de que haría fe de sus palabras.

Iniciamos nuestra jornada a primera hora de la tarde. El joven jefe caminaba a la cabeza como nuestro guía, pero se negó con indignación a cargar con ningún bulto. Tras él marchaban los dos indios supervivientes, con nuestras escasas posesiones sobre sus espaldas. Los cuatro hombres blancos marchábamos a retaguardia, con los rifles cargados y prontos. En cuanto partimos, estalló en los espesos bosques silenciosos que dejábamos atrás un súbito y fuerte ulular de los monos-hombres, que lo mismo podía ser vítores de triunfo ante nuestra partida que una burla de desprecio al contemplar nuestra huida. Mirando hacia atrás, sólo vimos la densa cortina de los árboles, pero aquel prolongado alarido nos testimoniaba que

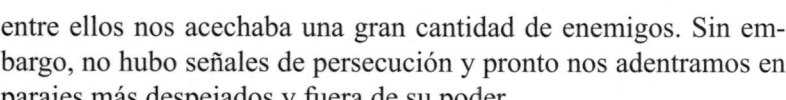

entre ellos nos acechaba una gran cantidad de enemigos. Sin embargo, no hubo señales de persecución y pronto nos adentramos en parajes más despejados y fuera de su poder.

Mientras iba caminando, el último de los cuatro, no pude menos de sonreírme ante el aspecto de los tres compañeros que me precedían. ¿Era éste el sibarítico lord John Roxton que había estado sentado en el Albany entre los tapices persas y sus cuadros, en la sonrosada radiación de sus luces coloreadas? ¿Y era éste el imponente profesor que se esponjaba orgulloso detrás de su gran escritorio, en su macizo despacho de Enmore Park? Y, por último, ¿podía ser ésta la figura austera y pulcra que se levantó ante la asamblea del Instituto Zoológico? Ni siquiera tres vagabundos hallados en los páramos de Surrey podrían haber presentado un aspecto más mísero y mugriento. Es cierto que sólo habíamos pasado poco más de una semana en la meseta, pero toda nuestra ropa de recambio había quedado en nuestro campamento de la base, y esa única semana había sido muy rigurosa para todos nosotros, aunque algo menos para mí, que no había tenido que soportar el manoseo de los monos-hombres. Mis tres compañeros habían perdido sus sombreros y ahora llevaban pañuelos sujetos alrededor de la cabeza; sus ropas les colgaban en jirones y era difícil reconocer sus rostros sucios y sin afeitar. Tanto Summerlee como Challenger cojeaban al caminar pesadamente, mientras yo arrastraba mis pies, aún debilitado por el golpe recibido en la mañana, y mi cuello estaba tan duro como una tabla como consecuencia del apretón asesino que había sufrido. Éramos verdaderamente una cuadrilla lamentable y no me sorprendió ver que nuestros indios volviesen de vez en cuando la cabeza para mirarnos con sorpresa y horror impresos en sus rostros.

A última hora de la tarde llegamos a orillas del lago. Al salir de entre los arbustos y contemplar ante la vista el espejo de agua que se desplegaba ante nosotros, nuestros amigos indígenas lanzaron un agudo grito de alegría y señalaron ansiosamente hacia un punto situado frente a ellos. Sin duda era un panorama maravilloso el que se extendía ante nosotros. Deslizándose velozmente sobre la cristalina superficie, una gran flotilla de canoas venía en línea recta hacia la playa en que nos hallábamos. Cuando las divisamos por primera vez estaban a algunas millas de distancia, pero se lanzaron

hacia adelante con gran rapidez y pronto estuvieron tan cerca que los remeros pudieron distinguir nuestras personas. Instantáneamente estalló en sus bocas un atronador grito de deleite, y vimos cómo se alzaban de sus asientos, agitando sus remos y sus lanzas en el aire con enloquecido entusiasmo. Enseguida se doblaron una vez más sobre sus remos y con su esfuerzo hicieron volar sus embarcaciones hasta cruzar el espacio de agua que nos separaba y las embarrancaron en el talud arenoso de la playa. Enseguida se precipitaron hacia nosotros y se prosternaron con fuertes gritos de bienvenida ante el joven jefe. Por fin uno de ellos, un hombre anciano que llevaba un collar, un brazalete de grandes y lustrosas cuentas de vidrio y la piel de algún hermoso animal, moteada y de color ambarino, colgada sobre los hombros, se adelantó corriendo y abrazó con gran ternura al joven que habíamos salvado. Luego nos miró y le hizo algunas preguntas, tras lo cual se aproximó con mucha dignidad y nos abrazó también, uno por uno. Después, a una orden de su parte, toda la tribu se prosternó en el suelo para rendirnos homenaje. Yo, personalmente, sentí timidez e incomodidad ante aquella obsequiosa adoración, y leí los mismos sentimientos en los rostros de lord John y Summerlee, en tanto Challenger se expandía como una flor al sol.

—A pesar de que son tipos algo subdesarrollados —dijo mientras se mesaba la barba y los recorría con la mirada—, su comportamiento podría servir de lección a algunos de nuestros europeos más adelantados. ¡Es curioso observar cuán correctos son los instintos del hombre natural!

Era evidente que los indígenas venían por el sendero de la guerra, porque cada hombre transportaba su lanza —que consistí en una larga caña de bambú con la punta de hueso—, su arco y sus flechas, además de una especie de maza o hacha de combate hecha de piedra, que colgaba de su costado. Sus miradas sombrías e iracundas se dirigían hacia los bosques de donde nosotros habíamos llegado, y la frecuente repetición de la palabra «Doda» indicaba con harta claridad que ésta era una partida de rescate que se había puesto en marcha para salvar o vengar al hijo del viejo jefe, porque eso es lo que nosotros colegíamos que debía ser el joven. Toda la tribu procedió a celebrar un consejo, sentada en cuclillas formando un círculo, mientras nosotros, reclinados cerca de allí en una losa de

basalto, observábamos sus actuaciones. Hablaron dos o tres guerreros y por último nuestro joven amigo pronunció una briosa arenga, animada por gestos y ademanes tan elocuentes que pudimos entender su sentido tan claramente como si conociésemos su lengua.

—¿De qué sirve que regresemos? —decía—. Antes o después habrá que hacerlo. Vuestros camaradas han sido asesinados. ¿Qué importa que yo haya regresado a salvo? A los otros se les ha dado muerte. No hay seguridad para ninguno de nosotros. Ahora estamos reunidos y prontos —apuntó hacia nosotros—. Estos hombres extraños son nuestros amigos. Son grandes luchadores y odian a los monos-hombres al igual que nosotros. Ellos manejan —apuntó hacia el cielo— el trueno y el rayo. ¿Cuándo volveremos a tener una oportunidad como ésta? Vamos adelante y muramos ahora o vivamos el futuro en seguridad. ¿Cómo podríamos, de otro modo, volver junto a nuestras mujeres sin avergonzarnos?

Los pequeños guerreros bronceados estaban pendientes de las palabras del orador y cuando terminó prorrumpieron en un estruendoso aplauso, blandiendo sus toscas armas en el aire. El anciano jefe avanzó hacia nosotros y nos preguntó algo, al mismo tiempo que señalaba hacia los bosques. Lord John le hizo señas de que esperase una respuesta y se volvió hacia nosotros.

—Bueno, ustedes dirán lo que piensan hacer —dijo—; por mi parte tengo una cuenta que arreglar con ese pueblo de monos, y si ésta termina borrándolos de la faz de la tierra, no creo que la tierra se moleste por ello. Pienso ir con nuestros compañeros los hombrecitos bronceados y con eso quiero decir que estaré con ellos en toda la riña. ¿Qué dice usted, compañerito?

—Por supuesto, iré.

—¿Y usted, Challenger?

—Cooperaré, sin duda.

—¿Y usted, Summerlee?

—Me parece que nos estamos dejando llevar muy lejos del objetivo de esta expedición, lord John. Le aseguro que cuando dejé mi cátedra de Londres no cruzaba por mi mente que lo hacía con el propósito de encabezar una incursión de salvajes contra una colonia de monos antropoides.

—A tan bajos menesteres llegamos a veces —dijo lord John sonriendo—. Pero, ya que estamos metidos en ello, ¿cuál es la decisión?

—Pienso que es un paso de lo más discutible —dijo Summerlee, polémico hasta el fin—, pero si ustedes van todos no veo cómo quedarme atrás.

—Pues entonces, es cosa hecha —dijo lord John, y volviéndose hacia el jefe asintió con la cabeza, al tiempo que daba unas palmadas a su rifle.

El viejo nos estrechó las manos, uno tras otro, mientras sus hombres nos aplaudían más calurosamente que nunca. Era demasiado tarde para avanzar esa noche, de modo que los indios instalaron un tosco vivac. Encendieron hogueras, que comenzaron a brillar y humear por todas partes. Algunos de ellos habían desaparecido entre la jungla y regresaron luego conduciendo ante ellos un joven iguanodonte. Como los otros, tenía una mancha de asfalto en el brazuelo, y sólo cuando vimos que uno de los indígenas se adelantaba con aire de propietario y daba su consentimiento para que la bestia fuera sacrificada, comprendimos al fin que aquellos grandes animales eran tan de propiedad privada como un rebaño de ganado vacuno, y que esos símbolos que nos habían dejado tan perplejos no eran más que las marcas del propietario. Indefensos, torpes y vegetarianos, con miembros voluminosos y un cerebro minúsculo, podían ser reunidos y arreados por un niño. En pocos minutos la enorme bestia había sido despedazada y sus pedazos sobre una docena de fuegos de campamento, junto con un gran pez escamoso del género ganoideo, que había sido alanceado en el lago.

Summerlee se había tendido en el suelo y dormía sobre la arena, pero nosotros erramos por el borde del agua, tratando de aprender algo más de aquel extraño país. Un par de veces descubrimos pozos de arcilla azul, iguales a los que habíamos visto en la ciénaga de los pterodáctilos. Eran antiguas troneras volcánicas y por alguna razón suscitaban en lord John un enorme interés. Por otra parte, Challenger volcaba su atención en un borboteante géiser de barro que gorgoteaba y donde algún extraño gas desprendía burbujas que estallaban en su superficie. Clavó allí una caña hueca y lanzó gritos de placer, igual que un colegial, cuando al tocarla con una cerilla

encendida fue capaz de provocar una viva explosión y una llama azul en el extremo superior del tubo. Se sintió aún más complacido cuando al colocar invertida una especie de bolsa de cuero en el extremo de la caña y al llenarla de gas, fue capaz de hacerla remontar por los aires.

—Es un gas inflamable y mucho más ligero que el aire. Yo diría sin margen de duda que contiene una considerable proporción de hidrógeno libre. Los recursos de G. E. C. no están exhaustos, mi joven amigo. Podré demostrarle aún de qué manera una gran inteligencia puede moldear la naturaleza para ponerla a su servicio.

Se le veía envanecido por algún propósito secreto, pero no quiso decir nada más.

Nada de cuanto veíamos sobre la costa me parecía tan maravilloso como la gran sábana de agua que teníamos ante nuestra vista. Nuestro número y el ruido que producía tanta gente habían hecho huir a todos los seres vivientes del contorno, salvo a unos pocos pterodáctilos que se remontaban en círculos a gran altura sobre nuestras cabezas en espera de carroña, por lo que reinaba la quietud en torno al campamento. Todo era diferente, en cambio, sobre las aguas teñidas de rosa del lago central. Estas hervían y palpitaban con una vida extraña. Grandes lomos de color pizarra y altas aletas dorsales dentadas salían disparados fuera del agua con un destello plateado y luego se zambullían de nuevo en las profundidades. Los alejados bancos de arena aparecían abigarrados por raras y reptantes formas: tortugas enormes, extraños saurios y un enorme ser aplanado que parecía una estera negra de cuero grasiento que ondulaba flojamente avanzando hacia el lago. Aquí y allá se proyectaban fuera del agua las cabezas alargadas de las serpientes, que surcaban velozmente la superficie, levantando delante de ellas un pequeño collar de espuma y dejando atrás una larga estela arremolinada, levantándose y cayendo en gráciles ondulaciones parecidas a las de un cisne a medida que avanzaban. Cuando uno de esos seres subió serpenteando sobre uno de los bancos de arena, a pocos centenares de yardas de nosotros, y expuso el cuerpo en forma de tonel y enormes aletas detrás de su largo cuello, Challenger y Summerlee, que se habían acercado, estallaron en un dúo de asombro y admiración

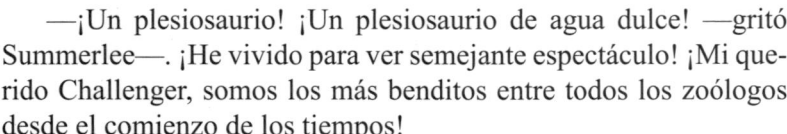

—¡Un plesiosaurio! ¡Un plesiosaurio de agua dulce! —gritó Summerlee—. ¡He vivido para ver semejante espectáculo! ¡Mi querido Challenger, somos los más benditos entre todos los zoólogos desde el comienzo de los tiempos!

Sólo al caer la noche, y cuando las hogueras de nuestros salvajes aliados resplandecían rojizas entre las sombras, pudimos arrancar a nuestros dos hombres de ciencia de las fascinaciones de aquel lago primitivo. Aún en la oscuridad, cuando estábamos tendidos en la arena, seguíamos oyendo, de tiempo en tiempo, los resoplidos y las zambullidas de las inmensas bestias que vivían en las profundidades.

En el temprano amanecer, nuestro campamento se puso en movimiento y una hora más tarde avanzamos en nuestra memorable expedición. A menudo había pensado en mis sueños que viviría para ser corresponsal de guerra. Pero ni en el más disparatado de ellos podría haber concebido la naturaleza de la campaña de la que me tocaría en suerte informar. He aquí mi primer despacho desde un campo de batalla.

Nuestro número había sido reforzado durante la noche por un nuevo contingente de indígenas de las cuevas, y cuando comenzó nuestro avance deberíamos tener una fuerza de cuatrocientos o quinientos hombres. Se envió por delante un abanico de exploradores y tras ellos toda la fuerza en una sólida columna que avanzó por la larga pendiente del monte bajo, hasta que estuvimos cerca de la línea de la floresta. Aquí se desplegaron en una larga y dispersa línea de lanceros y de arqueros. Roxton y Summerlee tomaron posición en el flanco derecho, mientras Challenger y yo ocupamos el izquierdo. Estábamos acompañando a la batalla a una hueste de la Edad de Piedra... nosotros, con la última palabra en el arte de la fusilería que se expone en St. James Street y en el Strand.

No tuvimos que esperar largo tiempo a nuestro enemigo. Un clamor agudo y salvaje surgió de las márgenes del bosque y súbitamente se lanzó fuera del mismo un cuerpo de monos-hombres armados de garrotes y piedras que avanzó hacia el centro de la línea de los indios. Era una maniobra valiente pero alocada, porque los grandes brutos de piernas torcidas caminaban lentamente, mientras sus oponentes eran ágiles como gatos. Era horrible ver a las fieras

bestias de bocas espumajeantes y ojos feroces y fogosos abalanzándose y tratando de hacer presa, pero errando siempre a sus elusivos enemigos, mientras las flechas se clavaban una tras otra en su piel. Un enorme fulano pasó a mi lado aullando de dolor, con una docena de dardos atravesándole el pecho y las costillas. Por compasión le metí una bala en el cráneo y cayó de bruces al suelo entre los aloes. Pero éste fue el único disparo, porque el ataque había tenido lugar sobre el centro de la línea y los indios no habían necesitado de nuestra ayuda para repelerlo. Creo que ninguno de los monos-hombres que habían salido al descubierto pudo volver a refugiarse entre los árboles.

Pero la cuestión se puso más mortífera cuando llegamos al bosque. Durante una hora o más desde que entramos en él, hubo una lucha desesperada en la cual, por un tiempo, apenas pudimos sostenernos. Saltando de entre los arbustos, los monos-hombres irrumpían entre los indios, armados con sus enormes garrotes. A menudo caían tres o cuatro de éstos antes de que aquéllos pudieran ser atravesados a lanzadas. Uno de éstos hizo astillas el rifle de Summerlee y el próximo le habría aplastado la cabeza si un indio no le hubiese atravesado el corazón a la bestia. Otros monos-hombres, desde los árboles, nos lanzaban piedras y trozos de leños, descolgándose a veces entre nuestras filas y peleando furiosamente hasta que eran derribados. En una ocasión nuestros aliados quedaron quebrantados ante la presión, y de no haber sido por la mortandad efectuada por nuestros rifles hubieran puesto pies en polvorosa. Pero fueron gallardamente reagrupados por su viejo jefe y avanzaron con tal ímpetu que los monos-hombres comenzaron a retroceder a su vez. Summerlee estaba desarmado, pero yo vaciaba mi cargador con toda la rapidez de que era capaz y en el flanco opuesto oíamos el estampido continuo de los rifles de nuestros compañeros. Entonces, en un instante, sobrevino el pánico y el colapso.

Gritando y aullando, las grandes bestias huyeron en todas direcciones a través de la maleza, mientras nuestros aliados, dando alaridos de salvaje placer, perseguían velozmente a sus enemigos desbandados. Todas las contiendas de innumerables generaciones, todos los odios y crueldades de su mezquina historia, todo un pasado de maltrato y persecución, iban a purgarse aquel día. Al fin,

el hombre iba a confirmar su supremacía y el hombre-bestia iba a hallar para siempre el lugar que le estaba asignado. En cualquier dirección que intentasen huir, los fugitivos eran demasiado lentos para escapar de los ágiles indígenas; en todos los rincones de los enmarañados bosques se oían los alaridos de júbilo, la vibración de los arcos y el crujido de ramas seguido de un golpe sordo cuando los monos-hombres eran derribados de sus escondrijos en los árboles.

Yo iba siguiendo a los demás cuando me encontré con lord John y Summerlee, que habían cruzado hacia nuestro lado para reunirse con nosotros.

—Esto se acabó —dijo lord John—. Creo que podemos dejarles a ellos la operación de limpieza. Quizá cuanto menos veamos mejor dormiremos esta noche.

Los ojos de Challenger brillaban con la lujuria de la matanza.

—Hemos tenido el privilegio —exclamó pavoneándose como un gallo de pelea— de asistir a una de las típicas batallas decisivas de la historia... Las batallas que han decidido el destino del mundo. ¿Qué significa, amigos míos, la conquista de una nación por otra? Carece de sentido. El resultado es el mismo, cualquiera sea el triunfador. Pero aquellas feroces luchas, cuando en el amanecer de los tiempos los habitantes de las cavernas hacían frente a la raza de los tigres, o cuando los elefantes hallaron por primera vez un amo, ésas fueron las verdaderas conquistas... las victorias que cuentan. En virtud de este extraño giro del destino hemos visto y hemos ayudado a decidir una contienda semejante. Desde ahora, en esta meseta, el futuro pertenecerá siempre al hombre.

Hacía falta una robusta fe en los fines para justificar medios tan trágicos. A medida que avanzábamos juntos por los bosques, encontrábamos a los monos-hombres yaciendo en apretados montones, traspasados de flechas o lanzas. Aquí y allá, un pequeño grupo de indios destrozados señalaba el lugar en que un mono-hombre, al verse acorralado, había vendido cara su vida. Siempre por delante de nosotros seguían oyéndose los alaridos y gruñidos que señalaban la dirección del acoso. Los monos-hombres habían sido empujados hasta su ciudad, y allí habían organizado su última resistencia; pero nuevamente habían sido quebrantados y nosotros llegamos a tiempo para ver la escena final, la más espantosa de todas. Unos ochenta

o cien machos, los últimos supervivientes, habían sido obligados a retroceder hasta el mismo pequeño claro que conducía al borde del farallón, el escenario de nuestra propia hazaña de dos días antes. Cuando nosotros llegábamos, los indios, formando un semicírculo de lanceros, cargaban sobre ellos y en un minuto todo había concluido. Treinta o cuarenta murieron ahí mismo, donde estaban. Los otros, aullando y dando zarpazos, fueron arrojados al precipicio, donde quedaron ensartados, como desde antiguo sucedía con sus prisioneros, en las agudas cañas de bambú que se alzaban seiscientos pies más abajo. Ocurrió como Challenger había anticipado, y el reino del hombre quedó asegurado en la Tierra de Maple White. Los machos fueron exterminados, la Ciudad de los Monos destruida, las hembras y sus crías conducidas afuera para vivir en la esclavitud. Así halló su sangriento final una rivalidad que había durado incontables centurias.

Para nosotros, la victoria significó muchas ventajas. Una vez más pudimos volver a nuestro campamento y recoger nuestros pertrechos. Y otra vez pudimos comunicarnos con Zambo, que había quedado aterrorizado ante el espectáculo, visto desde lejos, de una avalancha de monos que caía desde el borde del farallón.

—¡Váyanse de allí, *massas,* váyanse de allí! —gritaba, con los ojos que se le saltaban de las órbitas—. El diablo se los llevará seguro si se quedan allí.

—¡Es la voz del sentido común! —dijo Summerlee con convicción—. Hemos tenido ya suficientes aventuras que en absoluto resultan convenientes para nuestra posición ni para nuestras personas. Le tomo la palabra, Challenger. De ahora en adelante deberá consagrar su energía a sacarnos de este horrible país y a llevarnos de nuevo a la civilización.

CAPÍTULO XV

Nuestros ojos han visto grandes maravillas

Escribo esto día a día, pero confío en que antes de terminar lo que corresponde a hoy, estaré en condiciones de afirmar que la luz brilla, por fin, traspasando nuestras nubes. Seguimos retenidos aquí, sin tener medios definidos para organizar nuestro escape, y eso nos irrita amargamente. No obstante, puedo imaginar fácilmente que puede llegar el día en que nos alegremos de haber quedado retenidos aquí contra nuestra voluntad, para ver algo más de las maravillas de este curioso lugar, y de los seres que lo habitan.

La victoria de los indios y la aniquilación de los monos-hombres señaló el giro decisivo de nuestra suerte. De allí en adelante, éramos verdaderamente los amos de la meseta, porque los indígenas nos contemplaban con una mezcla de temor y gratitud, ya que por medio de nuestros extraños poderes los habíamos ayudado a destruir a sus enemigos hereditarios. Quizá se habrían alegrado, por su propio bien, de ver marcharse a unas gentes tan formidables e incomprensibles, pero por su parte no había surgido ninguna sugestión sobre el camino que deberíamos seguir para alcanzar las llanuras de abajo. Hasta donde pudimos interpretar sus señales, hubo un túnel por el cual era posible alcanzar el lugar, y cuya salida inferior habíamos visto desde abajo. Por allí, sin duda, tanto los monos-hombres como los indios habían alcanzado la cima en épocas diferentes, y Maple White y su compañero también debieron utilizar el mismo camino. Pero el año anterior, sin embargo, había sobrevenido un terrible terremoto, desplomándose la parte superior del túnel hasta desaparecer por completo. Ahora, los indios sólo movían la cabeza y se encogían de hombros cuando nosotros tratábamos de explicarles por señas nuestro deseo de descender. Esto puede significar que no pueden ayudarnos, pero también que no quieren hacerlo.

Al final de la victoriosa campaña, los supervivientes de la tribu de los monos fueron conducidos a través de la meseta (sus gemidos eran horribles) e instalados cerca de las cuevas de los indios, donde serían, de allí en adelante, una raza servil vigilada por sus amos. Fue una versión ruda, tosca y primitiva del éxodo de los judíos en Babilonia o de los israelitas en Egipto. Por la noche podíamos escuchar entre los árboles su aullido prolongado y desgarrador, como si algún primitivo Ezequiel se lamentase por la grandeza caída y recordara las pasadas glorias de la Ciudad de los Monos. Desde entonces sólo fueron acopladores de leña y transportadores de agua.

Volvimos con nuestros aliados cruzando la meseta dos días después de la batalla e instalamos nuestro campamento a los pies de sus riscos. Ellos hubiesen querido que compartiéramos sus cuevas, pero lord John no quiso consentirlo por nada del mundo, considerando que de ese modo nos poníamos en sus manos si tenían intención de traicionarnos. Por lo tanto preservamos nuestra independencia, y si bien manteníamos con ellos las más amistosas relaciones, teníamos siempre listas nuestras armas para cualquier emergencia. Asimismo continuábamos visitando asiduamente las cuevas, que eran lugares notabilísimos, aunque nunca pudimos determinar si eran obras del hombre o de la Naturaleza. Todas ellas estaban en un solo estrato, horadadas en una especie de roca blanda que se extendía entre el basalto volcánico que formaba los riscos rojizos de la parte superior y el duro granito de su base.

Sus bocas se hallaban a unos ochenta pies por encima del suelo, y se las alcanzaba por largas escaleras de piedra, tan estrechas y empinadas que ningún animal de grandes dimensiones podía subir por ellas. En el interior, eran cálidas y secas, y estaban recorridas por pasajes rectos de variada longitud labrados en la ladera de la colina. Tenían paredes lisas y grises, decoradas con muchas pinturas excelentes hechas con palos carbonizados y que representaban a diversos animales de la meseta. Si todas las cosas vivientes fueran barridas de la comarca, el futuro explorador hallaría en estas paredes una amplia evidencia de la extraña fauna: dinosaurios, iguanodontes y peces lagartos, que habían poblado la tierra en tiempos tan recientes.

Desde que supimos que los enormes iguanodontes eran conducidos por sus propietarios como si fuesen rebaños domesticados, y que eran sencillamente unos depósitos ambulantes de carne, habíamos supuesto que el hombre, incluso con sus armas primitivas, había establecido su superioridad en la meseta. Pronto íbamos a descubrir que no era así y que aún se hallaba allí por mera tolerancia. Al tercer día de haber instalado nuestro campamento cerca de las cuevas de los indios ocurrió la tragedia. Aquel día Challenger y Summerlee habían salido juntos en dirección al lago, donde algunos de los indígenas, bajo su dirección, estaban dedicados a arponear ejemplares de los grandes lagartos. Lord John y yo habíamos permanecido en nuestro campamento, en tanto una cantidad de indios esparcidos por la herbosa cuesta que se extendía frente a las cuevas se dedicaban a diversos menesteres. De improviso se oyó un agudo grito de alarma, con la palabra «Stoa» resonando en un centenar de voces. Hombres, mujeres y niños corrieron desde todos lados buscando refugio, trepando como hormigas por las escaleras y entrando en las cuevas en loca estampida.

Mirando hacia arriba vimos que agitaban los brazos desde las rocas y nos hacían señas para que nos reuniésemos con ellos en su refugio. Ambos habíamos empuñado nuestros rifles de repetición y salimos corriendo para ver qué clase de peligro podía ser. Súbitamente irrumpió del cinturón de árboles cercano un grupo de quince o veinte indios que corría para salvar la vida. Pisándoles los talones, aparecieron dos de aquellos espantables monstruos que habían perturbado nuestro campamento y me habían perseguido durante mi excursión solitaria. Por su forma parecían horribles sapos y se movían en sucesivos saltos; pero sus medidas eran increíblemente voluminosas, mayores que las del elefante más enorme. Nunca los habíamos visto, salvo de noche, y en realidad eran animales nocturnos, excepto cuando eran molestados en sus guaridas, como había sucedido esta vez. Quedamos estupefactos al verlos, porque sus pieles manchadas y verrugosas tenían una iridiscencia curiosa, semejante a la de los peces, y los rayos del sol se reflejaban en ellos con fluorescencias de arcoíris en continua variación cuando se movían.

De todos modos, poco tiempo tuvimos para observarlos, porque en un instante alcanzaron a los fugitivos y consumaron entre ellos

una horrible carnicería. Su método era caer por turno y con todo su peso sobre un indígena tras otro, dejándolos aplastados y despedazados. Los acosados indios lanzaban alaridos de terror, pero aunque corrían todo lo que podían se hallaban indefensos ante la inexorable determinación y la horrible agilidad de aquellos seres monstruosos. Caían uno tras otro, y no quedaría más de media docena de supervivientes cuando mi compañero y yo acudimos en su ayuda. Esta de poco les sirvió, y sólo condujo a que nos viéramos envueltos en el mismo peligro. Desde una distancia de un par de centenares de yardas vaciamos nuestros cargadores, disparando una bala tras otra sobre las bestias, pero sin que les hiciera un efecto mayor que si los hubiésemos apedreado con bolitas de papel. Su naturaleza de reptiles era de reacciones lentas, sin que las heridas pareciesen afectarlos; y como sus conexiones vitales no estaban comunicadas con un centro cerebral único sino diseminadas a través de sus médulas espinales, no eran vulnerados por ninguna de las armas modernas. Lo más que pudimos hacer fue contener su avance distrayendo su atención con el relampagueo y el estruendo de nuestros rifles y así dar tiempo a los indígenas y a nosotros mismos para llegar a las escaleras que nos llevaban a la salvación. Pero donde las balas cónicas explosivas del siglo XX no fueron de ninguna utilidad, triunfaron las flechas envenenadas de los indígenas, impregnadas en el jugo del *strophantus* y maceradas luego en carroña podrida. Estas flechas no eran de mucha utilidad para el cazador que atacaba a las bestias, porque su acción era lenta en aquella circulación apática, y antes de que sus poderes se debilitaran, ya habían alcanzado y derribado a su asaltante. Pero ahora, mientras los dos monstruos nos daban caza al pie mismo de la escalera, una nube de flechas llegó silbando desde todas las aberturas del farallón que nos dominaba. En un minuto quedaron como emplumados por las flechas, y, sin embargo, no daban señales de dolor mientras seguían tratando de morder y aferrar los peldaños que los podían conducir hacia sus víctimas, con rabia impotente. Ascendían pesadamente unas pocas yardas y volvían a deslizarse hasta el suelo. Pero por fin el veneno surtió efecto. Uno de ellos lanzó un gemido profundo y sordo, dejando caer a tierra su enorme cabeza achatada. El otro daba saltos en círculos excéntricos, prorrumpiendo en gritos agudos y gemebundos, para luego desplo-

marse entre retorcimientos de agonía que duraron algunos minutos, antes de quedar tieso e inmóvil. Lanzando alaridos de triunfo, los indios bajaron atropelladamente de sus cuevas y bailaron una frenética danza de victoria en torno a los cadáveres; un júbilo demencial los dominaba al ver que otros dos ejemplares de sus enemigos más peligrosos habían sido abatidos. Aquella noche despedazaron y trasladaron los cuerpos, no para comerlos —el veneno estaba aún activo— sino para alejar la propagación de alguna peste. Sin embargo, los grandes corazones de los reptiles, cada uno tan grande como un almohadón, quedaron allí, latiendo con ritmo lento y regular, en suaves contracciones y dilataciones, conservando una horrible vida independiente. Al tercer día sus ganglios dejaron de funcionar y aquellos espantosos músculos quedaron inmóviles.

Algún día, cuando disponga de un escritorio mejor que una lata de conservas y de instrumentos más útiles que un trozo de lápiz gastado y un último y estropeado cuaderno, escribiré un relato más amplio sobre los indios accala: nuestra vida entre ellos y las fugaces visiones que tuvimos acerca de las extrañas condiciones de la pasmosa Tierra de Maple White. La memoria, por lo menos, nunca me fallará, porque mientras me quede un aliento de vida, cada hora y cada acción de esta época permanecerá grabada tan firme y clara como los primeros acontecimientos extraños de nuestra niñez. Ninguna impresión nueva puede borrar a las que han quedado tan profundamente impresas. Cuando llegue el momento describiré aquella pasmosa noche de luna sobre el gran lago, cuando un joven ictiosauro —una extraña criatura, mitad foca, mitad pez, con ojos cubiertos de hueso a ambos lados del hocico y un tercer ojo fijado arriba de su cabeza— quedó atrapado en una red de los indios y estuvo a punto de volcar nuestra canoa antes de que pudiésemos hacerla encallar en la costa. Fue la misma noche en que una verde serpiente de agua atacó desde un cañaveral y se llevó preso entre sus anillos al timonel de la canoa de Challenger. Hablaré también del ser nocturno, grande y blanco —hasta hoy no sé si era un reptil o una fiera— que vivía en una ciénaga detestable al este del lago y que se deslizaba en la oscuridad con una tenue luminosidad fosforescente. Aquello aterrorizaba de tal manera a los indios que no querían acercarse al lugar y, a pesar de que emprendimos dos expediciones y lo

vimos en ambas, no pudimos abrirnos camino entre los profundos marjales en que vivía. Sólo puedo decir que era más grande que una vaca y que exhalaba un extrañísimo olor a almizcle. Me referiré también al enorme pájaro que dio caza a Challenger cierto día, hasta que éste tuvo que buscar el refugio de las rocas...

Era un gran pájaro corredor, mucho más alto que un avestruz, con cuello parecido al de un buitre y una cabeza de aspecto cruel, que lo asemejaba a una muerte ambulante. Al trepar Challenger para salvarse, un picotazo de aquel pico curvado y feroz le arrancó el tacón de la bota como si hubiese sido cortado con un cincel. En esta ocasión, al menos, prevalecieron las armas modernas y el corpulento animal (doce pies de cabeza a las patas) —y que se llamaba *phororachus,* según nuestro jadeante pero alborozado profesor— cayó ante el rifle de lord John entre un revuelo de plumas agitadas y pataleos, con dos implacables ojos amarillos echando fuego en el medio de todo eso. Espero vivir para ver aquel cráneo chato y depravado en su correspondiente nicho entre los trofeos del Albany. Y por fin daré algunas informaciones, sin duda, sobre el toxodón, el gigantesco cochinillo de indias, de diez pies de largo y dientes salientes en forma de cincel, al que matamos cuando estaba bebiendo junto al lago, en una mañana gris.

De todas estas cosas escribiré algún día con mayor extensión, y entre aquellos días agitados, trataré de esbozar con ternura los intervalos de paz: aquellos atardeceres veraniegos tan bellos, con el profundo cielo azul sobre nuestras cabezas mientras permanecíamos tendidos en buena camaradería entre las altas hierbas del linde del bosque y nos sorprendíamos ante las extrañas aves que pasaban ante nosotros o los rarísimos animales desconocidos que salían reptando de sus madrigueras para observarnos, mientras las ramas de los arbustos se doblaban bajo el peso de frutos deliciosos, que pendían sobre nuestras cabezas. A nuestros pies, bellas y extrañas flores parecían espiarnos por entre las hierbas. O recordaré aquellas largas noches de luna que pasamos sobre la centelleante superficie del gran lago, observando con asombro y pavor los enormes círculos que ondulaban ante la súbita zambullida de algún fantástico monstruo. O el resplandor verdoso, allá en el fondo de las aguas profundas, de algún ser desconocido que salía de los confines de la

oscuridad. Tales son las escenas que mi mente y mi pluma tratarán en todos sus detalles cuando llegue el día.

Pero, me preguntará usted, ¿por qué todas esas experiencias y por qué esa demora cuando usted y sus camaradas deberían estar ocupados día y noche haciendo proyectos para hallar los medios que les permitiesen retornar al mundo exterior? Mi respuesta es que todos nosotros trabajábamos con ese fin, pero que nuestra labor había sido en vano. Muy pronto descubrimos un hecho: los indios no harían nada para ayudarnos. En cualquier otro sentido eran nuestros amigos —casi podríamos decir nuestros esclavos devotos—, pero cuando se les sugería que podían ayudarnos a transportar una tablazón que nos sirviera de puente para cruzar el abismo, o cuando deseábamos pedirles tiras de cuero o lianas para tejer cuerdas que nos pudieran servir, chocábamos con un amable pero invencible rechazo. Sonreían, pestañeaban, sacudían sus cabezas, y nada más. Hasta el viejo jefe oponía idéntica negativa, y sólo Maretas, el joven al que habíamos salvado, nos miraba con ansiedad y trataba de explicarnos mediante gestos cuánto le afligía ver que nuestros deseos eran frustrados. Desde su completo triunfo sobre los monos-hombres, nos contemplaban como a seres sobrehumanos, que llevaban la victoria en los tubos de armas desconocidas, y creían que mientras permaneciésemos con ellos los acompañaría la buena suerte. Nos ofrecieron a cada uno de nosotros una mujercita cobriza como esposa y una cueva propia, siempre que olvidásemos a nuestro pueblo y nos quedáramos a vivir para siempre en la meseta. Siempre se habían mostrado amables, por más opuestos que fueran a nuestros deseos, pero comprendimos con claridad que deberíamos mantener en secreto nuestros planes de descenso, porque teníamos razones para temer que al fin ellos tratarían de retenernos por la fuerza.

A pesar del peligro de los dinosaurios (que no es grande salvo durante la noche, porque como he dicho antes son de hábitos nocturnos), he vuelto dos veces durante las últimas tres semanas a nuestro antiguo campamento, con el propósito de ver a nuestro negro, que sigue montando guardia al pie del farallón. Mis ojos escrutaron con ansiedad la gran llanura, con la esperanza de divisar a lo lejos la ayuda que habíamos solicitado. Pero los extensos llanos

sembrados de cactos se dilataban en la lejanía vacíos y desnudos, tras la distante línea de los cañaverales de bambúes.

—Vendrán pronto, ahora, *massa* Malone. Antes de que pase otra semana el indio vendrá y traerá cuerda y los haremos bajar.

Éstas eran las animadas exclamaciones de nuestro excelente Zambo.

Tuve una extraña experiencia al volver de esta segunda visita, en la que me vi envuelto como consecuencia de haber pasado una noche lejos de mis compañeros. Regresaba por la bien conocida senda y había alcanzado un lugar que distaba alrededor de una milla de la ciénaga de los pterodáctilos, cuando vi que se me acercaba un extraordinario objeto. Era un hombre que caminaba dentro de una armazón hecha de bambúes doblados de manera que lo encerraban por todas partes en una jaula en forma de campana. Al acercarme mi asombro fue aún mayor al ver que era lord John Roxton. Cuando me vio se deslizó fuera de su curiosa capa protectora y vino hacia mí riéndose, si bien me pareció advertir cierta confusión en su actitud.

—Bueno, compañerito, ¿quién iba a pensar que lo iba a encontrar por estas alturas? —dijo.

—¿Qué demonios está haciendo? —pregunté.

—Visitando a mis amigos, los pterodáctilos —dijo.

—¿Y para qué?

—Son unas bestias muy interesantes, ¿no cree? Pero muy poco sociables. Tienen modales muy rudos y desagradables con los extraños, como recordará. Por eso aparejé esta armazón que les impide ser demasiado importunos en sus atenciones.

—Pero, ¿qué busca usted en la ciénaga?

Me miró con ojos muy escudriñadores y pude leer en su rostro cierta vacilación.

—¿No piensa usted que hay otras personas, además de los profesores, que quieren saber cosas? —dijo por último—. Yo estoy estudiando a estas preciosidades. Esto debe ser suficiente para usted.

—No quise ofenderle —dije.

Recobró su buen humor y se rio.

—Yo tampoco, compañerito. Voy a capturar un polluelo de estos endemoniados pajarracos para dárselo a Challenger. Ese es uno

de mis empeños. No, no quiero que me acompañe. Yo estoy a salvo en esta jaula, pero usted no tiene protección. Hasta luego. Estaré de regreso en el campamento al caer la noche.

Se alejó y le vi seguir su paseo por el bosque metido en su extraordinaria jaula.

Si la conducta de lord John era extraña en ese momento, todavía más lo era la de Challenger. Debo señalar que ejercía, al parecer, una extraordinaria fascinación sobre las mujeres indias y por eso iba siempre provisto de una ancha rama de palmera desplegada, con la cual las espantaba como si fueran moscas cuando sus atenciones se volvían demasiado apremiantes. Verlo pasearse como un sultán de ópera cómica, con aquella insignia de autoridad en la mano, sus negras barbas erizadas ante él, las puntas de sus pies apoyándose a cada paso, llevando detrás un cortejo de muchachas indias asombradas (con su atavío sumario de breves taparrabos de tejido de corteza), era uno de los espectáculos más grotescos que llevaré en mi memoria al regresar. En cuanto a Summerlee, estaba absorto en la vida de los insectos y los pájaros de la meseta, y dedicaba todo su tiempo (salvo la considerable porción que consagraba a insultar a Challenger porque no nos sacaba de nuestras dificultades) a disecar y montar sus ejemplares.

Challenger había tomado la costumbre de marcharse solo todas las mañanas, regresando de tiempo en tiempo con miradas de portentosa solemnidad, como quien carga sobre sus espaldas todo el peso de una gran empresa. Un día, con su rama de palmera en la mano, y su séquito de fieles adoradoras detrás de él, nos condujo a su oculto taller y nos reveló el secreto de sus planes.

El lugar era un pequeño calvero en el centro de un bosquecillo de palmeras. En él había uno de esos géiseres de barro hirviente que ya he descrito. Alrededor de su borde había esparcida una cantidad de tiras cortadas de la piel del iguanodonte, y una gran membrana aplastada que probó ser el estómago, seco y raspado, de uno de los grandes peces-lagartos del lago. Esta enorme bolsa había sido cosida en uno de sus extremos y sólo un pequeño orificio había quedado en el otro. En esta abertura habían sido introducidas algunas cañas de bambú y el otro extremo de estas cañas estaba en contacto con unas tuberías cónicas de arcilla que recolectaban el gas que burbu-

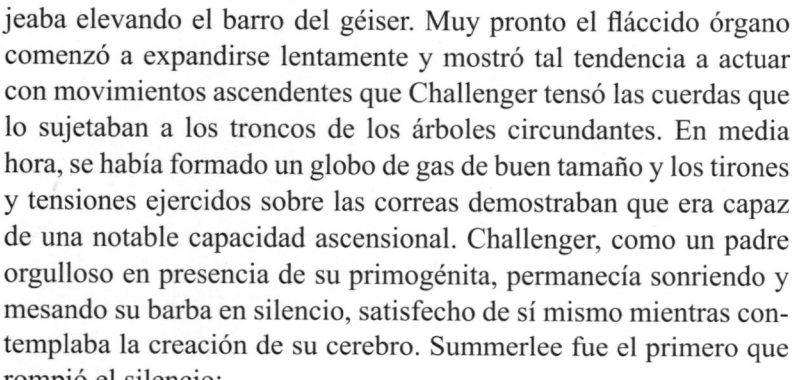
jeaba elevando el barro del géiser. Muy pronto el fláccido órgano comenzó a expandirse lentamente y mostró tal tendencia a actuar con movimientos ascendentes que Challenger tensó las cuerdas que lo sujetaban a los troncos de los árboles circundantes. En media hora, se había formado un globo de gas de buen tamaño y los tirones y tensiones ejercidos sobre las correas demostraban que era capaz de una notable capacidad ascensional. Challenger, como un padre orgulloso en presencia de su primogénita, permanecía sonriendo y mesando su barba en silencio, satisfecho de sí mismo mientras contemplaba la creación de su cerebro. Summerlee fue el primero que rompió el silencio:

—No pretenderá que subamos a esa cosa, ¿verdad, Challenger? —dijo con tono áspero.

—Pretendo, mi querido Summerlee, hacerle una demostración tal de su potencia, que después de verla usted querrá, estoy seguro, confiarse a él sin ninguna vacilación.

—Quítese eso de la cabeza ahora mismo —dijo Summerlee con decisión—. Por nada del mundo cometería semejante desatino. Lord John, confío en que usted no apoyará semejante locura.

—Pues yo diría que es algo endemoniadamente ingenioso —dijo nuestro par— y me gustaría ver cómo funciona.

—Pues entonces lo verá —dijo Challenger—. Durante varios días he empeñado toda la fuerza de mi cerebro en el problema de cómo descender por estos acantilados. Ya nos hemos convencido de que no podemos descender por los farallones y de que no hay túnel. Tampoco podemos construir ninguna clase de puente que nos permita volver al pináculo desde el cual cruzamos hasta aquí. ¿Cómo hallar, pues, otro medio que convenga a nuestros fines? Hace poco tiempo señalé a nuestro joven amigo aquí presente que el géiser desprendía hidrógeno libre. A esto siguió, naturalmente, la idea de un globo. Debo admitir que me desconcertó un poco la dificultad de encontrar un recipiente para encerrar el gas, pero la contemplación de las inmensas entrañas de estos reptiles me suministró la solución del problema. ¡He aquí el resultado!

Metió una mano en la delantera de su raída chaqueta y con la otra apuntó orgullosamente hacia el globo. Ya aquel saco de gas se

había inflado hasta llegar a una redondez muy considerable y tironeaba fuertemente de sus amarras.

—¡Locura de verano! —resopló Summerlee.

A lord John le encantaba totalmente la idea.

—El viejo es inteligente, ¿no? —me susurró, y luego elevó la voz en dirección a Challenger—: ¿Tendrá barquilla?

—La barquilla será mi próxima ocupación. Ya he proyectado cómo fabricarla y de qué modo irá sujeta. Mientras tanto me limitaré a mostrarles que mi aparato es muy capaz de soportar el peso de cada uno de ustedes.

—De todos nosotros, supongo.

—No; es parte de mi plan que cada uno descienda por turno como en un paracaídas. El globo será traído de regreso por medios que no tendré dificultad en perfeccionar. Si puede soportar el peso de uno solo y hacerlo descender suavemente, habrá dado de sí todo lo que se le requería. Ahora voy a demostrarles su capacidad para esos fines.

Sacó un trozo de basalto de considerable tamaño, labrado en el centro de tal manera que resultase fácil atarle una cuerda. Esta cuerda era la que habíamos traído nosotros a la meseta después de usarla para escalar el pináculo. Tenía más de un centenar de pies de largo, y aunque era delgada poseía mucha resistencia. Había preparado una especie de collar de cuero del que colgaban muchas tiras. Este collar fue colocado en la cúpula del balón y las correas colgantes se unieron por debajo, de modo que la presión de cualquier carga pudiera repartirse sobre una amplia superficie. Luego sujetó el trozo de basalto a las correas y dejó que la cuerda colgase de uno de sus extremos. El profesor la envolvió en su brazo dándole tres vueltas.

—Ahora —dijo Challenger con una sonrisa de placer anticipado—, demostraré el poder de arrastre ascensional de mi globo.

Al decir esto, cortó con un cuchillo las varias amarras que lo sujetaban.

Nunca había estado nuestra expedición en peligro más inminente de una completa aniquilación. La membrana inflada se disparó hacia arriba con terrorífica velocidad. Al instante Challenger perdió pie y fue arrastrado por los aires. Yo tuve el tiempo justo para abrazarle por la cintura cuando ascendía y también fui arrebatado por los aires. Lord John me cogió por las piernas con la presión de la ballesta de una trampa de ratones, pero sentí que también él perdía contacto con el suelo. Tuve por un momento la visión de cuatro aventureros flotando como una ristra de salchichas por encima de la tierra que habían explorado. Afortunadamente, empero, había límites en la tensión que la cuerda podía resistir, aunque no los había, en apariencia, para la fuerza ascensional de aquella infernal maquinaria. Hubo un fuerte chasquido y caímos en montón al suelo, con las espirales de la cuerda arrollándose por encima de nosotros. Cuando fuimos capaces de ponernos de pie, tambaleantes, vimos en el profundo cielo azul, muy lejos, una mancha oscura. Era la piedra basáltica, que se perdía en el horizonte a gran velocidad.

—¡Espléndido! —exclamó el impávido Challenger, frotándose el brazo lastimado—. La prueba ha resultado de lo más exhaustiva y satisfactoria. No podía prever un éxito tan grande. Dentro de una semana, caballeros, les prometo que estará preparado un segundo globo y podrán hacer en él, con seguridad y comodidades, la primera etapa de nuestro viaje de regreso a la patria.

Hasta aquí he escrito sobre todos los acontecimientos precedentes según el orden en que se sucedieron. Ahora estoy redondeando mi narración en el campamento primitivo, donde Zambo nos ha esperado tanto tiempo; todas nuestras dificultades y peligros han quedado atrás, como un sueño en la cima de estos vastos acantilados rojizos. Hemos descendido sin daños, pero de la manera más inesperada; y todo va bien. En seis semanas o dos meses estaremos en Londres y es posible que esta carta no llegue a destino antes que nosotros mismos. Ya nuestros corazones anhelan y nuestros ánimos vuelan hacia la gran ciudad madre que encierra tanto de lo que amamos.

Fue precisamente la misma tarde de nuestra peligrosa aventura en el globo de fabricación casera de Challenger cuando sobrevino el cambio en nuestra suerte. He dicho ya que la única persona que había mostrado alguna señal de simpatía hacia nuestros intentos de salir de allí era el joven jefe que habíamos rescatado. Él era el único que no deseaba retenernos contra nuestra voluntad en una tierra extranjera. Nos lo había dado a entender claramente a través de su expresivo lenguaje de gestos. Aquella tarde, cuando ya había oscu-

recido, volvió a nuestro pequeño campamento y me entregó (por alguna razón siempre me había señalado con sus atenciones, quizá porque era el único de edad próxima a la suya) un pequeño rollo de corteza de árbol. Luego, señalando solemnemente hacia la hilera de cuevas que había sobre él, se llevó el dedo a los labios, como signo de que se trataba de un secreto, y se marchó a hurtadillas con su gente.

Llevé el pedazo de corteza cerca de la luz de la hoguera y lo examinamos juntos. Tenía alrededor de un pie cuadrado de superficie y en el lado interno había una cantidad de líneas curiosamente dispuestas, que aquí reproduzco:

Estaban nítidamente dibujadas con carbón sobre la superficie blanca y a primera vista me parecieron una suerte de tosca partitura musical.

—Sea lo que sea, puedo jurar que es algo importante para nosotros —dije—. Lo pude leer en su rostro cuando me lo dio.

—A menos que tengamos que enfrentarnos a un bromista primitivo —sugirió Summerlee—, porque según creo la broma fue uno de los más elementales factores del desarrollo del hombre.

—Sin duda es alguna clase de escritura —dijo Challenger.

—Parece como un rompecabezas de esos concursos cuyo premio es una guinea —comentó lord John, estirando el cuello para observarlo. De improviso alargó su mano y cogió el rompecabezas—. ¡Por Dios! —exclamó—. Creo que ya lo tengo. El muchacho lo había acertado desde el primer momento. ¡Vean aquí! ¿Cuántas marcas hay en ese papel? Dieciocho. Y bien: si piensan en ello, verán que hay dieciocho bocas de cueva en la ladera de la colina que está sobre nosotros.

—Cuando me dio el papel señaló las cuevas —dije.

—Bien, esto lo aclara todo. Es un mapa de las cuevas, ¿eh? Dieciocho de ellas en una hilera, algunas cortas, otras profundas, algunas bifurcadas, tal como las hemos visto. Es un mapa y aquí hay una cruz. ¿Para qué está colocada? Lo está para señalar una cueva que es mucho más profunda que las otras.

—Una que atraviesa todo el risco —exclamé.

—Creo que nuestro joven amigo ha descifrado el enigma —dijo Challenger—. Si la cueva no atraviesa de parte a parte el risco, no comprendo por qué esta persona, que tiene toda clase de razones para desearnos el bien, va a llamarnos la atención sobre ello. Pero si lo *atraviesa* y sale del otro lado por un punto situado a la misma altura, no tendremos que descender más que un centenar de pies.

—¡Un centenar de pies! —refunfuñó Summerlee.

—Bueno, nuestra cuerda todavía tiene más de cien pies —exclamó—. Sin duda podremos hacer el descenso.

—¿Y qué pasará con los indios que están en la cueva? —objetó Summerlee.

—No hay indios en ninguna de las cuevas que hay por encima de nosotros —dije—. Todas se utilizan como graneros y depósitos. ¿Por qué no subimos ahora mismo y atisbamos el terreno?

Se halla en la meseta una madera seca y bituminosa —una especie de araucaria, de acuerdo con nuestros botánicos que siempre usan los indios como antorcha. Cada uno de nosotros cogió un manojo de éstas y subimos por la escalera cubierta de maleza hasta la cueva marcada en el dibujo. Estaba, tal como ya había dicho, completamente vacía, si se exceptúa un gran número de enormes murciélagos, que aletearon en torno a nuestras cabezas a medida que nos adentrábamos en ella. Como no deseábamos atraer la atención de los indios acerca de nuestras acciones, anduvimos dando traspiés en la oscuridad hasta que dejando atrás varias cuevas penetramos una considerable distancia en el interior de la caverna. Entonces, por fin, encendimos nuestras antorchas. Era un túnel hermoso y seco, con lisas paredes grises, cubiertas de símbolos indígenas, el techo curvado con arcos sobre nuestras cabezas y una arena blanca que brillaba bajo nuestros pies. Nos precipitamos anhelantes por este túnel hasta que, con un profundo gemido de amargo desencanto, nos vimos forzados a hacer un alto. Ante nosotros aparecía un muro

de roca pura, en la que no había ni una grieta por la que pudiera deslizarse un ratón. Allí no había salida para nosotros.

Nos quedamos inmóviles, contemplando con amargura en el corazón ese inesperado obstáculo. Este no era el resultado de ningún cataclismo, como en el caso del túnel de ascenso. Aquello era, y había sido siempre, un *cul de sac*.

—No importa, amigos míos —dijo el indomable Challenger—. Todavía cuentan ustedes con mi firme promesa de otro globo.

Summerlee lanzó un quejido.

—¿No habremos seguido una cueva equivocada? —sugerí.

—Es inútil, compañerito —dijo lord John con el dedo apoyado en nuestro mapa—. La diecisiete empezando por la derecha y la segunda desde la izquierda. Esta es la cueva, con toda seguridad.

Yo miré la marca que señalaba su dedo y lancé un grito de repentina alegría.

—¡Creo que lo tengo! ¡Síganme, síganme!

Retrocedía a todo correr por el camino que habíamos seguido, con la antorcha en la mano.

—Aquí —dije, señalando hacia unas cerillas que había en el suelo— es donde encendimos las antorchas.

—Exacto.

—Bien, aquí está marcada como una cueva con una bifurcación. En la oscuridad hemos pasado la bifurcación antes de que las antorchas estuvieran encendidas. Por la derecha, según vamos saliendo, encontraremos el brazo más largo.

Así fue, tal como yo había dicho. No habíamos andado treinta yardas cuando apareció en la pared un gran agujero negro. Nos metimos por él y descubrimos que nos hallábamos en un pasillo mucho más amplio. Corrimos por él con impaciencia, hasta perder el aliento, por un espacio de muchos centenares de yardas. Entonces, de pronto, divisamos en medio de la negra oscuridad del arco que se abría ante nosotros un resplandor rojo oscuro. Nos quedamos mirando aquello, atónitos. Un velo de fuego estable y continuo parecía atravesar el túnel y cerrarnos el camino. Nos apresuramos a correr hacia allí. No se oía ruido ni se sentía calor ni se veía el menor movimiento en esa dirección, pero aquella gran cortina luminosa seguía brillando ante nosotros, bañando de luz plateada toda la cue-

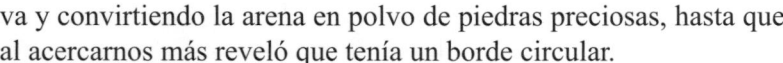

va y convirtiendo la arena en polvo de piedras preciosas, hasta que al acercarnos más reveló que tenía un borde circular.

—¡Por Dios... es la luna! —exclamó lord John—. ¡Hemos salido al otro lado, muchachos, hemos salido al otro lado!

Era en verdad la luna llena, que brillaba fuertemente detrás de la abertura que se formaba en el acantilado.

Era una hendidura pequeña, no mayor que una ventana, pero suficiente para todos nuestros propósitos. Cuando alargamos el cuello por ella pudimos observar que el descenso no era muy difícil y que el nivel del suelo no estaba a mucha distancia por debajo de nosotros. No era de sorprender que desde abajo no hubiéramos podido distinguir el lugar, porque los riscos sobresalían curvados sobre él desde lo alto y una ascensión al sitio parecía tan imposible que desalentaba cualquier inspección más minuciosa. Nos satisfizo observar que con ayuda de nuestra cuerda podríamos llegar hasta abajo sin dificultades; luego regresamos gozosos a nuestro campamento, para hacer nuestros preparativos. La salida sería la noche siguiente.

Teníamos que hacerlo todo con rapidez y secreto, porque los indios eran capaces de impedir nuestra partida aun en este último momento. Dejaríamos allí nuestros pertrechos, con excepción de rifles y cartuchos.

Pero Challenger tenía algunos objetos pesados que deseaba ardientemente llevarse con él y un bulto en particular, al cual no quiero referirme, que nos dio más trabajo que ningún otro. El día pasó con lentitud, pero al caer la noche estábamos preparados para la partida. Con gran trabajo subimos nuestras cosas por las escaleras. Entonces, mirando hacia atrás, examinamos largamente, por última vez, aquella extraña tierra que me temo sería muy pronto vulgarizada, presa de cazadores y buscadores de minas, pero que para nosotros todos era el país de los sueños, de la fascinación y la aventura novelesca. Un país donde nos habíamos arriesgado mucho, habíamos sufrido mucho y aprendido otro tanto... *Nuestro* país, como siempre lo llamaremos con afecto. A nuestra izquierda, las cuevas vecinas lanzaban sus joviales fuegos rojizos en la oscuridad. Desde la cuesta que bajaba a nuestros pies ascendían las voces de los indios que reían y cantaban. Más lejos, se extendían los profundos bosques, y en el centro, brillando vagamente entre las tinieblas, estaba el

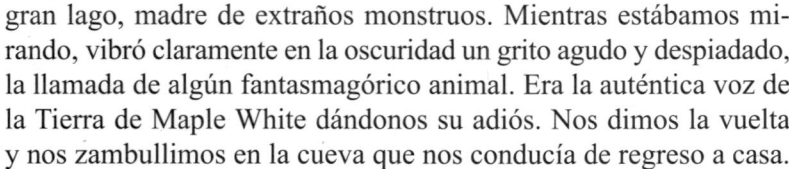

gran lago, madre de extraños monstruos. Mientras estábamos mirando, vibró claramente en la oscuridad un grito agudo y despiadado, la llamada de algún fantasmagórico animal. Era la auténtica voz de la Tierra de Maple White dándonos su adiós. Nos dimos la vuelta y nos zambullimos en la cueva que nos conducía de regreso a casa. Dos horas después, nosotros, nuestros bultos y todo lo que poseíamos descansábamos al pie del farallón. Salvo con el equipaje de Challenger, nunca tuvimos ninguna dificultad. Dejamos todo en el lugar donde habíamos descendido y partimos de inmediato hacia el campamento de Zambo. Nos acercamos al mismo al amanecer y, para nuestra sorpresa, no hallamos una sola hoguera sino una docena de ellas, esparcidas por la llanura. La partida de socorro había llegado. Eran veinte indios ribereños, provistos de piquetas, cuerdas y todo lo que podía ser útil para franquear el abismo. Finalmente, no tendremos ya dificultades para transportar nuestros equipajes cuando comencemos mañana nuestro camino de regreso hacia el Amazonas.

Y así, en una disposición humilde y llena de gratitud, cierro este relato. Nuestros ojos han visto grandes maravillas y nuestras almas se han purificado con todo lo que hemos sobrellevado. Cada uno de nosotros, a su modo, es un hombre mejor y más profundo. Tal vez cuando lleguemos a Pará nos detengamos allí para reaprovisionarnos. Si hacemos eso, esta carta llegará por correo antes que nosotros. Si no, arribará a Londres el mismo día de mi llegada. En cualquiera de los dos casos, mi querido McArdle, espero que muy pronto pueda estrecharle la mano.

CAPÍTULO XVI
¡En manifestación! ¡En manifestación!

Deseo hacer constar, en estas líneas, nuestro agradecimiento a todos nuestros amigos del Amazonas por la grandísima gentileza y hospitalidad que nos demostraron durante nuestro viaje de regreso. Quiero agradecer muy especialmente al *signor* Peñalosa y a otros funcionarios del gobierno del Brasil las providencias especiales que tomaron para facilitar nuestro viaje, así como al *signor* Pereira, de Pará, a cuya previsión debemos el completo equipo, necesario para presentarnos decentemente en la civilización, que hallamos preparado para nosotros en dicha ciudad. Resulta ingrata retribución a tanta cortesía como encontramos que tengamos que engañar a nuestros huéspedes y benefactores, pero en verdad no teníamos alternativas en tales circunstancias y desde aquí debo decirles que sólo perderán su tiempo y su dinero si intentan seguir nuestras huellas. Incluso los nombres han sido alterados en nuestros relatos, y tengo la absoluta certeza de que nadie, aun estudiándolos cuidadosamente, podría llegar ni siquiera a mil millas de nuestra tierra desconocida.

Nosotros creíamos que la conmoción causada en todos los lugares de Sudamérica que habíamos atravesado era puramente local, y puedo asegurar a nuestros amigos de Inglaterra que no teníamos noción de la bulla que el simple rumor de nuestras aventuras había causado en Europa. Sólo cuando el Ivernia se halló a unas quinientas millas de Southampton y empezaron a llegar los cables inalámbricos de un periódico tras otro y de una agencia tras otra ofreciéndonos grandes sumas por un breve mensaje de respuesta acerca de nuestros descubrimientos, comprendimos hasta qué punto se había intensificado la atención, no sólo del mundo científico sino del público en general. No obstante quedó acordado entre nosotros que ninguna declaración precisa sería entregada

a la prensa hasta que nos hubiésemos puesto en contacto con los miembros del Instituto Zoológico, ya que como delegados suyos nuestro claro deber era entregar nuestro primer informe al organismo del que habíamos recibido nuestra misión investigadora. Por ello, aunque hallamos Southampton lleno de periodistas, rehusamos completamente cualquier información, lo cual tuvo como efecto natural que la atención del público se concentrase en la reunión anunciada para la noche del 7 de noviembre. El Zoological Hall, que había sido el escenario de los comienzos de nuestra tarea, fue hallado demasiado pequeño para esta asamblea, y sólo se pudo encontrar acomodación para ello en el Queen's Hall de Regent Street. Es ya de dominio público que si los organizadores se hubieran arriesgado con el Albert Hall, aun en este lugar hubiera escaseado el espacio.

La gran reunión había sido fijada para la segunda noche después de nuestra llegada. La primera, sin duda, la dedicamos a los propios y apremiantes asuntos personales que debían absorbernos. De los míos, no puedo hablar todavía. Quizá cuando estén más alejados en el tiempo pueda pensar en ello, y hasta hablar de ello, con menos emoción. He revelado al lector, al principio de este relato, cuáles fueron las fuentes que me impulsaron a la acción. Quizá sea mejor que lleve esta historia adelante y muestre también sus resultados. Y tal vez llegue el día en que piense que las cosas sucedieron de la mejor manera posible. Por lo menos, he sido impulsado a tomar parte en una aventura maravillosa y no puedo menos que agradecer a la fuerza que me empujó a ella.

Y ahora entro en el momento supremo y memorable que da fin a nuestra aventura. Estaba yo atormentando mi cerebro para idear la mejor manera de describirlo cuando mis ojos toparon con la edición de mi propio periódico que correspondía al 8 de noviembre, que contiene el excelente y exhaustivo reportaje de mi amigo y colega Macdona. ¿Qué mejor puedo hacer que transcribir su relato... con titulares y todo? Admito que mi periódico se portó de manera exuberante en este asunto, además de felicitarse a sí mismo por su espíritu emprendedor, que le había llevado a enviar un corresponsal; pero los otros grandes periódicos no se habían queda-

do muy atrás en la amplitud de sus informaciones. De este modo, pues, el amigo Mac narró su crónica:

EL NUEVO MUNDO

GRAN ASAMBLEA EN EL QUEEN'S HALL
ESCENAS TUMULTUOSAS

UN INCIDENTE EXTRAORDINARIO ¿QUÉ FUE AQUELLO?

DESÓRDENES NOCTURNOS EN REGENT STREET
(Especial)

«La tan discutida reunión del Instituto Zoológico, convocada para escuchar el informe de la Comisión Investigadora que fue enviada el año pasado a Sudamérica para comprobar las aserciones hechas por el profesor Challenger acerca de la continuidad, en aquel continente, de la existencia de una vida prehistórica, se celebró anoche en una sala más grande, el Queen's Hall, y se puede decir, con toda certeza, que marcará con letras de fuego una fecha en la historia de la ciencia, porque lo allí actuado tuvo un carácter tan extraordinario y sensacional que ninguno de los asistentes será capaz de olvidarlo. (¡Oh, hermano escriba Macdona, qué párrafo inicial tan excesivo!). Teóricamente, las entradas estaban reservadas a los miembros del Instituto y sus amigos, pero este último es un término muy elástico, y mucho antes de las ocho, la hora fijada para comenzar el acto, cada rincón del gran salón estaba atiborrado de gente. Sin embargo, el público en general, que en forma totalmente irrazonable se sentía perjudicado por haber sido excluido, asaltó las puertas a las ocho menos cuarto, tras una prolongada *mêlée* en la que varias personas resultaron lastimadas, incluso el inspector Scoble, de la División H, que resultó desgraciadamente con una pierna rota. Después de esta imprevisible invasión, que no solamente colmó todos los pasillos sino que llegó a forzar el espacio reservado para la prensa, se estimó en cinco mil el número de personas que esperaron la llegada de los viajeros. Cuando aparecieron al fin, ocuparon sus puestos en la parte delantera del estrado, donde ya se hallaban todos los científicos de primera fila, no sólo de este país sino también de Francia y Alemania. Suecia también estaba representada en la persona del profesor Sergius, el famoso zoólogo de la Univer-

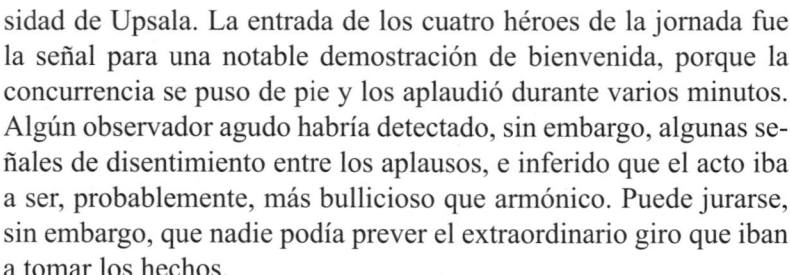

sidad de Upsala. La entrada de los cuatro héroes de la jornada fue la señal para una notable demostración de bienvenida, porque la concurrencia se puso de pie y los aplaudió durante varios minutos. Algún observador agudo habría detectado, sin embargo, algunas señales de disentimiento entre los aplausos, e inferido que el acto iba a ser, probablemente, más bullicioso que armónico. Puede jurarse, sin embargo, que nadie podía prever el extraordinario giro que iban a tomar los hechos.

»Poco puede añadirse acerca del aspecto de los cuatro viajeros, ya que sus fotografías vienen apareciendo desde hace tiempo en todos los periódicos. Muestran pocas huellas de las penalidades que, según se dice, han tenido que sobrellevar. Quizá la barba del profesor Challenger esté más hirsuta y las facciones del profesor Summerlee aparezcan más ascéticas, mientras la figura de lord John Roxton se ve más enflaquecida, y los tres aparecen bronceados con un tono más oscuro que cuando abandonaron nuestras playas; pero todos parecen hallarse en un óptimo estado de salud. En cuando a nuestro representante, el bien conocido atleta y jugador internacional de *rugby* E. D. Malone, parece haberse entrenado perfectamente y, cuando examinó de una ojeada a la concurrencia, una sonrisa de satisfecho buen humor llenó su cara honesta y sencilla. (¡Bien, Mac, ya verás cuando te coja a solas!).

»Cuando se restableció el silencio y la concurrencia retornó a sus asientos después de la ovación que había rendido a los viajeros, el presidente, duque de Durham, se dirigió a la asamblea. No quería, dijo, permanecer allí más que un momento, dilatando el instante en que la vasta asamblea recibiría el placer esperado. No quería anticiparse a lo que el profesor Summerlee, que era el portavoz de la Comisión, tenía que decirles, pero ya era un secreto a voces que la expedición había sido coronada por un éxito extraordinario. (Aplausos). Aparentemente, aún no se había extinguido la era de la aventura y existía un terreno común en el cual las más extravagantes imaginaciones del novelista podían coincidir con las investigaciones científicas actuales del buscador de la verdad. Sólo quería agregar, antes de sentarse, que se regocijaba —y con él todos los demás, seguramente— de que aquellos caballeros hubieran regresado sanos y salvos de su difícil y peligroso empeño, porque no

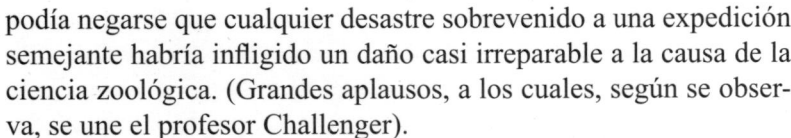

podía negarse que cualquier desastre sobrevenido a una expedición semejante habría infligido un daño casi irreparable a la causa de la ciencia zoológica. (Grandes aplausos, a los cuales, según se observa, se une el profesor Challenger).

»Cuando el profesor Summerlee se puso de pie, se produjo otro extraordinario brote de entusiasmo, que estalló de nuevo a intervalos durante toda su intervención. No vamos a dar *in extenso* su alocución en estas columnas porque ya se está publicando en ellas un completo informe sobre todas las aventuras de la expedición en forma de suplemento, debido a la pluma de nuestro corresponsal especial. Por lo tanto, serán suficientes algunas referencias generales. Tras describir la génesis de la expedición y ofrecer un elegante tributo a su amigo el profesor Challenger, al que unió su disculpa por la incredulidad con que habían sido recibidas sus aseveraciones (que ahora quedaban plenamente reivindicadas), pasó a explicar el curso del viaje, pero reteniendo cuidadosamente toda información que pudiese ayudar al público en cualquier intento de localizar aquella notable meseta. Cuando hubo descrito en términos generales el recorrido desde el río principal hasta el momento en que alcanzaron la base de los riscos o farallones rocosos, subyugó a sus oyentes con su relato de las dificultades que tuvo que afrontar la expedición en sus repetidos intentos de escalar los riscos. Por último explicó de qué manera sus desesperados esfuerzos alcanzaron el éxito, al precio de que perdieran la vida sus dos fieles servidores mestizos. (Esta asombrosa versión de lo ocurrido fue el resultado de los esfuerzos de Summerlee para evitar que se plantearan cuestiones sospechosas en la reunión).

»Después de haber transportado a su auditorio con la imaginación hasta la cima de la meseta, y tras dejarlos abandonados en ella por la caída de su puente, el profesor procedió a describir los horrores y los atractivos de aquel país asombroso. Habló poco de las aventuras de carácter personal, pero puso de relieve, especialmente, la abundante cosecha obtenida por la ciencia con las observaciones acerca de la maravillosa vida de las fieras, pájaros, insectos y plantas que se desarrollaba en la meseta. Es especialmente rica en coleópteros y lepidópteros, habiéndose obtenido en el curso de unas pocas semanas cuarenta y seis nuevas especies de los primeros y noventa y cuatro de estos últimos. Pero el interés del público, sin duda, estaba centrado en los animales más grandes, y sobre todo en los animales gigantescos supuestamente extinguidos desde hace mucho tiempo. Acerca de estos últimos pudo dar una lista considerable, pero señalando que no cabían muchas dudas de que esa lista podría ampliarse mucho más cuando el lugar fuese investigado más a fondo. Él y sus compañeros habían visto, por lo menos, a una docena de animales, la mayoría de ellos a cierta distancia, que no se correspondían en nada con todo lo conocido hasta ahora por la ciencia. A su tiempo serían debidamente clasificados y examinados. Citó una serpiente, por ejemplo, cuya muda de piel, de color púrpura intenso, tenía cincuenta pies de longitud, y mencionó un ser blanco, que parecía ser un mamífero y que en la oscuridad emanaba una fosforescencia muy marcada. También se refirió a una gran polilla negra cuya picadura era, según los indios, sumamente ponzoñosa. Junto a estas formas de vida enteramente nuevas, coexistían en la meseta, y en abundancia, las formas prehistóricas conocidas y que en algunos casos databan de la era jurásica primitiva. Entre estos animales mencionó al gigantesco y grotesco estegosaurio, visto una vez por el señor Malone en un abrevadero junto al lago y que ya figuraba dibujado en el álbum de aquel aventurero norteamericano que había penetrado por primera vez este mundo desconocido. Describió asimismo al iguanodonte y al pterodáctilo: dos de las primeras maravillas que habían encontrado. Luego hizo estremecer a la asamblea con algunas explicaciones acerca de los terribles dinosaurios carnívoros, que en más de una ocasión habían perseguido a miembros de la expedición y que eran los seres más formidables de todos los que habían encontrado. A continuación se detuvo en el enorme y feroz pájaro, el *phororachus,* y en el gran alce que todavía vaga por aquellas tierras altas. Sin embargo, sólo cuando esbozó los misterios del lago central se despertó el máximo interés y el entusiasmo de la concurrencia. Teníamos que pellizcarnos para asegurarnos de que estábamos despiertos cuando oímos cómo aquel profesor tan cuerdo y pragmático describía en fríos y mesurados tonos a los monstruosos peces-lagartos de tres ojos y a las inmensas serpientes de agua que habitan aquella hechizada lámina de agua. Se refirió luego a los indios, y a la extraordinaria colonia de monos

antropoides, que podrían ser observados como un estadio más avanzado que el pitecántropo de Java y por lo tanto mucho más próximo que ninguna otra forma conocida a esa creación hipotética, el eslabón perdido. Por último describió, entre la diversión del auditorio, el invento aeronáutico del profesor Challenger, tan ingenioso como lleno de peligros, y concluyó su informe, auténticamente memorable, explicando los métodos hallados por la comisión para retornar a la civilización.

»Todos esperaban que la sesión terminase allí, y que un voto de agradecimiento y congratulación, promovido por el profesor Sergius, de la Universidad de Upsala, iba a ser secundado y aprobado debidamente. Pero pronto se hizo patente que el curso de los acontecimientos no estaba destinado a deslizarse con tanta suavidad. De tiempo en tiempo se habían hecho evidentes, durante la velada, algunos síntomas de oposición, y ahora el doctor James Illingworth, de Edimburgo, sobresalía en el centro del salón. El doctor Illingworth preguntó si era posible presentar una enmienda antes de votarse el acuerdo.

»El presidente: Sí, señor, si hay que hacer alguna enmienda.

»Doctor Illingworth: Hay que hacerla, señoría.

»El presidente: Preséntela ya, enseguida.

»Profesor Summerlee (Poniéndose en pie de un salto): ¿Se me permite explicar, su señoría, que este hombre es mi enemigo personal desde que mantuvimos una controversia en el *Quarterly Journal of Science* acerca de la verdadera naturaleza del Bathybius?

»El presidente: Me temo que no puedo entrar en cuestiones personales. Proceda.

»El doctor Illingworth era escuchado de modo imperfecto en parte de sus afirmaciones porque los amigos de los exploradores hicieron patente una ruidosa oposición. Hubo incluso algunos intentos para obligarlo a sentarse. Pero como es un hombre de complexión enorme y poseedor de una voz muy potente, dominó el tumulto y logró terminar su discurso. Era evidente, desde el momento en que se levantó, que tenía una cantidad de amigos y simpatizantes

en la sala, aunque formasen una minoría dentro de la concurrencia. En cuanto a la actitud de gran parte del público, puede ser descrita como de atenta neutralidad.

»El doctor Illingworth inició sus observaciones expresando su alta estima por la labor científica del profesor Challenger y del profesor Summerlee. Lamentó mucho que pudiera leerse en sus afirmaciones algún prejuicio personal, ya que las mismas estaban enteramente dictadas por su deseo de alcanzar la verdad científica. De hecho, su posición era sustancialmente la misma que había sostenido el profesor Summerlee en la asamblea anterior. En ella, el profesor Challenger había hecho ciertas aseveraciones que habían sido puestas en duda por su colega. Ahora este colega se adelantaba él mismo con idénticas afirmaciones y esperaba que nadie dudase de ellas. ¿Era esto razonable? ("¡Sí!", "¡no!" y una prolongada interrupción durante la cual se oyó desde la tribuna de la prensa al profesor Challenger, que pedía permiso a la presidencia para poner en la calle al doctor Illingworth). Hace un año era un solo hombre el que decía ciertas cosas. Ahora son cuatro, que relatan otras cosas aún más sobrecogedoras. ¿Iban a ser éstas tomadas como pruebas concluyentes, cuando los asuntos que se discutían eran del carácter más revolucionario e increíble? Había ejemplos recientes de viajeros que llegaban de lugares ignotos con ciertas historias que se aceptaron como verdaderas con demasiada prontitud. ¿Iba a colocarse el Instituto Zoológico de Londres en una posición semejante? Él admitía que los miembros de la Comisión eran hombres reputados. Pero la naturaleza humana es muy compleja. Hasta los profesores pueden ser confundidos por el deseo de la notoriedad. Como a las polillas, a todos nos gusta revolotear en torno a la luz. A los que se dedican a la caza mayor les gusta estar en posición de sobrepujar los relatos de sus rivales, y los periodistas no tienen aversión a los *coups* sensacionalistas, aunque la imaginación tenga que ayudar a los hechos dentro del proceso. Cada uno de los miembros de la Comisión tenía sus propios motivos para sacar el mayor provecho de sus resultados. ("¡Qué vergüenza!", "¡qué vergüenza!"). Él no deseaba ser ofensivo. ("¡Ya lo creo que lo es!", e interrupción). La confirmación de estos cuentos fantásticos resulta demasiado débil tal como se describe. ¿Con qué cuentan? Con algunas fotografías. ¿Es posible que

en esta época de ingeniosas manipulaciones fotográficas, aquéllas se puedan aceptar como prueba? ¿Qué más? Tenemos el relato de una fuga y de un descenso por medio de cuerdas que impidieron la presentación de ejemplares mayores. Era algo ingenioso, pero que no resulta convincente. Se dio a entender que lord John Roxton aseguraba que tenía el cráneo de un *phororachus*. Sólo podía decir que le gustaría ver tal cráneo.

»LORD JOHN ROXTON: ¿Este fulano me está llamando embustero? (Alboroto).

»EL PRESIDENTE: ¡Orden! ¡Orden! Doctor Illingworth, tengo que exigirle que concluya con sus observaciones y presente su enmienda.

»DOCTOR IILLINGWORTH: Señoría, tengo algo más que decir, pero acato sus reglas. Propongo, pues, que al mismo tiempo que se dan las gracias al profesor Summerlee por su interesante discurso, se declare que la cuestión en su conjunto debe ser considerada como *non proven* y que debe volver a manos de una más amplia y, si es posible, una más fiable Comisión Investigadora.

»Resulta difícil describir la confusión que causó esta enmienda. Un amplio sector de la audiencia expresó su indignación ante semejante menosprecio por la reputación de los exploradores con ruidosos gritos y frases de disidencia, como: " ¡Que no se someta a votación!", "¡retírela!", "¡que lo echen!". Por otra parte los descontentos —y no podía negarse que eran bastante numerosos— aplaudían la enmienda con gritos de "¡orden!", "¡siéntense!" y "¡juego limpio!". Se trabó un forcejeo en los bancos del fondo y se cambiaron golpes a discreción entre los estudiantes de medicina que colmaban aquella parte del salón. Sólo gracias a la influencia moderadora del gran número de señoras allí presentes pudo prevenirse un tumulto absoluto. De pronto, sin embargo, hubo una pausa, siseos para hacer callar a la concurrencia y, por fin, un completo silencio. El profesor Challenger se había puesto de pie. Su apariencia y sus maneras atraen extrañamente la atención y, cuando levantó su mano para exigir orden, toda la concurrencia se sentó para escucharle llena de expectativa.

»—Muchos de los aquí presentes recordarán quizá —dijo el profesor Challenger— que escenas de similar estupidez y mala educación caracterizaron la última reunión en que pude dirigir la palabra. En aquella ocasión fue el profesor Summerlee el principal ofensor, y aunque ahora aparece castigado y contrito, el asunto no podía caer enteramente en el olvido. Esta noche he escuchado expresiones similares, pero aún más ofensivas, de parte de la persona que acaba de sentarse, y, aunque para colocarse en su mismo nivel mental es necesario hacer un esfuerzo consciente de anulación personal, trataré de lograrlo, para poder allanar cualquier razonable duda que pudiera existir en la mente de cualquiera. (Risas e interrupción). No necesito recordar a este auditorio que, a pesar de que el profesor Summerlee, como jefe de la Comisión Investigadora, ha tenido que tomar la palabra esta noche, sigo siendo yo el verdadero e inicial promotor de este asunto y a mí se debe principalmente cualquier resultado venturoso. Yo he conducido sanos y salvos a estos tres caballeros al lugar mencionado, y soy yo, tal como ustedes lo han escuchado, quien los convenció de la exactitud de mi experiencia anterior. Esperábamos que no hallaríamos, a nuestro regreso, a ninguna persona tan estúpida como para contradecir nuestras conclusiones conjuntas. No obstante, prevenido por mi experiencia anterior, no he dejado de traer pruebas suficientes como para convencer a personas razonables. Como ha explicado el profesor Summerlee, cuando los monos-hombres registraron nuestro campamento metieron mano en nuestras cámaras arruinando la mayor parte de nuestros negativos. (Burlas, risas y un "cuéntanos otra" desde atrás). Ya he mencionado a los monos-hombres, y no puedo dejar de decir que algunos de los sonidos que ahora llegan a mis oídos me retrotraen vívidamente en mi recuerdo a las experiencias con estos interesantes animales. (Risas). A pesar de la destrucción de tantos negativos de valor incalculable, todavía queda en nuestra colección un cierto número de fotografías que corroboran las condiciones de vida en dicha meseta. ¿Nos acusan de haberlas falseado? (Una voz: "Sí", y considerables interrupciones que concluyen con la expulsión de varios hombres, que son sacados de la sala). Los negativos estaban a disposición de expertos para que los examinasen. ¿Pero no había otras pruebas? En las condiciones en que se produjo

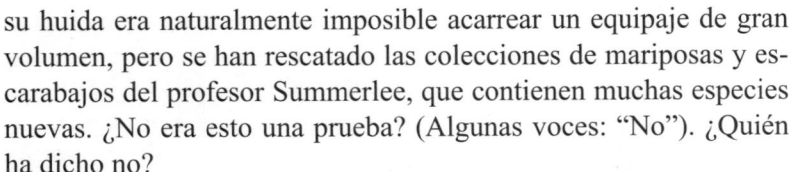

su huida era naturalmente imposible acarrear un equipaje de gran volumen, pero se han rescatado las colecciones de mariposas y escarabajos del profesor Summerlee, que contienen muchas especies nuevas. ¿No era esto una prueba? (Algunas voces: "No"). ¿Quién ha dicho no?

»Doctor Iillingworth (Levantándose): Nosotros sostenemos que una colección semejante puede haberse recogido en otros lugares y no en una meseta prehistórica.

»Profesor Challenger: Sin duda, señor, debemos inclinarnos ante su autoridad científica, aunque debo admitir que su nombre no me resulta familiar. Pasemos, pues, de las fotografías y de las colecciones entomológicas para llegar a la variada y minuciosa información que hemos aportado con nosotros acerca de puntos que hasta ahora nunca se habían elucidado. Por ejemplo, acerca de las costumbres domésticas del pterodáctilo... (Una voz: "Tonterías", y griterío general...). Digo que podemos proyectar un haz de luz sobre las costumbres domésticas del pterodáctilo. Puedo mostrarles a ustedes un dibujo de mi álbum, tomado del natural, que los convencería de...

»Doctor Iillingworth:: Ningún dibujo va a convencernos de nada.

»Profesor Challenger: ¿Necesitan ver la cosa en sí?

»Doctor Iillingworth: Indudablemente.

»Profesor Challenger: ¿Y entonces la aceptarían?

»Doctor Iillingworth (Riendo): Sin la menor duda.

»En este punto surgió la sensación de la noche... una sensación tan dramática que no tuvo nunca paralelo en la historia de las reuniones científicas. El profesor Challenger alzó una mano, a modo de señal, y pudo observarse que nuestro colega, el señor E. D. Malone, se levantó al instante y se encaminó al fondo del estrado. Un momento después reapareció en compañía de un gigantesco negro. Entre ambos arrastraban una gran caja cuadrada de las usadas para embalaje. Era evidentemente muy pesada y fue arrastrada lenta-

mente hasta colocarla delante de la silla del profesor. Se había hecho el silencio más absoluto entre la concurrencia y todos estaban absorbidos por el espectáculo que se desarrollaba ante ellos. El profesor Challenger abrió la tapa corrediza de la caja. Atisbó dentro y chasqueó los dedos varias veces; desde la fila de la prensa se le oyó decir: "Vamos, ven ahora, precioso, precioso", con voz insinuante. Un instante después, entre ruidos de arañazos y rechinamientos, surgió de adentro de la caja el ser más horrendo y repelente, que se encaramó sobre uno de los costados del cajón. Ni siquiera la caída inesperada del duque de Durham al patio de butacas, que ocurrió en ese momento, pudo distraer la atención de la enorme concurrencia, petrificada ante la visión. La faz de aquel ser era como la más descabellada gárgola que la imaginación de un constructor medieval enloquecido podría haber concebido. Era maliciosa, horrible, con dos pequeños ojos rojos que brillaban como carbones encendidos. Su boca alargada y feroz, medio abierta, estaba repleta de dientes en doble fila y parecidos a los de un tiburón. Tenía las espaldas cargadas y las rodeaba una especie de mantón de un gris desvaído. Era el diablo en persona, tal como lo imaginábamos en nuestra infancia. Estalló una barahúnda tremenda entre los espectadores... algunos gritaban, dos damas que se hallaban en primera fila se cayeron de sus sillas, desmayadas, y hubo un movimiento general en el estrado, como si fueran a seguir al presidente camino del patio de butacas. Hubo por un momento el peligro de que estallase un pánico generalizado. El profesor Challenger sacudió sus manos para calmar la conmoción, pero el movimiento alarmó al animal que se hallaba junto a él. Súbitamente desplegó su extraño mantón en toda su amplitud y revoloteó con su par de alas correosas. Su amo se aferró a sus patas, pero ya era demasiado tarde para retenerle. Había saltado de su percha y circulaba lentamente alrededor del recinto del Queens's Hall, con el aleteo seco y correoso de sus alas de diez pies, mientras un olor pútrido y solapado invadía toda la sala. Los gritos del público que estaba en las galerías, que se alarmó ante la proximidad de aquellos ojos incandescentes y aquel pico asesino, excitaron al animal hasta el frenesí. Volaba cada vez más rápido, chocando contra las paredes y las lámparas en su ciego frenesí de temor. "¡La ventana! ¡Por amor de Dios, cierren esa ventana!", ru-

gía el profesor desde la tribuna, bailoteando y retorciéndose las manos en agónica aprensión. ¡Pero, ay, su advertencia fue tardía! En un instante, aquella bestia, dando golpes y topetazos en las paredes como una enorme polilla dentro de la pantalla de una lámpara de gas, llegó a la abertura, la atravesó comprimiendo su hedionda corpulencia y desapareció. El profesor Challenger se dejó caer en su silla con la cara oculta entre sus manos, mientras la concurrencia dejaba escapar un largo y profundo suspiro de alivio, al comprender que el incidente había terminado.

»Y entonces... ¡Oh!, pero ¿cómo se puede describir lo que sucedió entonces...? La total exuberancia de la mayoría y la reacción unánime de la minoría se unieron para engendrar una gran ola de entusiasmo, que se agitó desde el fondo de la sala, cobró volumen al avanzar, barrió el patio de butacas, sumergió el estrado y arrastró a los cuatro héroes sobre su cresta. (Bien por ti, Mac). Si la concurrencia se había comportado antes con injusticia, ahora se corregía ampliamente. Todos se habían puesto de pie. Todos se movían, gritaban, gesticulaban. Una densa multitud de hombres que aplaudían rodeó a los cuatro viajeros. "¡Arriba con ellos! ¡Arriba con ellos!", gritaban cientos de voces. En un instante las cuatro figuras sobresalieron por encima de la muchedumbre. En vano se esforzaron por soltarse: los sostuvieron en sus elevados puestos de honor. En realidad hubiera sido difícil que los bajasen al suelo, aunque lo desearan, tan densa era la multitud que los rodeaba. "¡Por Regent Street! ¡Por Regent Street!", resonaban las voces.

Hubo un remolino en la apiñada muchedumbre; luego una lenta corriente, sosteniendo a los cuatro sobre sus hombros, se abrió camino hacia la puerta. En la calle la escena era extraordinaria. Una reunión de no menos de cien mil personas estaba esperando. La compacta muchedumbre se extendía desde el otro lado del hotel Langham hasta Oxford Street. Un bramido de aclamaciones acogió a los cuatro aventureros cuando aparecieron, muy por encima de las cabezas de la gente, bajo el vívido fulgor de los focos eléctricos. "¡En manifestación! ¡En manifestación!", fue el grito unánime. En una cerrada falange, que bloqueaba las calles de acera a acera, la multitud avanzó rectamente, tomando la ruta de Regent Street, Pall Mall, St. James Street y Picadilly. Todo el tráfico del centro de Lon-

dres quedó interrumpido, y muchas colisiones se registraron entre los manifestantes por un lado y la policía y los conductores de *taxicabs* por otro. Por fin, no fue sino después de medianoche que los cuatro viajeros fueron dejados en libertad a la puerta de las habitaciones de lord John Roxton, en el Albany. La exuberante multitud, después de cantar "They are Jolly Good Fellows" a coro, concluyó su programa con el "Good Save the King". Así concluyó una de las veladas más memorables que Londres haya contemplado desde hace mucho tiempo».

Hasta ahí llega mi amigo Macdona; su relato de los sucesos podría considerarse bastante cuidadoso, si bien algo florido. En cuanto al incidente mayúsculo, casi no hace falta que lo diga, fue una aturullante sorpresa para el público, pero no para nosotros. El lector recordará cómo encontré a lord John Roxton en la precisa ocasión en que, dentro de su miriñaque protector, había ido a atrapar al «polluelo del Diablo», como llamaba a la cría de pterodáctilo, para dárselo al profesor Challenger. También he aludido a los problemas que nos ocasionó el equipaje del profesor cuando abandonamos la meseta, y si hubiera descrito nuestro viaje, habría hablado mucho de las molestias que tuvimos para aplacar con pescado podrido el apetito de nuestro sucio compañero. Si he hablado muy poco anteriormente acerca de ello fue, naturalmente, porque el profesor deseaba prudentemente que ningún rumor acerca del irrebatible argumento que transportábamos se difundiera hasta que llegase el momento de confundir a sus enemigos.

Una palabra acerca de la suerte corrida por el pterodáctilo de Londres. Nada puede confirmarse sobre este particular. Según el testimonio de dos aterrorizadas mujeres, estuvo posado sobre el tejado del Queen's Hall, donde permaneció durante algunas horas como una estatua diabólica. Al día siguiente los periódicos de la tarde publicaban la noticia de que el soldado Miles, de los Coldstream Guards, que estaba de servicio en el exterior de Marlborough House, había desertado de su puesto sin permiso, por lo cual había comparecido ante una corte marcial. El soldado Miles contó que había arrojado su fusil y huido a todo correr por el Mall abajo porque al mirar hacia arriba había visto de improviso al diablo, volando entre él y la luna; la corte marcial no aceptó este relato, y, sin embargo,

podría ser que el mismo estuviera directamente relacionado con el asunto en litigio. La otra prueba, única que puedo aducir, procede del libro de bitácora del S. S. Friesland, un navío holandés-americano, donde se asegura que a las nueve de la mañana siguiente, teniendo en esos momentos a Start Point a diez millas y un cuarto de estribor, se les adelantó algo que parecía estar entre una cabra voladora y un murciélago monstruoso, volando a una prodigiosa velocidad hacia el sudoeste. Su instinto doméstico lo conducía en la dirección justa, por lo cual no cabe dudar que el último pterodáctilo europeo halló su fin en algún lugar perdido entre las soledades del Atlántico.

Y Gladys... ¡oh, Gladys mía!... Gladys, la del místico lago, que ahora será rebautizado como Lago Central, de ningún modo alcanzará la inmortalidad por mi intermedio. ¿Acaso no había advertido yo nunca que en su naturaleza había alguna fibra inflexible? ¿Acaso no percibía, incluso en los tiempos en que estaba orgulloso de obedecer sus mandatos, que era seguramente un amor muy pobre el que era capaz de enviar a su amado a la muerte o al peligro que conduce a la aniquilación? ¿Acaso, en mis pensamientos más verdaderos, que siempre se repetían y siempre echaba a un lado, no divisaba, más allá de la belleza del rostro, e inclinándome dentro del alma, las sombras gemelas del egoísmo y de la inconstancia destacándose oscuramente allá en el fondo? ¿Amaba ella lo heroico y lo espectacular por su misma nobleza o iba detrás de la gloria que pudiera reflejarse sobre ella misma sin esfuerzo ni sacrificio? ¿O bien estos pensamientos son el resultado de la vana sabiduría que sucede a los hechos? Fue el mayor golpe de mi vida. Por un momento esa conmoción me convirtió en un cínico. Pero ha pasado ya, mientras escribo, una semana. Hemos celebrado nuestra trascendental entrevista con lord John y... bueno, quizá las cosas podrían haber sido peores.

Dejádmelo contar en pocas palabras. En Southampton no había carta ni telegramas para mí, de modo que llegué a la pequeña *villa* de Streatham hacia las diez de la noche, invadido por una alarma febril. ¿Estaría viva o muerta? ¿Dónde habían quedado todos mis sueños nocturnos de brazos abiertos, el rostro sonriente, las palabras de alabanza para su hombre, el que había arriesgado su vida

para complacer un antojo suyo? Yo había caído ya de las altas cimas y estaba con los pies bien asentados sobre la tierra. Sin embargo, algunas buenas razones me habrían hecho volar de nuevo hacia las nubes. Atravesé presuroso el sendero del jardín, llamé a la puerta, oí dentro la voz de Gladys, hice a un lado a la atónita doncella e irrumpí en la sala. Ella estaba sentada en un taburete bajo la luz de una lámpara de pie con pantalla que estaba junto al piano. Crucé la habitación en tres pasos y cogí sus dos manos entre las mías.

—¡Gladys! —exclamé—. ¡Gladys!

Ella levantó la vista para mirarme con asombro. Algo había cambiado en ella de una manera sutil. La expresión de sus ojos, la mirada dura y levantada, los labios rígidos, todo era nuevo para mí. Retiró las manos.

—¿Qué significa esto? —dijo.

—¡Gladys! —exclamé—. ¿Qué sucede? Tú eres mi Gladys, ¿no eres... la pequeña Gladys Hungerton?

—No —dijo—. Yo soy Gladys Potts. Permíteme que te presente a mi marido.

¡Qué absurda es la vida! Me hallé inclinándome y estrechando la mano de un hombrecillo de cabellos color de jengibre que estaba repantigado en el hondo sillón que en otro tiempo había estado consagrado a mi propio uso. Ambos intercambiamos inclinaciones de cabeza y sonrisas forzadas, puestos de pie uno frente al otro.

—Papá ha permitido que nos quedásemos a vivir aquí. Estamos terminando de arreglar nuestra casa —dijo Gladys.

—¿Ah, sí? —dije yo.

—Entonces, no recibiste mi carta en Pará, ¿verdad?

—No, no recibí ninguna carta.

—¡Oh, qué lástima! Ella te lo hubiera aclarado todo.

—Todo *está* bastante claro —dije.

—Le he contado todo a William acerca de ti —repuso ella—. No tenemos secretos. Siento tanto lo ocurrido... Sin embargo, la cosa no sería tan profunda si te permitió marcharte al otro lado del mundo dejándome sola. No eres rencoroso, ¿verdad?

—No, en absoluto. Bien, creo que me voy.

—Tome usted algún refresco —dijo el hombrecito, y añadió en tono confidencial—: Siempre sucede así, ¿no es cierto? Y debe ser

así a menos que exista la poligamia, sólo que al revés. Usted me comprende.

Se rio como un idiota mientras yo me encaminaba hacia la puerta. Ya iba a atravesarla cuando un impulso súbito y fantástico me hizo volver atrás para ir al encuentro de mi rival triunfante, que miró nerviosamente hacia el timbre eléctrico.

—¿Querría usted contestarme una pregunta? —pregunté.

—Bueno, si es razonable —dijo.

—¿Cómo lo consiguió? ¿Buscó un tesoro escondido, descubrió uno de los polos, superó a algún pirata, cruzó a nado el Canal de la Mancha, o qué? ¿Dónde está la fascinación romántica? ¿Cómo la conquistó?

Me miró fijamente con una expresión desesperanzada en su rostro vacío, bonachón, insignificante.

—¿No cree usted que todo esto es algo demasiado personal? —dijo.

—Bueno, una sola pregunta más —exclamé—. ¿Qué es usted? ¿Cuál es su profesión?

—Soy escribiente de un procurador —dijo—. El segundo en las oficinas de Johnson and Merrivale's, 41, Chancery Lane.

—¡Buenas noches! —dije, y desaparecí entre las sombras, como todos los héroes desconsolados y con el corazón deshecho; con la pena, la ira y la risa hirviendo dentro de mí como en una olla puesta al fuego.

Otra pequeña escena y habré terminado. Anoche hemos cenado todos en las habitaciones de lord John Roxton, y de sobremesa nos sentamos a fumar en buena camaradería y hablamos otra vez de nuestras aventuras. Resultaba extraño ver en este entorno distinto las caras y figuras tan conocidas y habituales. Estaba Challenger, con su sonrisa condescendiente, sus párpados entrecerrados, sus ojos intolerantes, la barba agresiva y su enorme torso, engreído y satisfecho mientras propinaba teorías a Summerlee. Y también estaba allí Summerlee, con su corta pipa de escaramujo entre el delgado bigote y su gris barba de chivo, adelantando su rostro consumido para debatir vehementemente todas las afirmaciones de Challenger. Y, por último, allí estaba nuestro anfitrión, con su rostro ceñudo y aguileño y sus fríos y azules ojos de glaciar en cuyas profundidades

siempre resplandecía una llamita de humor y malicia. Esta es la última imagen de ellos que me llevo conmigo. Era después de la cena, en su propio santuario —la habitación de luminosidades rosáceas y los innumerables trofeos—, donde lord John Roxton se proponía decirnos algo. Sacó de un aparador una vieja caja de cigarros y la depositó encima de la mesa.

—Hay una cosa —dijo— que quizá debí haberles dicho antes de ahora, pero quería saber algo más claramente qué cosa tenía entre manos. No tiene sentido despertar esperanzas que luego se disipan. Pero son hechos, no esperanzas, lo que ahora tenemos con nosotros. Recordarán ustedes aquel día en que hallamos el nidal de los pterodáctilos en la ciénaga... ¿no? Bueno, algo en la situación del terreno me llamó la atención. Quizá ustedes no lo advirtieron, por eso lo refiero ahora. Era una tronera volcánica llena de arcilla azul.

Los profesores asintieron con movimientos de cabeza.

—Y bien: de todos los lugares del mundo que he visitado, sólo en otro hallé una boca volcánica de arcilla azul. Fue en la gran mina de diamantes De Beers, en Kimberley... ¿eh? Como ustedes ven, los diamantes se me metieron en la cabeza. Aparejé una armadura para mantener a distancia a aquellas hediondas bestias y pasé allí un día feliz empuñando una escarda. Esto es lo que saqué.

Abrió su caja de cigarros y dándole vuelta dejó caer unas veinte o treinta piedras toscas, cuyo tamaño variaba entre el de un guisante y el de una castaña.

—Tal vez pensarán ustedes que debí haberlo contado antes. Bueno, así lo habría hecho, sólo que sé que hay montones de trampas para el incauto y que muchas piedras de cualquier tamaño pueden resultar de poco valor una vez que se aclara su color y consistencia. Por eso las traje, y el primer día de nuestro arribo a casa llevé una al joyero Spink y le pedí que la tallase toscamente y que la tasase.

Sacó de su bolsillo una caja de píldoras y cogió un hermoso diamante que resplandecía, una de las piedras preciosas más bellas que había visto en mi vida.

—Ahí está el resultado —dijo—. El joyero tasó el lote en un precio mínimo de doscientas mil libras. Por supuesto lo repartiremos entre nosotros cuatro. No quiero oír nada en contrario. Y bien, Challenger, ¿qué hará con sus cincuenta mil?

—Si realmente insiste usted en su generoso parecer —dijo el profesor—, fundaré un museo privado, algo que ha sido uno de mis sueños desde hace mucho tiempo.

—¿Y usted, Summerlee?

—Me retiraré de la enseñanza, y así hallaré tiempo para proseguir mi clasificación definitiva de los fósiles calcáreos.

—Y yo usaré mi parte —dijo lord John Roxton— para equipar una expedición bien organizada y echar otro vistazo a nuestra vieja y querida meseta. En lo que se refiere a usted, compañerito, por supuesto gastará la suya en casarse.

—Pues no pienso hacerlo, todavía —dije con una sonrisa apesadumbrada—. Creo que más bien me gustaría ir con usted, si me acepta.

Lord Roxton no dijo nada, pero una mano morena se extendió hacia mí a través de la mesa.

ÍNDICE